acabus
Verlag

Johann Peters

Der Falke von Malta

Historischer Roman

acabus Verlag

Peters, Johann: Der Falke von Malta, Hamburg, acabus Verlag 2022

3. Auflage 2022
ISBN: 978-3-86282-201-0

Dieses Buch ist auch als E-Book erhältlich und kann über den Handel oder den Verlag bezogen werden.
PDF: ISBN 978-3-86282-202-7
ePub: ISBN 978-3-86282-203-4

Lektorat: Mia König, Christina Poppe, acabus Verlag
Umschlaggestaltung: Marta Czerwinski, acabus Verlag
Umschlagmotiv: © Andrey Kiselev - Fotolia.com

Bibliografische Information der Deutschen Nationalbibliothek: Die Deutsche Nationalbibliothek verzeichnet diese Publikation in der Deutschen Nationalbibliografie; detaillierte bibliografische Daten sind im Internet über https://www.dnb.de/ abrufbar.

Der acabus Verlag ist ein Imprint der Bedey & Thoms Media GmbH, Hermannstal 119k, 22119 Hamburg.

---

1. Auflage 2013, acabus Verlag Hamburg

http://www.acabus-verlag.de
Printed in Europe

Für Selina und Matteo

Weil ihr unser Leben unendlich bereichert

*

Edok hatte es ungewöhnlich eilig, die Taverne zu verlassen. Das Schankmädchen wunderte sich, dass der junge Mann, der doch gerade erst gekommen und einen Krug Wein bestellt hatte, den Raum schon wieder verließ, ohne seinen Becher auch nur angerührt zu haben. Neben dem noch vollen Weingefäß lagen einige Münzen auf dem Tisch. Er hatte den Wein verschmäht, doch seine Bezahlung war mehr als großzügig.

Kopfschüttelnd sah die junge Frau noch einen Moment zu der mittlerweile wieder geschlossenen Tür, dann wandte sie sich wieder anderen Gästen zu. Nur aus den Augenwinkeln nahm sie wahr, dass sich eine schlanke Gestalt, die einen weiten Mantel trug und mit einer Kapuze ihr Gesicht in tiefen Schatten hüllte, von einem Tisch in der hinteren Ecke erhob und den Raum ebenfalls verließ.

Draußen angekommen, wurde Edok von einem angenehm warmen Wind empfangen. Am Himmel konnte er keine einzige Wolke erspähen. Das helle Licht der Sterne wies ihm den Heimweg durch Rabat. Die Gassen des maltesischen Städtchens lagen verlassen vor ihm. Dennoch hatte der junge Mann das Gefühl, verfolgt zu werden. Immer wieder blieb er kurz stehen, um in die Nacht hineinzulauschen. Beim letzten Mal hatte sein Verfolger offensichtlich nicht richtig aufgepasst, denn Edok hatte aus einer Nebengasse noch einige Schritte auf der steinigen Straße gehört.

Der junge Malteser atmete tief durch, dann begann er zu rennen. Einen Augenblick später hörte er einen lauten Fluch hinter sich. Edok beschleunigte seine Schritte, aber schon nach wenigen Augenblicken spürte er Seitenstiche und Schmerzen in den Oberschenkeln. Die Nervosität der letzten Tage und die Angst vor dem, was kommen könnte, setzte ihm so zu, dass er sich wie ein alter Mann fühlte. Endlich bog er in die Straße ein, in der sein kleines Häuschen lag. Das alte Flachdachhaus war mehr eine Baracke als ein wirkliches Haus, aber Edok war stolz auf seinen Besitz. Schon bevor er geboren worden war, hatten seine Eltern hier gewohnt. Rabat hatte die Eroberung durch die Araber nahezu unbeschadet überstanden, ebenso wie verschiedene Plünderungen durch byzantinische Streifscharen in den letzten Jahren.

Edok riss die Tür zu seinem Domizil auf und warf sie hinter sich wieder zu. Sofort legte er den Riegel vor und stemmte sich von innen gegen die Tür. Keinen Augenblick zu früh, denn ein Stoß von außen ließ die Tür in den Angeln erzittern. Edok drückte mit aller Macht von innen dagegen, aber von außen schien jemand mit der Schulter immer wieder gegen die Holztür zu rammen. Endlich, nach vier, fünf Schlägen, hörte der Fremde auf einmal auf. Edok blieb noch einen Augenblick direkt vor der Tür stehen, dann ließ er sich auf den Boden sinken und vergrub sein Gesicht in den Händen. Tränen rannen ihm zwischen den Fingern hindurch. Wie hatte es nur so weit kommen können?

Es dauerte einen Moment, bis der junge Mann sich wieder beruhigt hatte. Dann erhob er sich, atmete tief durch und sah sich in dem einzigen Raum des kleinen Hauses um. Seine wenige Habe war von jemandem durchwühlt worden. Die beiden Obergewänder, die er besaß, lagen zerfetzt auf dem Boden. Seine Bettstatt war zerstört und der kleine Tisch, der in der Mitte des Raumes gestanden hatte, war entzwei getreten worden. Edok starrte die Verwüstung mit offenem Mund an. In diesem Moment wurde ihm bewusst, dass er verschwinden musste, wenn er überleben wollte. Der junge Mann hastete zu einer kleinen Truhe, die in der hintersten Ecke des Raumes stand und von einigen anderen Gegenständen gut verdeckt war. Die Einbrecher hatten es offenbar nicht geschafft, die Truhe zu öffnen, denn das Schloss war unversehrt. Nervös fingerte Edok den Schlüssel hervor, den er immer an einer Kette um den Hals bei sich trug. Endlich schaffte er es, die Finger so ruhig zu halten, dass er die Truhe öffnen konnte. Er entnahm ihr einige Schriftstücke, einen kleinen Beutel mit Geldmünzen und ein langes, fremdartig besticktes Obergewand.

Edok wollte sich gerade einem kleinen Loch in der Erde neben der Feuerstelle zuwenden, das er als Aufbewahrungsort für Lebensmittel verwendete, als er vom Flachdach lautes Poltern hörte. Von dem Innenraum des kleinen Hauses ging eine steinerne Treppe hinauf aufs Dach. Der junge Mann verharrte in seiner Bewegung und starrte die Treppe hinauf. Ein Schatten erschien am oberen Ende des Aufganges. Edok setzte zum Sprung an und floh in Richtung Haustür. Verzweifelt versuchte er die Tür aufzureißen, doch sie war fest verriegelt. Panisch fingerte der junge Mann an dem Riegel herum und schaffte es endlich, ihn zurückzuschieben. Aber die Tür ließ sich nicht öffnen. Es war, als hielt jemand von außen den Türgriff fest umschlossen, um zu verhindern, dass Edok das Haus verlassen konnte. Wütend heulte der junge Mann auf. Er warf sich herum, in dem Versuch herauszufinden, wo genau sein Jäger sich befand. Doch es war bereits zu spät. Direkt vor ihm stand eine Gestalt in einem weiten Mantel, das Gesicht im tiefen Schatten einer großen Kapuze. Leise fragte Edok: „Warum?"

Dem jungen Mann war, als legte der Fremde seinen Kopf leicht schief. Für einen Augenblick verrutschte die Kapuze des Eindringlings, aber die Dunkelheit im Raum verwehrte Edok einen Blick in das Gesicht des Mannes. Dann kam der Schmerz. Der Krummdolch des Fremden bohrte sich tief ins Herz des jungen Maltesers. Mit sterbendem Blick brach Edok auf der Schwelle seines Hauses zusammen. Nachdem der Mann den Dolch aus dem Körper des Toten gezogen hatte, verschränkte er die Arme des jungen Mannes vor dessen Körper. Von dem Blut, das stoßweise aus dem Körper des Sterbenden drang, ließ der Fremde sich nicht abhalten.

Noch einen winzigen Augenblick starrte er in die leblos werdenden Augen des jungen Maltesers. Dann flüsterte er: „Wer Gott herausfordert, wird durch ihn bestraft."

*

Sarim erwachte mit dröhnenden Schmerzen im Kopf. Er wälzte sich auf seinem Lager für eine Weile hin und her, bemüht, eine Position zu finden, in der ihm sein rebellierender Magen und der schmerzende Kopf nicht so sehr zusetzten. Endlich setzte der junge Mann sich auf und rieb seine Schläfen mit den Zeigefingern. Leise stöhnend verfluchte Sarim den Alkohol, dessen Genuss zwar von Mohamed und Allah verbotenen war, aber sein Freund Malek schaffte es immer wieder, ihn zu dieser Untat zu verleiten. Der Hilfskoch des Emirs war ein bekennender Anbeter Allahs, so wie Sarim. Doch im Gegensatz zu seinem Freund betrachtete Malek den Genuss von Wein und stärkerem Rauschgetränk als medizinisch notwendige Maßnahme, die mit gewisser Regelmäßigkeit sein musste. Sagten die Schriften der alten Kalifen nicht, dass der Genuss von Medizin nicht gegen das Gesetz des Propheten verstößt?

Mit einem Stöhnen auf den Lippen quälte Sarim sich auf die Beine. Im ersten Moment schwankte er bedenklich, doch dann hatte er sich wieder unter Kontrolle. Wie war er gestern Abend nach Hause gekommen? Hatte ihn jemand gesehen? War womöglich jemand auf ihn aufmerksam geworden? Wenn ein Höfling ihn in seinem Zustand gesehen hätte, wäre das für sein Ansehen und seinen Ruf in der Stadtwache des Emirs alles andere als förderlich.

Langsam, ganz behutsam einen Fuß vor den anderen setzend, bewegte er sich zu dem bronzenen Wasserbecken, das unter dem Fenster stand und bis zum Rand gefüllt war. Zuerst griff er nach dem Wasserkrug neben dem Becken und setzte das Tongefäß direkt an die Lippen. Erst als er den Krug fast bis zur Hälfte geleert hatte, setzte er das Gefäß wieder ab. Mit einer Hand wischte er sich das herablaufende Wasser vom Kinn. Dann griff er mit beiden Händen in das Becken, formte mit den Händen einen Trichter und schöpfte das erfrischende Nass mehrmals in sein Gesicht. Nachdem er dies dreimal wiederholt hatte, fühlte er sich soweit sicher auf den Beinen, dass er begann, sich zu entkleiden, um sich am ganzen Körper zu waschen.

Noch immer schmerzte sein Kopf und das Sonnenlicht, welches durch das weit geöffnete Fenster hereinschien, machte ihm ziemlich zu schaffen. Mit zusammengekniffenen Augen suchte er nach einem frischen Lendenschurz und dem mit einem Edelstein besetzten Dolch, der ein Abzeichen seines Ranges als Hauptmann der Stadtwache war. Nachdem er die Zeremonienwaffe endlich unter einem verschwitzten und beschmutzten Obergewand gefunden hatte, band er sich den Gürtel mit der Dolchscheide um und zog den Dolch kurz heraus, um sicherzugehen, dass die Schneide geschärft und gereinigt war.

Langsam bewegte er sich wieder zu seinem Lager und setzte sich auf den Rand des Bettes. Leise murmelte er: „Allah il Allah. Du weißt schon, warum du deinen Dienern das Rauschgetränk verbietest."

Zaghaft, als wolle der Störenfried die Ruhe nur widerwillig unterbrechen, klopfte es an der Tür zu Sarims Gemach. Als Hauptmann der Stadtwache war Sarim im Palast des Emirs untergebracht, damit er und die anderen höherrangigen Mitglieder der Wache sofort einsatzbereit waren, wenn sie gebraucht wurden. Nach einem leisen Fluch und einem kräftigen Räuspern, damit man ihm seinen Zustand nicht direkt im ersten Moment anmerkte, rief Sarim: „Wer da?"

Die Tür öffnete sich einen Spalt weit und ein Knabe, der zur Dienerschaft des Emirs gehörte, schob seinen Kopf durch die schmale Öffnung.

„Mein Herr möge die Störung verzeihen." Es klang fast wie ein Betteln. Sarim lächelte freudlos. Welchen bemitleidenswerten Diener hatte er gestern in seinem Zustand halber Besinnungslosigkeit wieder wegen einer Nichtigkeit angeschrien, dass der Junge an der Tür so eine Angst vor ihm hatte?

„Tritt ein", murmelte Sarim und unterstrich seine Aufforderung mit einer müden Geste seiner Hand.

Vorsichtig öffnete der Knabe die Tür ganz und trat ein. Dann schloss er sie hinter sich und starrte auf seine Füße, wobei er nervös von einem Bein aufs andere trat. Sarim sah den Knaben kurz an. Der Junge kam ihm bekannt vor, er konnte aber nicht sagen, woher. Nach einem Moment der Stille fragte der Hauptmann freundlich: „Wie lauten die Befehle unseres Herrn?“

Der Diener schluckte nervös. Dann antwortete er mit zitternder Stimme: „Der Emir befiehlt, dass Ihr Euch zur Mittagsstunde im Thronsaal einfinden sollt.“

Lächelnd erhob Sarim sich, die schnelle Bewegung schon im nächsten Moment wieder bereuend. Doch da er sich vor dem Diener keine Blöße geben wollte, ging er auf den Jungen zu, bemüht, nicht zu schwanken.

„In welcher Sache will unser Herr mich sprechen?“

Der Knabe hob beide Hände in einer Geste der Unwissenheit und sah sich nervös im Raum um, wobei er es vermied, Sarim direkt anzusehen.

„Schon gut. Ich werde da sein.“

Der Diener verneigte sich und wollte den Raum gerade verlassen, als Sarim nachdenklich fragte: „Wie lange ist es noch zur Mittagsstunde?“

„Nicht mehr ganz zwei Stunden, mein Herr.“

Sarim nickte. Das Gesicht des Knaben blieb undurchdringlich. Nachdem Sarim ihm noch einen Blick zugeworfen hatte, um herauszufinden, was der Diener wohl denken mochte, entließ er ihn mit einer knappen Handbewegung. Er hatte etwas mehr als eine Stunde Zeit, die Folgen des gestrigen Abends zu beseitigen. Der Einzige, der jetzt noch helfen konnte, war Malek.

*

Zunächst suchte Sarim nach einer vorzeigbaren Tracht. Schließlich entschied er sich für das Gewand der Palastwächter. Zwar war er heute nicht im Dienst, aber er sollte vor dem Emir erscheinen. Und nach seinem Fehlverhalten in der letzten Nacht erschien es ihm sinnvoll, seinen Herrn daran zu erinnern, dass er zwar gelegentlich auch ein Übel darstellen konnte, nämlich immer dann, wenn jemand ihn verleitete, zu viel „Medizin" zu trinken, aber in aller Regel ein zuverlässiger Diener des Emirs war.

Keine halbe Stunde nachdem Sarim von dem Wunsch des Herrschers von Malta, ihn zu sprechen, erfahren hatte, war er auf dem Weg zu Malek. Seine Schritte führten ihn direkt in die Palastküche, wo er den Hilfskoch zu finden hoffte.

Den Herrschersitz in Mdina als Palast zu bezeichnen, wirkte auf Sarim jedes Mal etwas überzogen, kannte er doch von seinen Reisen die Paläste der Kalifen in Mekka, Granada und auf Sizilien. Die Festung von Mdina konnte keinesfalls mit einem dieser Herrschersitze konkurrieren. Aber auf der anderen Seite musste man sich auch eingestehen, dass der Sitz des Emirs im Vergleich zu den armseligen Häusern in der Unterstadt doch noch immer ein Palast war.

In Gedanken noch immer Vergleiche mit anderen Prunkbauten ziehend, bog Sarim um die Ecke eines Botenganges, der direkt in den Vorraum der Küche mündete und stieß mit einem schwitzenden, gehetzt wirkenden, jungen Mann zusammen. Beide gingen zu Boden. Sarim hatte das Gefühl, sein Kopf würde explodieren. Leise fluchend rappelte er sich, immer noch an den Folgen des Gelages der letzten Nacht leidend, auf und betrachtete das Wesen, mit dem er zusammengestoßen war. Sein Blick fand den seines Freundes Malek, der wie ein Käfer auf dem Rücken lag und schnaufend versuchte, aufzustehen. Nach einem kleinen Augenblick, den Sarim brauchte, um wieder einen klaren Gedanken fassen und seine Kopfschmerzen zur Seite schieben zu können, brach er in lautstarkes Gelächter aus. Erst jetzt machte sich Erkennen in dem Gesicht seines Freundes breit. Malek schaffte es, sich unter Anstrengung all seiner Kräfte auf die Seite zu rollen und hochzustemmen.

Während sich Sarim, der sich noch immer Lachtränen aus den Augen wischte, gegen die Wand gelehnt langsam in die Hocke herabließ, ging Malek auf die Knie und richtete seinen Oberkörper auf. Dann hielt er schnaufend inne und maulte Sarim an: „Was wütest du hier durchs Haus wie ein Sandsturm in der Wüste?“

„Der Emir hat nach mir schicken lassen“, murmelte Sarim nachdenklich. Seine gute Laune war auf einen Schlag wieder verschwunden.

Ächzend und stöhnend stand Malek endgültig auf. Wenn er mit seinen fast zwei Metern stand, erschien Sarim gar nicht so korpulent. Aber die tägliche Nähe zum Essen, die Angewohnheit jeden Leckerbissen zu schätzen und keiner Versuchung ernsthaft widerstehen zu können, hatten in den letzten Jahren dazu geführt, dass ihm die schnelleren Bewegungen immer schwerer fielen und sein Gang immer schleppender wurde. Mittlerweile machten die Bediensteten der Küche hinter vorgehaltener Hand schon Scherze darüber, dass man mit dem Schweiß, den Malek an einem Tag absonderte, genug Flüssigkeit hätte, um eine verdurstende Seele in der Wüste zu retten. Das Wissen um seine eigene Unzulänglichkeit hatte Malek zu einem einsamen Menschen gemacht. Nur der Freundschaft zu Sarim, die schon seit Kindertagen bestand, hatte die körperliche Veränderung des Koches nichts anhaben können.

Malek betrachtete seinen Freund Sarim einen Moment, der so vor der Wand hockend etwas verloren wirkte.

„Was denkst du, was er von dir will?“

„Ich habe keine Ahnung. Meinst du, jemand hat bemerkt, dass wir …?“

„Machst du Scherze?“ Maleks Stimme klang aufmunternd. „Wir haben zusammengesessen und gegessen. Dann haben wir unseren Mägen etwas Gutes getan.“

„Ich weiß, was wir getan haben. Mich interessiert, ob noch jemand etwas davon weiß."

Malek sah seinen Freund erstaunt an. Dann schüttelte er langsam den Kopf.

„Das wäre schlecht, mein Bruder. Der Emir ist ein Mann, der dem Glauben eine große Bedeutung beimisst und eine sehr extreme Auslegung der Gebote des Propheten liebt."

„Das tue ich auch", brummte Sarim ungehalten.

„Natürlich. Weshalb du auch schon die für den heutigen Tag vorgeschriebenen Gebete eingehalten hast."

Maleks Erwiderung klang belanglos, triefte aber vor Ironie und Sarkasmus. Ergeben breitete Sarim beide Arme aus. Dann murmelte er leise: „Was tue ich jetzt?"

„Nichts." Die Antwort Maleks kam entwaffnend schnell und einfach. Dann fügte der Koch hinzu: „Ich werde dir gleich einen Trank geben, der dich von dem pelzigen Geschmack auf deiner Zunge und dem Gestank aus deinem Rachen befreit. Anschließend wirst du eine kräftige Mahlzeit zu dir nehmen, damit dein Gang wieder sicherer wird. Und dann wirst du vor den Emir treten."

Sarim nickte langsam. Dann flüsterte er: „Es wäre eine große Schande, wenn …"

„Er wird dich nicht vom Hof verweisen, Sarim. Du bist ein Hauptmann seiner Wache. Deinen Lebenswandel kennt man bei Hofe zur Genüge. Trotzdem hast du es in diese Position geschafft. Also muss unser weiser Emir etwas an dir gefunden haben, was deinen Aufstieg gerechtfertigt hat. Wahrscheinlich hat er einfach einen Auftrag für dich."

„Deine Worte in Wahrheit und Allahs Segen, ich fürchte, ich werde beides heute benötigen."

„Um Allahs Segen solltest du bitten, wenn wir dich auf deine Audienz vorbereitet haben. Jetzt wirst du mich erst einmal begleiten."

Ohne ein weiteres Wort folgte Sarim seinem Freund in den Küchentrakt des Herrscherhauses. Sofort schlug ihm ein Geruch nach

Kräutern, Gewürzen, Fleisch und Fisch entgegen. Die Gerüche der einzelnen Speisen, die hier zubereitet wurden und nur darauf warteten, dem Emir und seinen Günstlingen vorgesetzt zu werden, vermischten sich zu einem Sammelsurium exotischer Düfte, die einem das Wasser im Mund zusammenlaufen lassen würden. Doch Samir war für derartige Empfindung heute unempfänglich. Schon allein der Gedanke, etwas zu essen, ließ seinen Magen rebellieren.

Malek führte ihn durch einige Räume, in denen die Diener mit der Zubereitung des Mittagmahls für den Hof beschäftigt waren. Fluchend und schimpfend stolperten Köche zwischen den Küchenhelfern hin und her, erteilten Befehle, bearbeiteten Fleisch, Gemüse und andere Nahrungsmittel mit Messern und Gewürzmühlen oder schmeckten ihre Kreationen ab. Das bunte Treiben im Küchentrakt erinnerte Sarim jedes Mal aufs Neue an einen Haufen Ameisen, die scheinbar ziellos durcheinander krabbelten. Und doch waren diese kleinen Wesen, ebenso wie die Mitglieder der Küchenmannschaft, in der Lage, jeden Tag aufs Neue unglaubliche Leistungen zu vollbringen.

Endlich kamen sie in einen kleinen Saal, in dem einige Tischreihen mit Bänken davor standen. Hier aßen für gewöhnlich das Küchenpersonal und die Dienerschaft, weit weg von den Sälen, in denen der Emir mit seiner Gefolgschaft und den Gesandten anderer Herrscher tafelte. In dem Saal herrschte eine friedliche Stille, nur zwei Diener ganz hinten im Raum waren damit beschäftigt, die letzten Spuren des Morgenmahls zu beseitigen.

Sarim ließ sich schnaufend an einem Tisch nieder und legte das Gesicht stöhnend in beide Hände.

„Die Kopfschmerzen vergehen. Bleib einen Moment hier sitzen, ich bringe dir gleich, was du brauchst.“

Sarim nickte und legte den Kopf einen Moment in den Nacken, bevor er ihn einmal von links nach rechts kreisen ließ. Dann setzte er sich möglichst gerade hin, faltete die Hände vor sich auf dem Tisch und starrte die Holzplatte an.

Ein Auftrag. Für gewöhnlich ließ der Emir seine Wache nicht zu einer Audienz antreten, wenn er einen Auftrag zu vergeben hatte. In einem solchen Fall erhielt Sarim normalerweise eine Nachricht, sich bei dem Obersten der Wache zu melden. Der Oberste übergab dann die Weisung des Emirs.

Schon nach einem kurzen Augenblick kehrte Malek mit einem Tablett zurück. Auf diesem stapelten sich zwei frische Fladenbrote, ein großes Stück Käse, einige Oliven und eine Holzschüssel mit etwas Brei darin. Außerdem hatte er einen Becher dabei, dessen Inhalt dampfte und stark nach Kräutern roch. Malek stellte das Tablett vor Sarim ab und ließ sich auf der Bank gegenüber nieder. Als Sarim nach dem Becher griff, ihn hochhob und an dem Inhalt roch, verzog er leicht angewidert das Gesicht.

„Das wird dir gut tun. Nur ein Aufguss auf einige Kräuter."

„Wenn es so schmeckt, wie es riecht, werde ich meinen Mageninhalt gleich vom Boden aufsammeln dürfen", brummte Sarim voller Ekel.

„Du solltest es probieren", murmelte Malek. Dann machte er eine Geste, als wollte er Sarim beim Trinken unterstützen.

„Ist ja gut", grummelte Sarim und nahm einen großen Schluck, wobei er sich Zunge und Gaumen verbrühte. Der junge Soldat stellte den Becher wieder ab und griff nach einem dünnen Fladenbrot, von dem er ein Stück abriss und in den Brei tunkte. Die ersten Bissen fielen ihm schwer, doch nachdem er ein paar Happen gegessen hatte, spürte er plötzlich den Hunger. Es dauerte nicht lange und Fladenbrote, Käse, Oliven und ein großer Teil des Breis waren vertilgt. Auch den Becher mit dem Kräutertrank hatte er schließlich vollständig geleert. Sarim konnte nicht genau sagen, zu welchem Zeitpunkt seiner Mahlzeit die Kopfschmerzen aufgehört hatten, aber als er nach dem Essen einen Becher Wasser trank bemerkte er plötzlich, dass das bohrende und pochende Gefühl im Kopf einer angenehmen Leichtigkeit gewichen war. Gestärkt erhob Sarim sich und klopfte seinem Freund anerkennend auf die Schulter.

„Danke, Malek."

„Gern. Und nun solltest du dich beeilen. Ich nehme an, die Zeit deiner Audienz ist nicht mehr so weit entfernt."

Sarim nickte und verließ schnellen Schrittes den Küchentrakt. Kopfschüttelnd sah Malek ihm hinterher, erhob sich leise schnaufend und folgte dem Freund langsam. Auf ihn wartete noch allerhand Arbeit. Der Emir würde nicht auf sein Essen warten wollen. Schon gar nicht, weil einer der Hilfsköche säumig gewesen war.

*

Dreizehn Schemel waren in einem vollkommenen Kreis aufgestellt worden. Jeder von ihnen war besetzt und die Männer, die hier zusammenkamen, diskutierten leise, jeder mit seinem Nachbarn. Erst als sich ein Mann mit weißem Vollbart, weißem schulterlangen Haar und ehrfurchtgebietenden Gesichtszügen erhob, kehrte Ruhe ein. Der alte Mann, der offenbar das anerkannte Oberhaupt der Gruppe war, hob eine Hand, um die anderen zur Ruhe zu mahnen. Doch diese Geste war unnötig, denn es war schon so still, dass man die Geräusche des Palastes deutlich jenseits der verriegelten Flügeltür hören konnte. Endlich begann der Weißhaarige zu sprechen. Seine Stimme klang leise und er sprach bedächtig, jedes Wort wohl überlegt.

„Jeder von euch weiß, warum wir uns heute hier versammelt haben. Es sind Dinge geschehen, die unserer Sache wenig zuträglich sein könnten."

Allgemeines Nicken war die einzige Reaktion auf die Worte des Alten. Nach einer kurzen Kunstpause fuhr er fort: „Im Prinzip interessiert der Tod eines Maltesers den Emir nicht weiter. Dennoch werden wir dafür sorgen, dass der Mord an unserem Bruder aufgeklärt wird. Wir müssen wissen, wer dahintersteckt."

„Vor allem müssen wir aufpassen, dass wir uns dabei nicht selbst verdächtig machen", warf einer der Anwesenden murmelnd ein. Einige andere nickten. Der Weißhaarige neigte ebenfalls zustimmend den Kopf, während sein Blick spöttisch milde auf demjenigen ruhte, der es gewagt hatte, ungefragt zu reden.

„Ich habe den Emir dazu bewegt, jemand ganz Besonderes mit der Aufklärung dieses Mordes zu betrauen. Einen Mann, bei dem wir uns darauf verlassen können, dass er kaum in der Lage sein wird, etwas zu finden, dass uns belasten könnte."

„Wer soll das sein?" Der wesentlich jüngere Mann, der dem Blick des alten Anführers nun schon eine ganze Weile standhielt, hatte ebenso ruhig und beherrscht gesprochen wie sein Gegenüber.

Der Alte zog eine Augenbraue in die Höhe. Dann erklärte er langsam: „Der Emir wird einen Hauptmann seiner Wache mit der Aufklärung betrauen. Einen Mann, der bekannt dafür ist, dem Wein zugeneigt zu sein und die Gebote des Propheten nur halbherzig zu befolgen. Wenn wir ihn auf unsere Seite ziehen können, und das nehme ich an, dann ist er die perfekte Wahl. Und selbst wenn nicht, alle Ergebnisse seiner Ermittlungen werden über meinen Tisch gehen, bevor der Emir davon erfährt. Wenn dieser Trunkenbold tiefer graben sollte, als wir es wollen, werden wir es wissen, noch bevor er eine Schaufel ansetzen konnte."

Wieder erntete der Alte allgemeines Nicken, diesmal auch von dem jungen Mann, der es gewagt hatte, ihn herauszufordern. Nachdem er jedem Einzelnen seiner Brüder kurz in die Augen geschaut hatte, fragte der Alte nachdenklich: „Hat einer von euch eine Erklärung für das, was da geschehen ist?"

Noch immer herrschte absolutes Schweigen. Wieder war es der junge Mann, der als Erster sprach: „Entweder war es nur ein ganz normaler Mord oder unser Bruder wurde entlarvt. In diesem Fall könnte auch uns Gefahr drohen."

„Hat einer von euch etwas gehört, das geeignet wäre, uns zu beunruhigen?", fragte der Alte weiter, ohne direkt auf die Worte seines jungen Gegenübers einzugehen. Allgemeines Kopfschütteln war die Antwort.

„Wir sollten dennoch die Augen offen halten. Wenn einer von euch etwas Verdächtiges bemerkt, möchte ich auf der Stelle unterrichtet werden. Unsere Freunde wollen wir damit noch nicht beunruhigen."

Zustimmendes Gemurmel wurde laut. Der Alte ließ die Gruppe einen kleinen Moment gewähren, dann hob er wieder beide Hände in die Höhe. Sofort verstummte das Stimmengewirr.

„Es ist mitten am Tag und jeder von uns hat Aufgaben, denen er nachgehen sollte. Wir treffen uns wieder in vier Tagen zur ursprünglich vereinbarten Stunde. Verlasst den Raum einzeln und durch unterschiedliche Ausgänge. Wir wollen nicht zu viel Aufmerksamkeit erregen."

Langsam löste sich die Gruppe auf. Die einen verließen den Saal durch eine unscheinbare Tür, die in den Garten führte, andere durch die große Flügeltür, wieder andere gingen durch einen kleinen Geheimgang, der in den Dienstbotentrakt des Palastes führte.

Nach einigen Momenten waren nur noch der Weißhaarige und der junge Mann im Raum. Die beiden Männer schätzten sich einen Augenblick lang mit den Augen ab. Dann erhob sich der Jüngere und deutete eine leichte Verbeugung an. Anders als sein wesentlich älteres Gegenüber trug er nicht die Tracht der hohen Hofbeamten, sondern das Abzeichen der Armee. Seine dunklen Haare fielen bis auf die Schultern herab und ein schwarzer gepflegter Bart zierte sein Kinn. Der muskulöse Oberkörper zeichnete sich selbst unter dem Obergewand, das er trug, gut sichtbar ab.

„Ich hoffe, du weißt, was du in dieser Sache tust."

„Hast du Zweifel an meinen Entscheidungen?" Die Stimme des Alten klang ruhig und beherrscht, doch der kalte Unterton ließ keinen Zweifel daran, dass er über die unterschwellige Kritik seines Gesprächspartners nicht erfreut war.

Dieser hielt dem Blick des Weißhaarigen stand, setzte ein beinahe sanftes Lächeln auf und erklärte leichthin: „Glaub mir, wenn ich diese hätte, hätte ich sie bereits selbst aus dem Weg geschafft."

Der alte Mann zog eine Augenbraue in die Höhe und stieß ächzend die Luft aus. Mit sich überschlagender Stimme erwiderte er: „Ist das eine Drohung? Du vergisst dich!“

„Ruhig, mein Bruder. Wir wollen doch kein Aufsehen erregen. Dieser Palast hat Augen und Ohren, die zuweilen auch durch Türen und Wände sehen und hören können. Und nein, es ist keine Drohung. Eher die Feststellung einer Tatsache. Glaub nicht, unseren Freunden wären die Entwicklungen hier verborgen geblieben.“

„Was soll das heißen?“ Die Stimme des Alten, die noch vor kurzem sicher und fest geklungen hatte, ähnelte jetzt mehr einem Flüstern.

„Ich habe Nachricht von einem der Abgesandten unserer Stadt. Er hat von den Geschehnissen der letzten Nacht gehört und möchte wissen, wie wir darauf zu reagieren gedenken.“

„Und was wirst du ihm antworten?“

„Dass du die Situation im Griff hast. Das hast du doch oder, mein Freund?“ Eisige Kälte schwang in der Stimme des jungen Mannes mit und mit einem Mal wurde dem Älteren klar, dass er es hier nicht nur mit einem einfachen Mitglied seiner Verschwörergruppe zu tun hatte. Seine eigenen Pläne hatten ihn eingeholt und drohten, ihn zu überrennen.

„Ich habe die Situation im Griff.“

„Wie gesagt, das will ich hoffen. Um unser beider Willen.“

Nach diesen Worten machte der junge Mann auf der Stelle kehrt und verließ den Raum. Der Weißhaarige sah ihm einen Moment hinterher, bis die Tür sich hinter ihm schloss. Dann ließ er sich auf seinen Stuhl sinken und fuhr mit beiden Händen durch seine schulterlangen Haare. Auf was hatte er sich da nur eingelassen?

*

Sarim beeilte sich, die Gänge und Flure des Bedienstetentraktes hinter sich zu lassen und in den offiziellen Bereich des Palastes zu gelangen. Der Emir wartete nicht gern, wenn er einen seiner Untergebenen zu sich befahl. Und Sarim hatte nicht vor, den Herrscher zu verärgern. Der Herr von Malta war bekannt dafür, dass er zuweilen jähzornig werden konnte und dann waren diejenigen, die für diesen Ausbruch verantwortlich waren, ihres Lebens nicht mehr sicher.

Sarim erreichte den Flur, in dem Bittsteller und Abgesandte anderer Herrscher warten mussten, wenn sie den Emir zu sprechen wünschten. Mehrere bewaffnete Mitglieder der Wache waren anwesend, um für einen reibungslosen und friedlichen Ablauf zu sorgen.

Sarim steuerte durch die Menge der Wartenden direkt auf einen der Männer zu, die vor der großen Flügeltür postiert waren, die in den Audienzsaal des Herrschers führte. Als der Mann den Hauptmann erkannte, straffte sich sein Körper noch ein wenig mehr, als es ohnehin schon der Fall gewesen war. Sarim nahm mit einer gewissen Genugtuung wahr, dass der Respekt der Männer, die vom Rang her unter ihm standen, nach wie vor groß war.

Bei dem Krieger angekommen, nickte er ihm kurz zu, dann blieb er einen Moment stehen und sah sich im Raum um. Schließlich, nach einem Augenblick des Schweigens, erklärte er leise: „Der Emir hat mich wissen lassen, dass er mich zu sprechen wünscht."

Der Soldat sah seinen Vorgesetzten verwirrt an. Dann murmelte er, ebenso leise: „Der Herr ist nicht hier. Er hat angeordnet, dass für die nächsten zwei Stunden niemand zu ihm vorzulassen ist."

Sarim zog eine Augenbraue in die Höhe. Wie passte sein Befehl, sich bei seinem Herrscher einzufinden, zu dieser Anordnung? Der Wache war anzusehen, dass er hin und her schwankte, zwischen der Angst, den Emir oder seinen Hauptmann zu verärgern. Zwar wäre der Ärger des Emirs wesentlich unerfreulicher, doch auch Samir konnte einem Untergebenen das Leben zur Hölle machen, wenn er wollte.

Das Gemurmel in dem langen Flur, der sich immer mehr zu füllen schien, verstummte schlagartig, als ein Mann in einem feinen langen Gewand, mit schulterlangem weißen Haar und schweren Goldketten um den Hals eintrat. Der goldene Schlüssel, den der Neuankömmling weithin sichtbar an seinem Gürtel trug, kennzeichnete ihn als den Kammerherrn des Emirs. Sarim sah dem Vertrauten seines Herrn entgegen und spürte eine Gänsehaut über seinen Rücken laufen, als der kalte, undurchdringliche Blick des hohen Beamten ihn erfasste und nicht mehr loszulassen schien. Tatsächlich stellte er schnell fest, dass der Kammerherr offenbar zu ihm wollte, denn der alte Mann schob sich durch die wartenden Menschen direkt auf Sarim zu. Bei dem Hauptmann angekommen, neigte der Beamte leicht den Kopf zur Begrüßung. Da Sarim Teil des Militärs war und außer seinem Befehlshaber nur noch der Emir über ihm stand, war der Kammerherr nicht wirklich höher gestellt als er. Andererseits stand der Kammerherr dem Emir sehr nah und es war allgemein bekannt, dass Ibn Saif nach dem Emir wohl der mächtigste Mann des kleinen Emirats war.

Der alte Mann, dessen Ausstrahlung und Gegenwart Sarim mehr als unangenehm war, blieb vor dem Hauptmann stehen und betrachtete ihn kurz von oben bis unten. Diese Geste wehrte nicht lang genug, um die Autorität Sarims vor seinen Männern dadurch zu untergraben, aber doch in einem Ausmaß, das Sarim spüren ließ, was der andere von ihm hielt. Die beiden Soldaten, die in unmittelbarer Nähe standen, hielten für einen Augenblick die Luft an. Sarim hatte das Gefühl, die Zeit würde stehen bleiben, während er den Blick des Mannes, den er von allen Vertrauten des Emirs am wenigsten einschätzen konnte, erwiderte.

„Der Emir wünscht dich zu sprechen, Sarim, Hauptmann der Wache“, erklärte der Kammerherr mit ruhiger Stimme. Sarim spürte, dass da ein Unterton war, den er allerdings überhaupt nicht einordnen konnte.

„Das habe ich bereits vernommen. Aus diesem Grund bin ich hier.“ Sarim bemühte sich, nicht nervös zu wirken. Doch die Ruhe, die Ibn Saif ausstrahlte, und die Art, wie er auftrat, verwirrten ihn.

Das Lächeln, das über die Züge des alten Beamten glitt, brachte ihn endgültig aus der Fassung.

„Folge mir, Hauptmann. Der Emir erwartet dich."

Ohne ein weiteres Wort drehte der Kammerherr auf dem Absatz um und bahnte sich wieder einen Weg durch die Menge. Sarim beeilte sich, ihm zu folgen. Die beiden Männer schritten wortlos nebeneinander her. Ibn Saif führte Sarim um mehrere Ecken, durch Gänge, in denen der Hauptmann nur wenige Male zuvor gewesen war. Mit wachsender Verwirrung erkannte Sarim, nicht zuletzt an den immer üppigeren Teppichen auf Böden und an den Wänden, dass sie sich den Privatgemächern des Herrschers näherten. Schließlich blieb Ibn Saif vor einer großen Flügeltür stehen. Die Soldaten, die links und rechts von der Tür standen, waren keine normalen Wachen, die unter Sarims Befehl gestanden hätten. Bei den Männern hier handelte es sich um eine handverlesene Gruppe, die der Emir selbst ausgewählt hatte und die nur dem Herrscher persönlich Rechenschaft schuldig waren.

Ibn Saif blieb stehen und nickte einem der beiden Soldaten zu. Dann wandte er sich an Sarim: „Tritt ein. Der Emir wartet."

„Was erwartet mich dort drin?" Schon im nächsten Moment biss Sarim sich auf die Lippen. Er hatte seine Gedanken laut ausgesprochen und das vor einem Mann, bei dem er spürte, dass er ihm nicht gerade wohl gesonnen war.

Das Lächeln, das über die Züge des alten Mannes glitt, jagte dem Hauptmann wieder einen Schauer über den Rücken. Leise, fast schon drohend, antwortete der Kammerherr: „Das liegt an dir, Hauptmann."

Nach diesen Worten nickte er dem Soldaten, der ihnen am nächsten stand, noch einmal zu und entfernte sich. Sarim atmete tief durch. Dann öffnete die Wache die Tür. Sarim trat ein und schaute sich neugierig in dem Raum um. Es war eine Art Empfangszimmer. In dem großen Saal standen mehrere Sessel, drei große Holztruhen, die geschlossen waren, und zwei Tische, an denen mehrere Stühle zum Sitzen einluden. Doch der Emir war nirgendwo zu entdecken. Sarim wartete einen Moment, dann öffnete sich im hinteren Bereich des Raumes eine Tür, deren Rahmen nicht von dem Rest der Wand zu unterscheiden gewesen wäre.

Durch die Tür trat ein junger Diener, der auf Sarim zuging und sich kurz vor ihm verneigte. Dann erklärte er freundlich: „Der Emir kommt in wenigen Augenblicken."

Sarim nickte nur und ließ den Prunk, von dem dieser Raum erfüllt war, noch einen Moment auf sich wirken.

Schon kurze Zeit später öffnete sich die Tür erneut und diesmal war es tatsächlich der Emir, der den Raum betrat. Sarim legte beide Hände auf die Knie und neigte den Oberkörper weit nach vorn. Schnellen Schrittes kam der Herrscher auf seinen Hauptmann zu.

Sarim war erstaunt, als der Emir murmelte: „Erhebe dich. Ich habe dir Wichtiges zu sagen und ich erwarte, dass keines meiner Worte diesen Raum verlässt."

„Mein Herr befiehlt, sein treuer Diener gehorcht", erklärte Sarim verwirrt, als er sich wieder aufrichtete.

Erst jetzt erkannte er, dass der Emir große dunkle Augenringe hatte. Offenbar schlief der Herrscher schlecht. Die im Allgemeinen schon recht blasse Gesichtsfarbe des Emirs wirkte noch heller als sonst. Sarim erschrak regelrecht, als er seinem Herrn ins Gesicht blickte. Was auch immer den Herrscher Maltas bedrückte, es waren offenbar große Sorgen.

„Ich habe dich ausgewählt, weil du in der Vergangenheit bereits gute Dienste geleistet hast. Wenn du mit dem, womit ich dich beauftragen will, Erfolg hast, bin ich sogar bereit, über die eine oder andere Verfehlung in jüngster Vergangenheit hinwegzusehen."

Sarim schluckte schwer. Da er keinen Ton herausbrachte, nickte er nur leicht.

Ohne auf die Reaktion seines Untergebenen zu achten, fuhr der Emir fort: „Ich weiß nicht, ob du bereits von den Geschehnissen in Rabat gehört hast?"

Es klang eher wie eine Frage, als eine Feststellung, weshalb Sarim schnell antwortete: „Was für Geschehnisse, mein Herr?“

Sarim wurde neugierig. Normalerweise interessierte der Emir sich nicht sonderlich für das, was in der Unterstadt vor sich ging. Seitdem eine nicht unbeträchtliche Zahl der Malteser sich dem Wunsch des Herrschers, sie mögen zum Islam übertreten, widersetzt hatte, schien auch er sein Interesse an ihnen verloren zu haben.

„Ein Malteser wurde in seinem Haus ermordet.“

„War er wohlhabend?“, fragte Sarim nachdenklich.

„Einen Mord aus Habgier kann man ausschließen. Der junge Mann lebte in eher ärmlichen Verhältnissen.“

„Dann wird es ein Streit gewesen sein. Vielleicht liebte er die Frauen etwas zu sehr und ein wütender Ehemann traf ihn in Begleitung der falschen Frau an.“

Ein Lächeln glitt über die Züge des Emirs.

„Glaubst du, wenn ich eine dieser Erklärungen für möglich gehalten hätte, hätte ich dich rufen lassen?“

Die Worte des Emirs klangen milde, aber Sarim konnte die leise Drohung nicht überhören. Er beschloss für sich, erst einmal abzuwarten, was genau der Emir von ihm wollte.

„Nein, Hauptmann, so einfach liegt der Fall hier leider nicht. Der Tote war ein unwichtiger junger Mann, den ich nicht kenne, und der auch sonst weder Titel noch ernsthaften Besitz hat.“

„Entschuldige die Frage, mein Herr. Aber warum ist sein Tod dann eine Angelegenheit, um deren Aufklärung Ihr Euch persönlich kümmert?“

Der Emir seufzte leise. Sein Blick war ernst, als er Sarim direkt in die Augen sah. Der Hauptmann erwiderte ihn für einen Moment, bevor er den Kopf senkte.

„Mein Kammerherr hat mich darüber informiert, dass der junge Mann eine Privataudienz bei mir erbeten hatte.“

Sarim blickte erstaunt auf.

„Meine Überraschung war ebenso groß. Natürlich hat Ibn Saif dem Malteser seine Bitte verweigert. Doch der Junge hat behauptet, er wüsste etwas über eine Gruppe von Männern, die mich für unfähig halten, diese Insel zu regieren."

„Und Ibn Saif hat dem jungen Mann geglaubt?"

„Natürlich nicht." Der Emir hatte begonnen, im Raum auf und ab zu gehen. „Aber die Tatsache, dass er zwei Tage, nachdem er bei Ibn Saif vorstellig geworden war, tot aufgefunden wird, spricht für sich."

Sarim nickte nachdenklich. Wenn der Malteser wirklich etwas gewusst hatte, dann war es durchaus möglich, dass jemand versucht hatte, ihn durch einen Mord zum Schweigen zu bringen.

„Ich wünsche, dass du herausfindest, wer den jungen Mann umgebracht hat und warum. Es ist mir gleichgültig wie, nur finde es heraus. Und sorge dafür, dass hier am Hof niemand von den wahren Hintergründen erfährt. Du wirst nur Ibn Saif und mir persönlich Bericht erstatten."

„Natürlich, mein Herr." Sarim verneigte sich tief. „Was gibt es sonst für Informationen über den Toten?"

„Der Kammerherr wird dir alles Weitere berichten. Und nun solltest du gehen. Auf dich wartet eine Menge Arbeit und meine Zeit der Muße ist schon fast verstrichen."

„Mein Herr befiehlt, sein treuer Diener gehorcht."

Mit einer erneuten Verbeugung zog Sarim sich in Richtung Ausgang zurück.

„Und Hauptmann", scholl die Stimme des Emirs hinter ihm her. „Es wäre besser für dich, wenn du mich nicht enttäuschst."

Sarim nickte, machte auf dem Absatz kehrt und verließ den Raum. Draußen angekommen, wurde ihm bewusst, dass seine Knie zitterten. Er musste sich einen Moment lang gegen eine Wand lehnen, um wieder Kontrolle über seine Beine zu bekommen. Erst die spöttischen Blicke der Wachen erinnerten ihn daran, dass er nicht allein war. Schnell rappelte er sich auf und versuchte dabei, so sicher und gefasst wie möglich zu wirken. Nach einem kurzen Gruß in Richtung der beiden Wachen, der souverän wirken sollte, aber zu einer lächerlichen Grimasse verkam, machte er sich auf den Weg zur Schreibstube des Kammerherrn, der gleichzeitig eine Art Sekretär des Emirs war.

Sarim wusste bisher nicht viel über den Mord, den er aufklären sollte. Eines allerdings war ihm klar: Wenn es ihm nicht gelang, Ergebnisse vorzuweisen, dann würde sich niemand die Mühe machen, Licht auf sein Ableben zu werfen.

*

Maria war bereits früh am Morgen aufgestanden und hatte, wie an jedem Tag, den Schankraum gereinigt. Die Tische waren verklebt, der Geruch von abgestandenem Wein, altem Essen und Erbrochenem hing in der Luft. Maria griff zu einer Schüssel voll Wasser, nahm einen alten Lappen und begann, die Tische damit abzuwischen.

Sie war so in ihre Arbeit vertieft, dass sie nicht bemerkte, wie jemand den Raum betrat. Zu dieser Zeit war die Tür zur Straße für gewöhnlich verriegelt, sodass Maria nicht mit einem Besucher rechnete. Umso größer war ihr Schrecken, als sie plötzlich eine Hand auf ihrer Schulter spürte. Sie wollte sich umdrehen, die fremde Hand abschütteln, aber der Eindringling hielt sie fest. Er stand direkt hinter ihr, eine Hand auf ihrer Schulter, die andere um ihre Taille gelegt, wodurch sie gezwungen wurde, aufrecht vor ihm zu stehen. Dann wanderte die Hand von ihrer Schulter zu ihrem Hals.

Marias Augen weiteten sich, stoßweise stieß sie die Luft aus. Ihr Vater, dem das Gasthaus gehörte, war auf dem Markt, um die notwendigen Zutaten für das abendliche Mahl einzukaufen. Sie war allein im Haus und ein Blick zur Tür zeigte, dass diese tatsächlich von innen verriegelt war. Ihr würde niemand zu Hilfe eilen können. Innerhalb weniger Sekunden überschlug sie im Kopf ihre Möglichkeiten. Wahrscheinlich war das nur einer dieser Kerle, die sie abends mit ihren Blicken auszogen und glücklich waren, dass sich christliche Frauen unverschleiert in der Öffentlichkeit zeigten.

Als die Hand des Fremden sich fester um ihren Hals legte, entfuhr ihr ein ängstliches Ächzen. Er würde ihr wehtun, aber wenn sie sich nicht wehrte, vielleicht ließ er sie dann am Leben. Sie wollte etwas sagen, doch ihre Kehle war so trocken, dass sie keinen Ton herausbrachte. Schließlich neigte der Fremde seinen Kopf zu ihrem Ohr. Als er ausatmete, stieg der Geruch von Knoblauch in ihre Nase.

„Eine junge Christin, so allein in einem Haus wie diesem?“

Seine Stimme war spöttisch und der eiskalte Unterton bereitete Maria eine Gänsehaut. Sie schloss die Augen und schluckte mühsam. In diesem Moment war ihr klar, was auch immer der Mann mit ihr vorhatte, sie würde heute sterben.

„So jung und so schön. Und doch so verdorben. Allah wird dir und deinem Haus geben, was euch gebührt.“

Die Stimme des Mannes klang weniger spöttisch als zuvor. Maria schloss die Augen. Es war ein schwerer Kampf für ihren Vater gewesen, auch nach der Machtübernahme durch die Araber noch Wein in ihrem Gasthaus anbieten zu können. Der Genuss alkoholischer Getränke war den Moslems verboten, doch der Emir hatte schließlich erkannt, dass es für die Stimmung unter der christlichen Bevölkerung zuträglich wäre, einige alte Gepflogenheiten nicht völlig zu unterbinden. Dass das nicht allen Arabern gefiel, war klar. Aber Maria hätte nie gedacht, dass einer der Allahgläubigen sich einmal zu einer solchen Tat hinreißen lassen würde.

„Wenn du glaubst, dass er uns bestrafen wird, warum bist du dann hier? Denkst du, er wäre nicht in der Lage, diese Aufgabe zu erfüllen?“, ächzte die junge Frau.

Wenn sie schon sterben musste, dann sollte es wenigstens schnell gehen. Vielleicht würde der Mann sie in einem Anfall von Wut töten, ohne ihr vorher Schande anzutun, wenn sie ihn reizte. Das leise Lachen des Eindringlings zeigte ihr, dass sie mit ihren Worten wenig Erfolg hatte.

„Ich werde dir nichts tun, Hure des Teufels. Ich will nur, dass du mir ein paar Fragen beantwortest. Und wenn ich glaube, dass du die

Wahrheit sagst, wird dein Vater schon bald wieder durch diese Tür kommen. Wenn ich aber das Gefühl haben sollte, dass du lügst ..."

Sein Schweigen war schlimmer als jedes Wort, das er hätte sagen können.

„Was willst du wissen?", zischte Maria wütend. Dass sie bedroht wurde, machte ihr Angst. Aber dass dieser Mann auch ihrem Vater etwas antun wollte, war etwas anderes. Seit dem Tod ihrer Mutter war sie mit ihrem Vater allein im Haus. Sie hatte sich immer geweigert, jemanden zu ehelichen, denn dann hätte sie das Haus verlassen müssen und wäre in das Haus ihres Gatten gezogen. Aber ihr Vater war auf sie angewiesen. Er war ein hervorragender Wirt gewesen, als er noch jünger war. Mittlerweile fehlte ihm für viele der notwendigen Erledigungen die Kraft. Seine Liebe zum Wein tat sein Übriges, um dafür zu sorgen, dass ein Großteil der Arbeit mittlerweile an Maria hängen blieb. Doch sie liebte ihren Vater zu sehr, um ihn im Stich zu lassen. Und auch jetzt machte sie sich mehr Sorgen um ihn als um sich selbst.

„Kennst du den Christen Namens Edok?"

„Der Name ist mir nicht bekannt", erklärte Maria trotzig. Das spöttische Lachen des Fremden zeigte, dass er ihr nicht glaubte. Ein kalter Schauer lief durch Marias Körper.

„Du hast noch einen Versuch", flüsterte der Fremde nah an ihrem Ohr. Maria verzog das Gesicht vor Schrecken.

Der Fremde fuhr fort: „Er war gestern Abend hier, ist aber schnell wieder gegangen, ohne seinen Weinkrug anzurühren."

Maria dachte krampfhaft nach. Dann kam ihr die rettende Erinnerung.

„Ich erinnere mich an den Mann", ächzte sie. Sie hatte das Gefühl, der Fremde verstärkte seinen Druck auf ihren Hals noch mehr. „Er kam gestern zu später Stunde, verließ den Schankraum aber nach wenigen Augenblicken wieder. Ein Mann in einem dunklen langen Mantel folgte ihm."

Jetzt verstärkte sich auch der Druck auf ihre Taille. Hatte sie etwas Falsches gesagt?

„Hat er Freunde hier?“

„Ich glaube nicht.“ Maria hoffte nur noch, dass es bald vorbei war. Dieses Gefühl, von einem Fremden berührt zu werden, wurde mit jedem Augenblick unerträglicher.

„Dann wird ihn ja auch niemand vermissen“, flüsterte der Fremde ihr ins Ohr. Sein sarkastischer Unterton ließ Maria frösteln.

„Ist er …“

„Ein Mann wird kommen und nach ihm fragen. Sag ihm, dass Edok gestern hier war, den ganzen Abend über Wein getrunken hat und dann nach einem Streit mit einem anderen Christen gegangen ist. Dieser ist ihm gefolgt.“

„Ist dieser Edok tot?“ Marias Stimme klang so gepresst, dass sie das Gefühl hatte, jemand anderes sprechen zu hören.

„So tot, wie du es sein wirst, wenn du etwas anderes sagst, als das was ich dir aufgetragen habe. Hast du verstanden?“

Maria nickte mühsam.

„Such dir einen Christen deiner Wahl aus, den du beschuldigst. Es sollte aber jemand sein, der wirklich hier war und der keine Zeugen hat, die deiner Geschichte widersprechen würden.“

Maria nickte erneut.

„Und wenn du glaubst, dass du mich hintergehen kannst, dann irrst du dich.“

Die Hand an ihrem Hals lockerte sich und ein Finger fuhr langsam, fast zärtlich über ihre Wange. „Du solltest nie vergessen, dass wir deinen Vater beobachten. Ein Wort von mir und du findest ihn kopflos vor deiner Türschwelle.“

Maria atmete laut aus. Leise flüsterte sie: „Bitte nicht.“

Der Fremde gab ihr einen Stoß, so dass sie nach vorne auf einen Stuhl fiel. Mit einem leisen Schrei versuchte Maria sich mit beiden Händen abzustützen, doch der Stoß war zu stark. Sie stürzte mit dem

Stuhl zu Boden und blieb einen Moment stöhnend liegen. Als sie sich langsam aufrappelte, war sie allein im Raum, die Tür war zu, aber nicht mehr verriegelt. Ächzend strich sie sich eine störrige Haarsträhne aus dem Gesicht, dann übermannten sie die Tränen.

*

Sarim hatte sich beeilt, den Flügel des Palastes, der dem Emir und seiner Familie als Wohnstätte vorbehalten war, zu verlassen. Er brauchte einen Augenblick, um sich über die Tragweite seines Auftrages klar zu werden. Der Emir hatte ihn beauftragt, einen Mörder zu finden, ohne dass es einen wirklichen Anhaltspunkt dafür gab, wer den armen Malteser getötet haben könnte. Letztlich musste mehr dahinterstecken als das, was der Emir Samir offenbart hatte. Der Hauptmann konnte sich beim besten Willen nicht vorstellen, dass das Oberhaupt des kleinen Emirates sich wirklich für die Putschfantasien eines einfachen Christen interessierte.

Zu viele Menschen auf Malta waren unzufrieden mit der Regierung der Moslems, zu viele Malteser wünschten sich nur allzu sehr die Herrschaft des Byzantinischen Kaiserhofes zurück. Auch, weil die Byzantiner sich nie sonderlich um Malta geschert hatten. Die Menschen hier konnten weitgehend tun und lassen, was sie wollten. Erst seitdem der Emir als Eroberer gekommen war, der selbst in Mdina, der Burg oberhalb der alten Malteserstadt Rabat, seinen Regierungssitz bezogen hatte, fühlte das Volk sich ständig überwacht. Die anfangs durchaus mit Zwang verbundenen Versuche, das maltesische Volk zum Islam konvertieren zu lassen, hatten bei den Insulanern nicht gerade gefruchtet. Erst als der Emir erkannt hatte, dass sein Volk bereit war, für den Erhalt seines Glaubens zu kämpfen, war er von dem ursprünglichen Vorhaben, sein Emirat zu einer rein islamischen Enklave zu machen, abgewichen.

Stattdessen hatte er der christlichen Bevölkerung eine ganze Reihe von Verboten und Erlassen aufgebürdet, so zum Beispiel das Verbot,

Waffen in der Öffentlichkeit zu tragen. Dadurch war schon mancher Fischer verhaftet worden, weil er am Ufer den Fang des Tages mit einem Messer ausgenommen hatte. Dass sich so ein gewisser Unmut unter dem Volk breitgemacht hatte, war nicht nur logisch, es war mittlerweile auch unübersehbar. Samir vermutete, dass der Emir diesen Mord vor allen Dingen aus dem Grund aufgeklärt wissen wollte, um der christlichen Bevölkerung das Gefühl zu vermitteln, dass ein an einem Malteser begangenes Verbrechen von der arabischen Obrigkeit genauso behandelt würde, wie ein Verbrechen an einem Araber. Doch die letzte klare Warnung des Emirs, dass Samir auf jeden Fall Ergebnisse bringen sollte, bekam der Hauptmann der Wache nicht aus dem Kopf.

Nachdem er eine Weile durch den Palastgarten geschlendert war, um seinen Kopf freizubekommen, machte er sich auf den Weg zu den Amtsräumen des Kammerherrn.

Er hasste Ibn Saif. Bis zum heutigen Tag hatte er an den zweitmächtigsten Mann des Emirates kaum einen Gedanken verschwendet. Aber die erste Begegnung mit dem alten Mann am Morgen und die Aussicht, dem Beamten mit dem durchdringenden Blick und der Miene voller Verachtung, in der nächsten Zeit regelmäßig Bericht erstatten zu müssen, ließen Sarim seine Gefühle für den Kammerherrn völlig klar sehen. Er hasste diesen Mann und er hasste den Gedanken, mit ihm zusammenarbeiten zu müssen. Oder war fürchten eher das richtige Wort? Ibn Saif war auf jeden Fall einer der Männer, denen er bei seinen Trinkgelagen auf keinen Fall begegnen wollte. Auch wenn er wahrscheinlich wie kein zweiter alles wusste, was sich im Inneren der Palastmauern ereignete, hatte Sarim bislang immer das Gefühl gehabt, seine Handlungen verstecken zu können.

Doch jetzt, in den Augenblicken, bevor er die Amtsräume des Kammerherrn betrat, kamen ihm all seine Sünden der letzten Wochen wieder in Erinnerung. Mit zitternden Knien und leerem Kopf klopfte er an die Tür, hinter der der Kammerherr seinen täglichen Pflichten nachging.

Ein durch die schwere Holztür gedämpfter Ruf ließ Sarim wissen, dass er eintreten sollte. Er öffnete die Tür und trat ein, nachdem er noch einmal tief durchgeatmet hatte.

Ibn Saif saß hinter seinem Schreibtisch, auf dem sich Berge von Schriftstücken und einige Buchrollen türmten. Allein die Buchrollen, die hinter dem Beamten im Regal lagen, waren wertvoller, als das, was Sarim in einem Monat an Sold erhielt. Und Ibn Saif war bekannt dafür, dass er jeden gerne seine Macht und seinen Reichtum spüren ließ. Je mehr Sarim darüber nachdachte, desto weniger begeisterte ihn die Vorstellung, dass er diesem Mann Bericht erstatten musste. Zumal er sich immer noch nicht ganz klar darüber war, wohin seine Ermittlungen führen würden und welches Ergebnis der Emir überhaupt hören wollte.

Ibn Saif, der den Ankömmling nur einmal kurz mit dem Blick streifte, sah sofort wieder auf das Schriftstück hinab, mit dem er gerade beschäftigt war. Gedanklich vertieft, machte er Sarim mit einer Hand ein schnelles Zeichen, dass dieser sich auf einen Schemel vor dem Arbeitstisch des Kammerherrn setzen solle. Sarim kam der Einladung nach, auch wenn er sich so nahe vor dem Mann noch unwohler fühlte. Aber zu allererst beachtete Ibn Saif ihn gar nicht.

Es dauerte eine gefühlte Ewigkeit, bis der weißhaarige Beamte endlich den Blick von dem Brief hob, den er gerade studierte und seinen Gast ansah. Das Lächeln, das dann über seine Züge glitt, schien Sarim merkwürdig raubtierhaft.

Der Soldat war schon viel herumgekommen in den islamischen Ländern. In seiner Jugend war er eher ein Draufgänger und Abenteurer als ein sesshafter und ehrenhafter Diener des Propheten gewesen. Heute, einige Jahre nachdem er die Blüte der Jugend überschritten hatte, aber noch immer nicht zu den Alten am Hof gehörte, hatte er sich damit abgefunden, dass die Position im Dienste des Emirs wohl das Beste war, was er in seiner Kariere je erreichen würde. Er hätte damals weiterhin als Söldner umherziehen und sein Schwert und seine Künste dem Mann verkaufen können, der am meisten dafür bot. Oder aber dem Angebot des Emirs folgen, der ihm und einigen anderen Männern, die sich im Kampf verdient gemacht hatten, eine Position in der Stadtwache angeboten hatte.

Damals war Samir stolz gewesen. Der Herrscher hatte ihn beachtet und hatte ihm selbst im Rahmen einer kleinen Audienz das Angebot gemacht, nicht mehr nur als Söldner, sondern als persönlicher Wächter des Emir und seiner Familie, in seine Dienste zu treten. Und es schien anfänglich wirklich so, als würde diese Aufgabe sehr reizvoll sein. Dass damit aber in der Regel die Bewachung leerer Palastflure und die gelegentliche Begleitung des Herrschers oder eines Familienmitgliedes zu offiziellen Anlässen verbunden war, hatte Samir nicht erwartet. Und so hatte er sich in den letzten Jahren immer mehr gehen lassen, was nicht zuletzt sein alter Freund Malek voll und ganz ausnutzte, denn nun hatte der Hilfskoch endlich jemanden, der mit ihm zusammen seinen regelmäßigen Medizinkonsum begehen konnte.

Aber, dass nun ein Auftrag wie dieser vom Emir persönlich ausgesprochen wurde, und das auch noch direkt an Sarim selbst, der beileibe nicht der höchste in der Rangliste der Wächter war, verwirrte den Soldaten zutiefst. Was auch immer die Hintergründe dieser Entscheidung sein mochten, sie erschlossen sich Sarim bislang nicht. Er konnte nur hoffen, dass Ibn Saif Licht in das Dunkel seiner Gedanken bringen konnte.

„Also, du hattest dein Gespräch mit dem Emir?“, fragte der Kammerherr ohne große Umschweife.

Sarim nickte, den Blick scheu zu Boden gerichtet. Er begriff selbst nicht, was mit ihm los war. Er hatte in seinem früheren Leben schon vor mächtigeren Personen gestanden als dem Kammerherrn eines kleinen Emirates wie Malta es war. Und doch fühlte er sich hier wie ein kleiner Junge, der vor seinen Lehrmeister tritt, um gemaßregelt zu werden. Es kostete ihn große Überwindung, den Blick zu heben und seinen Gesprächspartner direkt anzusehen.

Ibn Saif, der den Blick seines Gastes mit einem Lächeln erwiderte, fragte: „Und, wie gedenkst du die Ermittlungen anzugehen, Hauptmann der Wache?“

Sarim nickte nachdenklich. Ja, er musste sich einen Plan zurechtlegen. Er konnte nicht ziellos durch Rabat laufen und jeden Zweiten, den er sah, nach dem Toten befragen. So klein war die Stadt nicht, dass er auf diese Art etwas hätte erfahren können.

„Ich denke, ich sollte als Erstes herausfinden, wo sich das Opfer am gestrigen Abend aufgehalten hat. Vielleicht gibt es Zeugen, die etwas von einem Streit berichten können.“

„Ein guter Ansatzpunkt“, murmelte Ibn Saif nachdenklich. „Hat der Emir dir gesagt, dass ich über jeden Fortschritt deiner Ermittlungen zu unterrichten bin?“ Ibn Saif griff ein Thema auf, das Sarim so gar nicht gefiel.

„Das hat er, Herr“, erwiderte der Soldat pflichtbewusst.

„Unser Herrscher legt großen Wert darauf, dass diese Tat aufgeklärt und gesühnt wird. Das kann ich nachvollziehen, auch wenn seine Beweggründe dafür im Dunkeln liegen. Aber wir wollen ihn trotzdem nicht zu sehr mit dieser Angelegenheit belasten. Wenn es also jemanden gibt, den ihr dieser Tat für verdächtig haltet, so will ich zuerst davon erfahren. Wenn es ein offizielles Verhör gibt, möchte ich informiert sein, um entscheiden zu können, ob ich zugegen sein möchte oder nicht. Es ist nicht so, dass ich dir nicht vertraue, Sarim. Ich möchte nur nicht, dass eine Kleinigkeit übersehen wird oder ein Wort falsch interpretiert wird. Stell dir vor, ein einflussreicher Anhänger Mohameds würde des Mordes an diesem Christen überführt werden. Weißt du, was die Folge wäre?“

„Möglicherweise ein Aufstand“, murmelte Sarim leise.

„Ja, genau das. Und ich denke, dass das niemand heraufbeschwören möchte. Sind wir uns da einig, Hauptmann?“ Ibn Saifs Stimme hatte ihren freundlichen Klang verloren und war mit einem Mal scharf, beinahe drohend geworden. Sarim verstand, was der Alte ihm damit sagen wollte. Er konnte die Ermittlungen so führen, wie der

Kammerherr es wollte, oder er hatte einen Feind, der mächtig genug war, ihn zu Fall zu bringen.

„Wir sind uns einig, Kammerherr“, erklärte Sarim deshalb nickend.

Natürlich würde er Ibn Saif keinen Grund liefern, ihn zu hassen. Aber er war auch nicht bereit, sich von diesem Mann vorschreiben zu lassen, was er wie zu tun hatte. Er hatte schon einmal die Aufgabe gehabt, einen Mord aufzuklären. Damals, in Damaskus, noch in Diensten eines anderen Herrn. Langsam nickte er, während er sich im Kopf einen Plan für sein weiteres Vorgehen zu Recht legte. Er würde die Sache so angehen, wie er es für richtig hielt. Und dann würde er entsprechend Bericht erstatten.

Ibn Saif erläuterte Sarim noch einige Dinge, die er über den toten Christen wusste. Es waren keine Angaben von Bedeutung, aber der Tote war ja auch niemand Bedeutsames gewesen, bis auf den Umstand, dass er den Emir sprechen und einen möglichen Aufstand hatte melden wollen.

Als Sarim das Arbeitszimmer von Ibn Saif verließ, fühlte er sich etwas besser und voll des Tatendranges. Er war noch immer nicht glücklich darüber, dass er mit der rechten Hand des Emirs zusammenarbeiten musste. Aber immerhin hatte er einen Auftrag, der es ihm erlaubte, seinen Kopf zu gebrauchen. Und vielleicht war es ja genau das, was er brauchte, um sein eigenes Leben wieder in den Griff zu bekommen.

*

Sarim hatte lange darüber nachgedacht, wo er mit seinen Ermittlungen beginnen sollte. Ibn Saif hatte ihm noch einmal versichert, dass er über alles verfügen konnte, was er benötigte, um den Auftrag des Emirs zu erfüllen. Der Herrscher wollte Ergebnisse. Koste es was es wolle.

Nachdem der Soldat sich eine Weile mit seinem Freund Malek beraten hatte, machte er sich auf den Weg nach Rabat, um sich in dem Viertel einmal etwas näher umzusehen, in dem der junge Malteser gelebt hatte, dessen Tod er untersuchen sollte.

Der Weg aus der Festung Mdina hinunter in die Unterstadt, die zum Großteil von christlichen Maltesern bewohnt wurde, war nicht weit. Und doch wusste Sarim nicht zu sagen, wann er ihn das letzte Mal zurückgelegt hatte. Ihm war, als wäre er schon ewig nicht mehr unter den Menschen gewesen, die die eigentlichen Einwohner dieser Insel waren. Es war aber auch nicht so, dass es in Rabat auch nur das Geringste gab, das ihn angezogen hätte. Viel mehr war die Unterstadt in seinen Augen ein Ort der Ausschweifung und der Sünde. Die Christen hatten keine Skrupel, Wein zu trinken und Schweinefleisch zu essen. Und wenn die Geschichten stimmten, die man sich auf der Burg des Emirs über die Menschen maltesischer Herkunft erzählte, trieben sie auch noch Unzucht miteinander und das direkt vor den Augen der Gläubigen. Diese hatten versucht, sie zum wahren Glauben zu bekehren, nur um erkennen zu müssen, dass die Predigten eines Paulus hier noch immer so machtvoll unter den Menschen wirkten, wie sie es schon vor vielen hundert Jahren taten. Zumindest waren das die Worte Maleks gewesen, als sie sich über Rabat unterhalten hatten.

Natürlich hatte Sarim von Paulus gehört, aber er konnte mit all den christlichen Geschichten nicht viel anfangen. Was war das nur für eine Religion, die stolz darauf war, dass ihr Heiland, ihr wichtigster Prophet, von seinen Feinden zu Tode gebracht worden war? Und was soll das für ein Gott gewesen sein, der seinen Sohn und bedeutsamsten Propheten einfach so opferte? War nicht Mohammed das viel eindrucksvollere Beispiel eines Helden und eines von Gott Gesandten? Anders als der Mann, den die Christen als ihren Christus verehrten und der ihnen Dinge gesagt hatte wie, wer zum Schwert greife, werde durch das Schwert umkommen, war Mohamed ein Mann von Ehre gewesen, ein echter Streiter für Allah. Der Prophet hatte nicht nur eine ganze Reihe göttlicher Botschaften erhalten, er verbreitete die

Wahrheit von dem Gott, der der Eine ist, auch mit Worten und dem Schwert. Was war dagegen schon der Mann, der von seinen Feinden gefangen genommen und aufgehängt worden war? Selbst wenn Jesus auferstanden sein sollte, wie es Sarim einst ein christlicher Begleiter auf einer seiner Reisen berichtet hatte, es blieb für Sarim dabei, dass der Tod dieses Mannes, der ein Sohn Gottes sein sollte, völlig sinnlos erschien. Wenn er mächtig genug war, von den Toten aufzuerstehen, warum hatte er dann nicht seinen Tod von vornherein verhindern können?

Solche und ähnliche Gedanken suchten Sarim oft heim, wenn er mit Christen in Berührung kam. Und heute war einer der Tage, an dem er eine Menge Christen sehen würde – wenn sie ihn sehen wollten.

Als Sarim das Viertel betrat, in dem das Opfer gelebt hatte, fiel ihm als erstes auf, dass die Straßen wie leergefegt waren. Natürlich spielte hierbei der Umstand eine wichtige Rolle, dass die Mittagszeit noch nicht lange währte und die Hitze des Tages nahezu unerträglich war. Aber Sarim entgingen auch nicht die vielen neugierigen, teils ängstlichen Augen, die ihm aus den Fenstern der Wohnhäuser entgegenblickten, immer in der Hoffnung, der Araber möge an ihrem Haus vorbeigehen.

Sarim bog in eine kleine Gasse, die direkt auf das Haus des Toten zuhielt. Am Ende der Gasse musste er noch einmal eine Straße überqueren, dann stand er vor dem, was manche Christen als Haus bezeichneten. Er hätte es Baracke genannt.

Der Zustand der Behausung war beängstigend schlecht. Und doch hatten offensichtlich schon manche Nachbarn ihre Trauer bekundet. Es lagen einige Blumen vor der hölzernen, teilweise schon vermoderten Tür. Ein kleines Kreuz war an die Wand des Hauses gelehnt. Offensichtlich war der Tote bei seinen Mitmenschen beliebt gewesen. Oder die Malteser ehrten alle ihre Toten auf diese Weise, was Sarim sich aber nicht vorstellen konnte.

Er stieß die Tür mit einem Tritt auf, stieg über die Blumen, die auf der Schwelle des Hauses lagen und betrat den Wohnraum im Inneren. Hier herrschte heilloses Chaos. Die wenigen Habseligkeiten des Ermordeten waren auf dem Boden verstreut; manches war in blinder Zerstörungswut einfach entzwei geschlagen oder auf andere Art beschädigt worden.

Sarim schüttelte den Kopf, als er das Ausmaß der Verwüstung sah. Wer auch immer den Mann getötet hatte, er musste große Wut ihm gegenüber verspürt haben. Noch immer war Sarim sich nicht sicher, ob nicht doch einfach ein eifersüchtiger Ehemann, der seine Frau bei einem Techtelmechtel mit dem jungen Mann erwischte, hier reinen Tisch gemacht hatte. Er stöberte noch ein wenig durch die Dinge, die hier verstreut auf dem Boden herumlagen. Dabei stieß er immer wieder auf kleine Papierstücke, auf denen unzusammenhängende Sätze standen. Nachdenklich schob er sich die Briefe in die Tasche seines Kaftans. Ein leises Räuspern von der Eingangstür her ließ ihn hochschrecken.

„Bestehlen die Araber jetzt schon die Toten? Habt ihr dem Lebenden nicht genug nehmen können?“, fragte ein hagerer alter Mann, der nach seinen Worten verächtlich ausspuckte.

Sarim sah den Fremden, der sich in der Tür aufgebaut hatte, einen Augenblick nachdenklich an. Vielleicht war es doch ein Fehler gewesen, nicht die Begleitung zweier Soldaten für seinen Ausflug zu wählen. Wer wusste schon, wie viele Männer sich in diesem Moment in der Nähe des Hauses versammelten, um den Moslem, der ihren toten Freund berauben wollte, zu verprügeln oder Schlimmeres.

Sarim bemühte sich, ruhig zu bleiben, auch wenn er mit einem Mal deutlich spürte, wie Schweiß auf seine Stirn trat. Nachdem er sich kurz gesammelt hatte, antwortete er betont freundlich: „Ich habe nicht vor, dem Mann, der hier gelebt hat, etwas zu stehlen.“

„Und warum schleichst du dich dann in sein Haus und fuhrwerkst hier herum wie ein Wilder? Warum steckst du dir Dinge in deine Taschen, wenn du nichts stehlen willst?“

„Ich bin vom Emir beauftragt worden, den Mord an dem jungen Mann aufzuklären."

Der Fremde zog eine Augenbraue in die Höhe. Dann antwortete er mit einem spöttischen Grinsen: „Eine dümmere Ausrede habe ich noch nie gehört. Als ob es jemanden in eurem Palast interessieren würde, was mit den Menschen hier unten wird. Wenn ihr euer geliebtes Mdina verlasst, dann doch nur um Unglück und Unterdrückung unter das Christenvolk zu bringen."

„Dem Emir ist jeder christliche Untertan genauso wichtig und lieb wie ein muslimischer", erklärte Sarim schnell, in der Hoffnung, dass seine Worte zumindest ein wenig überzeugend klangen.

Der Fremde bedachte ihn noch einmal mit einem langen forschenden Blick. Dann brummte er: „Natürlich. Wie dem auch sei, wenn du wirklich die Mörder des armen Jungen finden willst, musst du bei deinesgleichen suchen."

„Wieso das?", fragte Sarim verwundert.

Der Fremde lachte spöttisch auf.

„Das wundert dich, was? Du dachtest, du kannst die Sache wunderbar einem Mann hier aus dem Viertel anhängen und keiner würde mehr groß nachfragen. Aber so sind wir hier nicht. Wir helfen uns, auch in den schwierigsten Zeiten."

„Wenn du etwas weißt, musst du es mir sagen. Ich will die Mörder deines Freundes finden, aber das kann ich nur, wenn du mir ehrlich anvertraust, was du weißt, oder zu wissen glaubst."

Der Fremde starrte einen Moment auf den Boden.

„Aber wenn du auch zu denen da oben gehörst, dann bin ich der Nächste", brummte er unwirsch. Er drehte auf der Stelle um und ging auf die Straße. Sarim, der noch immer mitten in der Verwüstung des Hauses stand, war mit drei schnellen Sprüngen ebenfalls an der Tür.

„Was ist? Hat es dir die Sprache verschlagen?", rief er dem Fremden hinterher.

Der Alte blieb wie angewurzelt stehen. Langsam drehte er sich um und sah Sarim noch einmal von Kopf bis Fuß abschätzend an.

„Du bist noch ein junger Mann. Vielleicht wirst du mit den Jahren verstehen, dass es einen Moment zum Reden und einen Moment zum Schweigen gibt."

„Ach ja? Eigenartig. Noch vor wenigen Augenblicken hast du mich verdächtigt, ein Dieb zu sein. Kurze Zeit später erklärst du mir, dass der Emir kaum ein Interesse daran haben wird, den Tod eines christlichen Untertanen aufzuklären und schließlich willst du mir weismachen, ein Anhänger des Propheten hätte den Mann getötet. Aber wenn es dann darum geht, deine Behauptungen zu belegen, dann verschlägt es dir die Sprache und du willst einfach gehen."

Sarim sah sein Gegenüber herausfordernd an. Natürlich hatte er den Moment, in dem er das Haus verlassen hatte, genutzt, um sich unauffällig umzusehen. Da aber keine anderen Männer und erst recht niemand mit Bewaffnung auf der Straße zu finden war, beschloss Sarim, dass dieser Mann seine beste Möglichkeit war, die Ermittlungen aufzunehmen. Jetzt musste er den Christen nur noch zum Reden bewegen. Doch schon die Antwort des Alten zerstörte Sarims Hoffnungen komplett.

„Hast du gesehen, was in diesem Haus geschehen ist? Da wurde nicht nur ein junger Mann getötet. Man hat alles zerstört, was er besessen hat. Ich habe eine Familie, eine Frau und zwei Kinder. Ich werde sie nicht in Gefahr bringen, um dir oder sonst jemandem etwas zu erzählen, das ohnehin niemand hören will."

„Und wenn die Männer, von denen du behauptest, dass sie diesen Mann hier getötet haben, wiederkommen, weil sie denken, dass du mit deinem Wissen eine Gefahr darstellst?", versuchte Sarim ein letztes Mal, den Mann dazu zu bewegen, sich ihm anzuvertrauen.

Doch der Christ schüttelte nur den Kopf.

„Wenn du etwas über Edok erfahren willst, musst du in die Taverne am Ende der Breiten Straße gehen. Dort kannte man ihn und vielleicht kennt man dort auch die Männer, die ihn gern besuchten und ihm gelegentlich Aufträge erteilten."

Sarim nickte. „Hab Dank für diese Auskunft. Wenn du es dir anders überlegen solltest, so komme in den Palast des Emirs und frag nach Sarim, dem Wächter. Man wird mich dann informieren."

Der Fremde nickte kurz und verschwand ohne einen weiteren Gruß in einer kleinen Gasse. Sarim sah dem Christen einen Moment lang nach, dann wandte er sich kopfschüttelnd wieder dem Haus zu. Zwar war er sich sicher, dass er in diesem Durcheinander ohnehin nichts von Bedeutung finden würde, er wollte sich aber nicht vorwerfen lassen, er hätte nicht gründlich gesucht.

Also begab er sich seufzend noch einmal in den zwar angenehm kühlen, wenn auch recht dunklen Innenraum des Hauses. Drinnen stellte sich Sarim in die Mitte des Raumes und sah sich noch einmal um. In einer Ecke lagen zwei Überwürfe, die zerrissen oder zerschnitten worden waren. Einige Holzbecher und Holzteller waren ebenso auf dem Boden zerstreut wie andere Dinge, die im Besitz des Toten waren. Dann, nachdem er sich einen Überblick über das Durcheinander in diesem Raum verschafft hatte, ging Sarim zu der Treppe, die auf das Flachdach führte.

Das Haus hatte weder einen Innenhof noch einen Garten. Es gab nur eine Tür auf der Rückseite des Hauses, die auf einen kleinen quadratischen Platz führte, der von einer Mauer umgeben war und nicht mehr als ein kreisrundes Loch und ein Brett darüber beherbergte. Offenbar hatte der Tote hier seine Notdurft verrichtet. Auf dem Dach des Hauses angekommen, fand Sarim zwei einfache Liegeplätze und einen Tisch vor. Auf dem Tisch stand ein Krug, der noch mit etwas Wein gefüllt war. Sarim ließ sich auf einer der Decken nieder, die hier oben lagen und schaute sich erneut um. Da gerade zur heißen Jahreszeit viel Zeit auf den Dächern verbracht wurde und in manchen besonders warmen Nächten die Flachdächer sogar als Schlafplatz verwandt wurden, war es normal, dass hier oben bessere Möbel zu finden waren, als im Inneren des ärmlichen Hauses selbst. Von diesem Dach aus konnte man bequem auf die Nachbardächer gelangen.

Da es keine Tür gab, die den Zugang zum Haus verschlossen hätte, war es also ein Leichtes, über das Dach in das Haus des Opfers einzudringen, um ihn dann zu ermorden. Aber wie konnte jemand in einer Gegend wie dieser einfach in ein Haus eindringen, eine solche Verwüstung anrichten, mit einem Mann kämpfen, diesen töten und schließlich wieder entkommen, ohne dabei gesehen zu werden?

Der fremde Christ hatte doch vorhin gesagt, dass die Menschen in dieser Gegend aufeinander aufpassen würden. Sarim beschloss zu prüfen, inwieweit das tatsächlich stimmte. Er raffte sich wieder auf und ging die Treppe zum Inneren des Hauses hinab. Es dauerte einen Moment, bis sich seine Augen an die neuen Lichtverhältnisse gewöhnt hatten. Dann sah er etwas, das ihm bislang entgangen war. Auf einem kleinen Tisch, der eigenartigerweise als einziges Möbelstück im Haus nicht zerstört worden war, stand eine kleine Schatulle. Sowohl der Tisch als auch die Schatulle wirkten, als würden sie nicht in dieses Haus gehören. Und Sarim war sich sicher, dass der Tisch vorhin noch nicht an dieser Stelle gestanden hatte. Oder hatte er ihn einfach nur übersehen?

Unsicher näherte Sarim sich dem kleinen Tisch und griff nach der Schatulle. Er öffnete die winzige Truhe, die nicht verschlossen war, und schüttelte verwundert den Kopf. Das Behältnis war mit rotem Samt ausgelegt und beherbergte nur ein Schmuckstück: Einen goldenen Siegelring. Sarim zog den Ring aus der Schatulle und betrachtete das Siegel näher. Sein Mund fühlte sich auf einmal seltsam trocken an. Der Ring gehörte dem einflussreichen muslimischen Kaufmann Abu Sen Nefer. Was hatte dieser Mann mit einem einfachen Christen wie Edok zu tun? Vor allem, wie tief musste die Beziehung zwischen den beiden sein, wenn der Kaufmann dem Opfer seinen Siegelring überlassen hatte.

Natürlich machte allein das Vorhandensein des Ringes hier im Haus den Kaufmann nicht zu einem Verdächtigen. Aber es bewies, dass Edok tatsächlich Kontakt zu Arabern gehabt hatte, wie der Fremde vorhin behauptet hatte. Und das machte die Ermittlungen Sarims um einiges komplizierter. Im Augenblick sah er zwei Möglichkeiten, die zu dem Mord an dem jungen Opfer geführt haben könnten: Entweder gab es wirklich einen Grund, warum ein oder mehrere Diener des Propheten den Mann tot gesehen haben wollten. Dann war es an Sarim herauszufinden, worin dieser Grund lag und wer genau den Mord ausgeführt hatte. Die andere Möglichkeit war, dass jemandem aus der christlichen Nachbarschaft Edoks Umgang mit Arabern nicht gefiel. Vielleicht hatte Edok eine Anstellung bei Abu Sen Nefer erhalten, die ein anderer gern gehabt hätte und deshalb musste der junge Mann sterben. Und dann klangen dem Ermittler noch die Worte von Ibn Saif in den Ohren:

Stell dir vor, ein einflussreicher Anhänger Mohameds würde des Mordes an diesem Christen überführt werden.

Sarim würde den Kammerherrn auf jeden Fall über die neue Entwicklung informieren müssen. Fürs Erste beschloss er allerdings, dass es an der Zeit war, die Taverne aufzusuchen, die der Fremde ihm genannt hatte. Vielleicht würde er dort noch etwas mehr über Edok und seinen Umgang erfahren.

*

Sarim betrat den Schankraum, der für die Nachmittagsstunde schon außerordentlich gut gefüllt war. Ihm drang sofort der Geruch von Essen, Alkohol und Schweiß entgegen. Sarim rümpfte kurz die Nase, beschloss dann aber, dass er dieses geringe Übel wohl würde ertragen müssen. Also warf er einen Blick in die Runde. Die meisten der Anwesenden starrten ihn verwundert an. Einige wenige, die ihn nicht bemerkt hatten, waren weiterhin in ihre Unterhaltungen vertieft, sodass es in dem Raum zum Glück nicht völlig still wurde. Sarim fühlte sich extrem unwohl in seiner Haut. Nicht nur, dass er wie ein gottesfürchtiger Diener des Propheten gekleidet war, er trug außerdem das Abzeichen der Truppen des Emirs. Das sollte ihm die Ermittlungen in der Stadt erleichtern. Doch in diesem Augenblick hatte Sarim eher das Gefühl, dass sowohl seine Kleidung als auch besagtes Abzeichen eine ernsthafte Befragung der Menschen unmöglich machten. Offenbar war man in dieser Taverne den Besuch eines Arabers nicht gewohnt. Doch als Sarim sich langsam durch den Raum bewegte und auf einen Tisch im hinteren Bereich der Taverne zuhielt, ebbte die Aufmerksamkeit, die man ihm zuteilwerden ließ, ab. Und wenige Augenblicke später herrschte in der Taverne wieder derselbe Lärmpegel, wie bei seinem Eintritt.

Es dauerte eine Weile, bis eine junge Frau zu seinem Tisch kam und ihn freundlich ansprach: „Was kann ich Euch bringen, Herr?“

Sarim sah die Christin nachdenklich an. Sie war keine Schönheit, wie die Töchter oder Frauen des Emirs, die Sarim zuweilen im Palast sah, wenn ein entsprechender Auftrag dies erforderte. Aber sie war auf eine natürliche Art attraktiv. Die junge Frau gefiel ihm, auch wenn er nicht sagen konnte, weshalb. Ihre dunklen, hüftlangen Haare und ihre braunen Augen in dem ebenmäßigen Gesicht schienen ihn regelrecht zu fesseln. Erst als die junge Frau verwundert nachhakte: „Mein Herr, ist Euch nicht wohl?“, bemerkte Sarim, dass er sie anstarrte.

Lächelnd antwortete er: „Mir geht es ausgezeichnet, habt Dank der Nachfrage. Was kann man in Eurem Hause zu sich nehmen?“

„Das kommt darauf an, was Ihr zu Euch nehmen möchtet“, antwortete die junge Frau lächelnd. „Wir haben heute Brot und Eintopf mit Hammelfleisch und Datteln. Dazu kann ich Euch Wein oder Wasser anbieten.“

Sarim nickte nachdenklich.

„Ich nehme etwas von dem Eintopf und Brot. Dazu einen Krug Wasser.“

Die junge Frau deutete eine Verbeugung an und machte sich auf den Weg zurück hinter eine Anrichte, die als Tresen verwendet wurde. Sarim sah ihr nach und bemerkte gar nicht, wie er dabei ins Träumen geriet. Diese Frau wirkte anders als die, die er bisher kennen gelernt hatte. Er hatte in seinem Leben eine Menge Frauen an seiner Seite gehabt, doch keine von Ihnen hatte ihn wirklich fesseln können. Schönheit, das hatte er mit der Zeit gelernt, war nicht nur vergänglich, oftmals war sie auch ein Ersatz für Charakter. Und auch wenn Sarim die Vorstellungen seiner Glaubensbrüder über die Rolle der Frau, die nach außen stets die treue Dienerin ihres Herrn und deren Stimme nur hinter verschlossenen Türen zu hören sein sollte, teilte, so war seine Idee von einer Ehefrau doch eher die einer Person, die nicht nur sein Bett verschönerte, sondern auch eine Gesprächspartnerin war und zur Bereicherung seines täglichen Lebens beitrug. Kopfschüttelnd vertrieb Sarim die Gedanken an die junge Christin. Wahrscheinlich war es einfach schon zu lange her, dass er mit einem Weib das Bett geteilt hatte. Er musste sich auf seinen Fall konzentrieren. Danach würde er auch seinen anderen Bedürfnissen wieder mehr Aufmerksamkeit schenken können.

Es dauerte nicht lange und die Christin kehrte mit einer hölzernen Platte zurück, auf der ein Krug, ein Becher, eine dampfende Schüssel und ein flaches, rundes Brot lagen. Sarim griff zuerst zu dem Brot, riss ein Stück ab, tunkte es in den Eintopf und begann zu essen. Die Mahlzeit schmeckte ihm ausgezeichnet, auch wenn er zugeben musste, dass er zuerst Angst gehabt hatte, es könnte vielleicht doch Schweinefleisch untergemengt worden sein.

Als er die Schüssel restlos geleert und auch das Brot komplett vertilgt hatte, gab er dem Serviermädchen ein Zeichen, dass sie noch einmal zu seinem Tisch kommen solle. Sie beeilte sich, seinem Wunsch nachzukommen. Nachdem Sarim das Essen in den höchsten Tönen gelobt hatte, kam er auf den Punkt zu sprechen, der ihn hierhergeführt hatte: „Kennt Ihr einen Mann namens Edok? Er ist ein Malteser, der einige Häuser entfernt wohnt."

Die Christin sah den Fremden einen Moment lang entsetzt an. Sarim glaubte eine tiefe, schreckliche Angst in den Augen der jungen Frau zu sehen. Was konnte sie so erschreckt haben? Doch dann hatte sie sich wieder unter Kontrolle. Sarim zog die Augenbrauen zusammen, doch Marias Gesichtsausdruck war mittlerweile wieder völlig normal. Sie schüttelte nachdenklich den Kopf. Dann, nach einem Augenblick des Schweigens, antwortete sie leise: „Nein, diesen Namen habe ich noch nie gehört."

Sarim sah die junge Frau scharf an, in der Hoffnung erkennen zu können, ob sie ihn anlog. Doch ihr Gesicht verriet nichts.

„Könnte es hier jemanden geben, der ihn vielleicht kannte?"

„Wieso kannte?", hakte sie nach, ihrer Stimme noch immer einen nachdenklichen Klang gebend.

„Er wurde in der letzten Nacht ermordet", erklärte Sarim freundlich.

„Und warum interessiert Ihr Euch für diesen Mann, mein Herr?", erkundigte Maria sich respektvoll.

„Nun, ich wurde von dem Emir persönlich beauftragt, diesen Mord aufzuklären. Also ist alles, was Ihr dazu wissen könntet, überaus wichtig."

Sarim hoffte, durch die Nennung des Emirs als seinen Auftraggeber zu unterstreichen, dass die junge Frau ihm wirklich die Wahrheit sagen musste. Doch auch dies führte zu keiner Veränderung in ihrem Gesicht. Was auch immer es gewesen war, dass sie so erschreckt hatte, sie hatte sich wieder vollständig im Griff.

„Ich habe davon gehört. Ich kannte den Mann nicht, aber man erzählte mir, dass er gestern hier gewesen sein soll."

„Wirklich? Hat er sich mit jemandem unterhalten?"

„Mehr noch, mein Herr. Er hatte einen Streit, der lautstark auf der Straße fortgesetzt wurde."

„Tatsächlich? Mit wem hat er sich gestritten?"

„Mit einem Fischer aus Msida, wenn ich mich recht entsinne", erklärte Maria nachdenklich. Sie hatte die Stimme des Mannes, der ihr am Morgen aufgelauert hatte, noch deutlich im Ohr. Und wer auch immer dieser Fremde hier war, sie war nicht bereit für ihn das Leben ihres Vaters aufs Spiel zu setzen.

„Und da seid Ihr Euch sicher? Kennt Ihr den Namen des Mannes?"

„Wartet kurz", murmelte Maria, angestrengt nachdenkend. Es kostete sie große Mühe, die Fassade aufrecht zu erhalten, aber sie wusste, was sie zu tun hatte, um ihre Familie zu schützen. Auch wenn sie damit riskierte einen Unschuldigen in Gefahr zu bringen. Sie richtete ein kurzes Stoßgebet gen Himmel, in der Hoffnung, dass sie nicht zu viel Unheil anrichtete.

Dann sagte sie leise: „Lukas hieß er. Zumindest haben die Männer, die sich vorhin über den Toten unterhalten haben, das so gesagt. Es tut mir wirklich leid, aber ich weiß nur das Wenige, was ich heute Morgen auf dem Markt gehört habe. Gestern Abend ist mir der Mann nicht weiter aufgefallen. Ich habe zwar den Streit bemerkt, aber die beiden Raufbolde wurden schnell aus der Taverne geworfen."

Sarim nickte langsam. „Ich danke Euch. Wie ist Euer Name?"

„Maria, mein Herr", erwiderte die junge Christin, den Blick scheu zu Boden gerichtet.

„Dann habt Dank, Maria. Sowohl für Speise und Trank als auch für Eure Informationen. Was schulde ich Euch?"

„Nichts, mein Herr. Einen Beauftragten des Emirs heißen wir gern in unserem Haus willkommen."

„Das war aber nicht mein Anliegen", erwiderte Sarim schnell, beide Hände abwehrend erhoben.

Doch Maria schüttelte energisch den Kopf: „Bitte beleidigt nicht die Ehre meines Hauses, indem Ihr meine Einladung ablehnt."

„Eures Hauses?", fragte Sarim erstaunt. Er wusste ja, dass Frauen bei den Christen eine andere Rolle als bei seinen Glaubensbrüdern innehatten. Aber dass eine Frau eigenständig eine solche Taverne führen sollte, erschien ihm doch sehr abwegig.

„Nun, mein Vater, der Euer Essen zubereitet hat, ist der Besitzer dieser Taverne. Es gehört also meiner Familie."

„Dann nehme ich Eure Einladung gerne an. Habt nochmals Dank."

Maria deutete eine Verbeugung an, woraufhin Sarim ebenfalls leicht den Kopf neigte. In diesem Augenblick beschloss er, zukünftig öfter hier vorbeizuschauen. Zu dem wirklich guten Essen kam die

Gesellschaft Marias. Zwei hervorragende Gründe, sich dieses Haus zu merken.

Nach einigen weiteren freundlichen Floskeln verließ Sarim den Schankraum und machte sich auf den Weg zurück zum Palast.

Morgen würde er sowohl den Fischer in Msida ausfindig machen, als auch Abu Sen Nefer aufsuchen müssen. Aber noch heute Abend musste er mit dem Kammerherrn des Emirs sprechen. Wenn er jemanden wie Abu Sen Nefer mit dieser Sache behelligen wollte, dann musste er sich vorher den Segen Ibn Saifs holen, wenn er nicht in Ungnade fallen wollte.

Zurück in Mdina begab sich Sarim direkt zu den Gemächern des Kammerherrn. Zwei Soldaten hielten vor den Privaträumen des alten Beamten Wache. Sarim erklärte kurz sein Anliegen und wartete dann darauf, dass der Krieger, der Ibn Saif über seine Anwesenheit in Kenntnis setzen wollte, wieder herauskam.

Es dauerte nicht lange und er wurde vorgelassen. Als Sarim eintrat, saß Ibn Saif auf einem Sessel, einen Becher in der Hand und eine Schriftrolle auf dem Schoss. Der Beamte sah auf und gab Sarim mit der freien Hand ein Zeichen, näher zu treten. Eine Sitzgelegenheit bot er seinem Gast allerdings nicht an, was dieser ohne jegliche Regung zur Kenntnis nahm. Nun stand Sarim hier und wartete darauf, von dem Mann, den er zu dieser späten Stunde noch gestört hatte, angesprochen zu werden.

Es fehlte nicht viel und Ibn Saifs Schweigen hätte als Missachtung seines Gastes gewertet werden können, da hob der Vertraute des Emirs endlich den Blick von seiner Buchrolle, seufzte kurz, stellte den Becher auf einen kleinen Tisch und rollte die Buchrolle zusammen. Dann sah er Sarim direkt an und zog beide Augenbrauen in die Höhe: „Was hast du für mich? Kannst du bereits Ergebnisse vorweisen?“

„Nun, es gibt zwei Spuren, über die ich Euch in Kenntnis setzen wollte“, erklärte Sarim, dem durchaus klar war, dass Ibn Saif nicht gefallen würde, was er gleich sagte.

„Und die wären?“

„Zuerst habe ich mich im Haus des Toten umgesehen und mich mit einem Mann aus seinem Umfeld unterhalten. Der Mann ist der festen Überzeugung, dass ein Diener des Propheten den Mord begangen hätte.“

Ibn Saif atmete tief durch. Sarim spürte, dass die Luft für ihn dünner wurde.

„Im Haus selbst habe ich diese Schatulle gefunden“, führte er weiter aus und legte sein Fundstück vor. Interessiert betrachtete Ibn Saif das Behältnis, bevor er es öffnete und den Siegelring herausnahm. Langsam nickte er.

„Was hat der Siegelring eines der wichtigsten Kaufleute dieses Emirates im Haus eines einfachen Christen verloren?“

„Genau das habe ich mich auch gefragt, mein Herr. Und ich würde diese Frage gern Abu Sen Nefer persönlich stellen.“

Wieder nickte der Hofbeamte, während er mit der Hand über das Siegel strich.

„Aber führe die Befragung unter vier Augen durch. Ich möchte nicht, dass etwas davon nach außen dringt. Der Mann, um den es hier geht, ist nicht nur reich, er ist auch ein Freund des Emirs. Ich glaube nicht, dass du riskieren möchtest, dass er sich über dich beschwert.“

Sarim schluckte schwer. Da war wieder dieser drohende Unterton in der Stimme des Kammerherrn. Wenn er kein Interesse an einer echten Aufklärung dieses Mordes hatte, warum hatte man ihn dann überhaupt damit beauftragt? Oder lag es vielleicht eben genau daran? Sarim war sich darüber im Klaren, dass sein Ruf bei Hofe nicht der allerbeste war. Viel mehr hatte er sich in den letzten Jahren schon manche Entgleisung geleistet. Vielleicht hofften der Emir und sein Berater ja, er sei bei der Ermittlung leicht zu lenken und würde schnell irgendeinen Sündenbock vorführen.

Doch Sarim hatte beschlossen, den Tod dieses Maltesers eingehend und gründlich zu untersuchen. Etwas an diesem Fall machte ihn stutzig. Warum war der Mann vor dem Haus Edoks heute so sicher gewesen, dass ein Araber den Mord begangen hatte? Und warum hatte Maria auf seine Frage nach dem Mordopfer so eigenartig reagiert? Es schien, als hätte jeder, mit dem er sprach, Geheimnisse, die mit dem Toten zu tun hatten. Doch im Augenblick musste er sich nun einmal Ibn Saif beugen, also nickte Sarim und erklärte:

„Ich werde ihn auf keinen Fall beleidigen, mein Herr."

„Das will ich dir auch nicht geraten haben", brummte der Kammerherr. „Du sprachst von einer zweiten Spur?"

„Ja. Der Tote wurde gestern Abend in einer Taverne gesehen, wo er sich mit einem Fischer aus Msida gestritten haben soll."

„Weiß man, worum es bei diesem Streit ging?"

„Nein."

„Gut. Suche diesen Fischer. Ich denke, dass wir in ihm wesentlich eher den Mörder finden als in Abu Sen Nefer."

„Dass der Kaufmann diesen Mord kaum begangen haben dürfte, ist, glaube ich, klar, mein Herr. Aber vielleicht stand er in einer Geschäftsbeziehung zu dem Opfer. Und möglicherweise war jemand neidisch auf diese Beziehung und hat ihn deshalb aus dem Weg geräumt."

„Möglich. Aber welche Beziehung würde es rechtfertigen, dass Abu Sen Nefer ihm seinen Siegelring gibt?"

„Genau das werde ich ihn fragen."

„Sollte sich herausstellen, dass dieser Ring gestohlen wurde, möchte ich nicht, dass diese Information an die falschen Ohren gerät. Man könnte meinen, der Mann wäre als Bestrafung für seinen Diebstahl getötet worden."

Sarim deutete eine Verbeugung als Zeichen seines Einverständnisses an.

„Unterrichte mich, wenn du beide befragt hast."

„Natürlich, mein Herr.“

Ibn Saif, der es offenbar kaum erwarten konnte, sich wieder seiner Buchrolle zu widmen, gab Sarim mit der Hand ein Zeichen, dass er sich entfernen dürfe. Dieser schluckte seinen Ärger über die Arroganz seines Gegenübers herunter und verließ schnellen Schrittes die Gemächer des Kammerherrn, um zu seinen eigenen Räumlichkeiten zu gehen. Der Tag war lang und anstrengend gewesen und als er am Morgen mit Kopfschmerzen und einem pelzigen Geschmack auf der Zunge aufgewacht war, hätte er nie damit gerechnet, dass dieser Tag ihm nicht nur einen Ermittlungsauftrag einbringen, sondern ihn auch in politische Verwicklungen stürzen würde, auf die er gern verzichtet hätte.

*

Der Mann, der da im Dunkeln auf dem Flachdach seines Hauses saß und in den von Fackeln erleuchteten Innenhof seines Anwesens hinabsah, gehörte zu den reichsten und wichtigsten Männern Maltas. Abu Sen Nefer war schon fast fünfzig Jahre alt, hatte aber nichts von dem Biss des jungen ehrgeizigen Kaufmannes verloren, der ihm einst seinen Reichtum eingebracht hatte. Die letzten Jahre waren schwierig gewesen für seine Geschäfte. Die Byzantiner hatten alles daran gesetzt, die Kaufmänner Maltas beim Handel mit ihren Partnern außerhalb des kleinen Emirates zu behindern. Und es war dem Kaiserreich erschreckend gut gelungen. Aber Abu Sen Nefer hätte es nicht zu einem solchen Wohlstand gebracht, wenn er nicht zu jedem Problem eine passende Lösung finden würde. Wobei man zugeben musste, dass in diesem Fall die Lösung eher ihn gefunden hatte.

Es war kein Jahr her, da hatte ihn ein alter Freund angesprochen, dem er vertraute wie keinem Zweiten und der ihm eine Möglichkeit aufgezeigt hatte, wie er zukünftig ohne Zwischenfälle mit den Byzantinern seinen Handel treiben könnte. Es wurde nicht viel von ihm erwartet, nur gelegentlich kleine Gefallen, die ein winziger Preis im

Vergleich zu dem Schutz seiner Handelsschiffe und Karawanen waren. Die Zusammenarbeit hatte sich gelohnt. Anfangs hatte Abu Sen Nefer noch Angst gehabt, jemand könnte etwas von seiner Übereinkunft erfahren. Aber mit der Zeit war diese Angst der Gewissheit gewichen, dass es niemanden gab, der ihn wirklich in Gefahr bringen könnte.

Heute Abend nutzte er, hier oben auf dem Flachdach seiner Villa, die Zeit, um Pläne für die nächsten Monate zu machen. Als er ein Geräusch vom anderen Ende des Daches hörte, huschte ein Lächeln über seine alternden Züge. Es gab eine Menge Frauen in seinem Harem. Aber keine von ihnen konnte seiner Favoritin das Wasser reichen. Laila war an seiner Seite gereift. Mittlerweile zählte sie bereits über dreißig Jahre und mancher Mann hätte sie vielleicht schon gegen eine Jüngere eingetauscht. Aber diese Frau hatte ihm nicht nur seinen liebsten Sohn geboren, sie war auch zu einer guten und engen Freundin geworden, deren Rat für ihn unverzichtbar war. Er hätte das zwar nie zugegeben, aber in vielen Dingen war es ihm wichtig, ihre Meinung zu erfragen, bevor er eine Entscheidung traf.

Und so hatte er auch heute um ihre Anwesenheit auf dem Dach gebeten, um sich mit ihr beraten zu können. Da die Geräusche aus der Richtung kamen, in welcher der Harem lag, konnte es nur Laila sein, die sich da näherte. Abu Sen Nefer stellte den Becher neben sich ab, lehnte sich zurück und schloss die Augen, in Erwartung des Kusses seiner Geliebten.

Das gehässige Lachen eines Mannes riss ihn aus seinen Träumen. Verwirrt öffnete der Kaufmann die Augen und sah in das wohlbekannte vernarbte Gesicht eines Arabers. Er war niemand, der zu dieser Stunde Zugang zu seinem Haus erhalten hätte. Zumindest nicht, ohne dass man ihn zuvor informiert hätte. Leise zischte Abu Sen Nefer: „Was willst du hier?“

„Glaubst du wirklich, du könntest dich zur Hure der Byzantiner machen, ohne dass dich die Strafe dafür ereilt?“, fuhr ihn der ungebetene Gast wütend an.

„Was sind das für Anschuldigungen!“ Der Kaufmann fuhr auf. Ihm war klar, dass die Situation gefährlich war. Eine solche Anklage konnte ihn eine Menge kosten.

„Allah selbst wird entscheiden, ob du schuldig bist oder nicht.“

„Was willst du damit sagen?“

Ächzend kämpfte Abu Sen Nefer sich auf die Beine. Er wollte dem Eindringling gegenüberstehen, in der Hoffnung, so seine Position noch besser vertreten zu können. Woher auch immer der Mann seine Informationen hatte, er musste ihn überzeugen, dass diese falsch waren.

Das kurze Aufblitzen der blanken Klinge im Mondlicht blieb dem alten Kaufmann verborgen. Erst der Schmerz, hervorgerufen durch die in seine Magengegend stechende Dolchspitze, zeigte Abu Sen Nefer, was sein Gast mit den Worten zu Allahs Gericht hatte andeuten wollen. Vor Schmerz ächzend warf er sich auf seinen Angreifer. Doch dieser war wendiger und geübter als sein Gegner. Wie eine Raubkatze wich er der Attacke aus, zog den Dolch aus dem Körper Abu Sen Nefers, nur um ihm die Waffe gleich darauf bis zum Griff in die Nieren zu stoßen. Stöhnend stolperte der schwer verletzte Kaufmann nach vorn. Doch sein Gegner war unerbittlich. Noch sieben Mal stach er auf den mittlerweile wehrlosen Mann ein, bis er endlich von ihm abließ. Verächtlich spukte er auf den Leichnam. Dann verschwand er in der Dunkelheit der Nacht.

*

Der Morgen war noch in weiter Ferne, als jemand mit den Fäusten gegen Sarims Tür trommelte. Stöhnend drehte er sich auf seinem Nachtlager um, doch der Störenfried gab keine Ruhe. Also erhob Sarim sich ächzend und leise fluchend und tapste barfuß, nur mit einem einfachen Lendenschurz bekleidet, zu der Holztür, die seine Gemächer vom Rest des Palastes trennte. Erst an der Tür angekommen, fiel ihm wieder ein, dass er einen Mordfall untersuchte. Damals, als er in Damaskus in einem anderen Fall ermittelte, hatte jemand versucht, ihn zu ermorden, als er den Tätern zu nahe gekommen war. Was, wenn derjenige, der da Zutritt verlangte, es ebenfalls auf ihn abgesehen hatte?

„Wer ist da? Wer macht zu dieser Stunde einen solchen Lärm?“

„Der Kammerherr des Emirs schickt mich. Ihr sollt euch so schnell wie möglich in seinen Arbeitsräumen einfinden“, kam die Antwort von der anderen Seite der Tür.

„Die Nacht ist zum Schlafen gemacht“, brummte Sarim. Dann erklärte er etwas lauter: „Ich werde mich gleich dorthin begeben.“

„Ich warte hier auf Euch, wenn es Ihnen recht ist. Der Kammerherr möchte, dass Ihr sofort kommt.“

„Das habe ich schon verstanden“, brummte Sarim immer ungehaltener, während er sich einen einfachen Umhang überwarf. Er konnte an der Situation nichts ändern. Ibn Saif wollte ihn, aus welchem Grund auch immer, sehen. Und das *sofort*. Der Mann musste einen verdammt wichtigen Grund haben, ihn mitten in der Nacht aus dem Schlaf reißen zu lassen.

Als Sarim in Begleitung des Soldaten, der ihn abgeholt hatte, ins Arbeitszimmer des Kammerherrn trat, wurde ihm bewusst, dass es sich wirklich um eine wichtige Angelegenheit handeln musste. Ibn Saif selbst sah aus, als wäre er gerade aus den Träumen gerissen worden. Doch vor allem sein sorgenvoller Blick ließ Sarim erschaudern. Hatte der Vertraute des Emirs am Tage noch gewirkt, als wäre er sich absolut sicher, alles im Griff zu haben, sah er jetzt so aus, als wäre ihm ein Geist seiner Ahnen erschienen.

„Warum hat das so lange gedauert?“, herrschte der Kammerherr den Soldaten an, der Sarim hierher bringen sollte. Der Mann schrumpfte unter dem Blick Ibn Saifs auf die halbe Größe.

Sarim räusperte sich leicht und brummte: „Das dürfte dann wohl meine Schuld gewesen sein. Es dauert nun mal einen Moment, mich aus dem Schlaf zu reißen. Warum sollte ich zu dieser Stunde herkommen?“, brachte er das Gespräch auf höchst unfreundliche Art und Weise auf den Grund seiner Anwesenheit.

Ibn Saif warf dem Soldaten, der noch immer mit hängendem Kopf mitten im Raum stand, einen letzten bösen Blick zu, dann erlaubte er ihm, zu gehen. Anschließend atmete der alte Mann tief durch und deutete Sarim an, sich zu setzen. Der Ermittler nahm zu seinem Erstaunen wahr, dass Ibn Saif nun nicht mehr hinter seinem Schreibtisch Platz nahm und ihn auf einen Schemel davor verwies. Vielmehr bot der Kammerherr ihm einen Sessel in einer anderen Ecke des Arbeitszimmers an. Hier stand eine wesentlich bequemere Sitzecke, in welche der Beamte sich wahrscheinlich mit ranghöheren Gesprächspartnern zurückzog. Dass Ibn Saif ihm eine solche Ehre zu Teil werden ließ, lag wohl kaum daran, dass sich seine Wertschätzung für den Wächter des Emirs in den letzten Stunden so sehr erhöht hatte. Es musste etwas wirklich Schreckliches geschehen sein, das den Kammerherrn des Emirs so mitnahm, dass er selbst auf sein sonstiges Getue verzichtete und sofort zur Sache kam.

„Der Fall, den du untersuchst, hat eine höchst unangenehme Wendung genommen“, begann Ibn Saif leise.

„Welcher Art?“

„Mit wem hast du noch über den Siegelring Abu Sen Nefers gesprochen?“

„Mit niemandem, Herr“, erwiderte Sarim verwundert.

„Dann muss es einen anderen Zusammenhang geben“, brummte Ibn Saif nachdenklich.

„Was genau ist geschehen?“, fragte Sarim, der langsam ungeduldig wurde.

Ibn Saif sah seinen Gast einen Augenblick lang mit einem undeutbaren Blick an. Dann murmelte er leise: „Abu Sen Nefer wurde am Abend auf dem Flachdach seiner Villa ermordet.“

„Er wurde … was?“

„Der Mann ist tot, Sarim. Am Abend tauchst du mit seinem Siegelring bei mir auf und wenige Stunden später erscheint ein atemloser Wächter im Palast und meldet den Tod des Mannes."

„Aber das ist … Wer sollte einen derart einflussreichen Mann töten wollen?"

„Ist das ein Scherz? Ein Mann, der derart reich ist und Gehör bei Hofe findet, hat immer Feinde. Das Haus Abu Sen Nefers wird von seinen eigenen Männern bewacht. Er hat eine kleine Einheit Söldner, die ihm als Soldaten dienen. Ein Mann, der dort eindringen und den Hausherrn töten konnte, musste sich entweder bestens mit den Gegebenheiten auf dem Anwesen auskennen, oder aber er gehört selbst zu den Söldnern, die dort dienen."

Sarim fuhr sich mit der Hand durch sein Haar. Der Fall begann wirklich, eine unangenehme Wende zu nehmen. Möglicherweise hatten diese beiden Verbrechen gar nichts miteinander zu tun. Allein der Glaube daran fehlte ihm. Es wäre ein zu großer Zufall, wenn ausgerechnet der Mann, der am Tage in das Blickfeld Sarims geraten war, noch am selben Abend ermordet wurde.

„Ich möchte den Ort, an dem die Tat stattgefunden hat, sehen. Sofort."

„Davon bin ich ausgegangen. Der Mann, der dich hierher gebracht hat, wird dich zur Villa des Toten führen. Dort erwartet man dich bereits. Sarim, finde heraus, wer Abu Sen Nefer getötet hat. Bisher sprachen wir von einem Malteser, der möglicherweise einen Aufstand verraten wollte, möglicherweise aber auch nur unsere Zeit verschwenden wollte. Doch jetzt reden wir über den Mord an einem engen Vertrauten des Emirs. Unser Herr wird nicht erfreut sein, wenn er von dieser Tat erfährt. Und er wird auf eine schnelle und gründliche Aufklärung drängen."

Sarim nickte und erhob sich.

„Ich werde mein Bestes geben."

„Ich hoffe, dass das reicht", erwiderte Ibn Saif, den Blick auf seine Hände gerichtet. Da er kein weiteres Wort sagte, aber auch keine

Anstalten machte, sich zu erheben, um seinen Gast zur Tür zu geleiten, verbeugte Sarim sich noch einmal zum Abschied und verließ dann das Arbeitszimmer.

Tatsächlich stand hier noch immer der Soldat, den Ibn Saif offenbar als seinen persönlichen Schatten abgestellt hatte. Sarim nickte dem Mann kurz zu. Nach einigen Worten machten sie sich auf den Weg zum Tatort. Als sie die Villa des Toten vor sich sahen, ging die Sonne langsam auf und ein neuer Tag begann. Und Sarim fragte sich, was dieser ihm wohl noch an Unerwartetem bringen würde.

*

Sen Nefer, der Sohn des verstorbenen Kaufmannes, führte Sarim und seinen Begleiter auf das Flachdach des Hauses. Man hatte hier oben alles so belassen, wie man es vorgefunden hatte, und so sah Sarim den Ermordeten zusammengekrümmt auf dem Boden liegen, einige umgeworfene Möbelstücke und eine Blutspur, die zu einem der Zugänge zum Flachdach führte.

Der Ermittler sah sich eine Weile auf dem Dach um, betrachtete die Leiche in Ruhe, und begann dann, die Bediensteten zu befragen. Das Personal, das in der Nacht im Haus gewesen war, hatte weder jemanden gesehen noch jemanden gehört. Doch auch keine der Personen, die Sarim befragte, kam ihm in einer Weise verdächtig vor. Also bat er Sen Nefer persönlich um ein Gespräch. Der junge Mann, der trotz seiner Jugend bereits eine beachtliche Karriere in der Armee des kleinen Emirates gemacht hatte, empfing seinen Gast im Arbeitszimmer seines Vaters. Nach einigen Höflichkeitsfloskeln begann Sarim mit der Befragung.

„Dein Vater trug in der Öffentlichkeit deinen Namen als Titel, als er sich in Abu Sen Nefer, ‚Vater des Sen Nefer', umbenannte. Er muss sehr stolz auf dich gewesen sein."

Sen Nefer, der als Erstgeborener der ganze Stolz seines Vaters gewesen war, zuckte mit den Achseln.

„Soweit ich weiß, hat mein Vater bereits kurz nach meiner Geburt diesen Namen angenommen. Es ist Ehre und Bürde zugleich, und wie du sicher selbst weißt, nicht unüblich“, erklärte der junge Mann, offensichtlich jedes Wort genau abwägend, bevor er es aussprach.

Sarim verspürte eine eigenartige Abneigung gegen seinen Gesprächspartner, doch das konnte auch einfach nur daran liegen, dass er in der Regel ein Problem mit Sprösslingen reicher und einflussreicher Familien hatte. In seinen Augen mussten sie weniger leisten als diejenigen, die kein mächtiges Elternhaus im Rücken hatten. Auch Sen Nefer war dafür bekannt, dass er einen nicht geringen Teil seiner Karriere dem Einfluss seines Vaters zu verdanken hatte. Aber das war eine der vielen kleinen Ungerechtigkeiten dieser Welt, die Sarim nicht ändern konnte, daher beschloss er, dieses Gefühl fürs Erste zu verdrängen, da es ihm seine Objektivität raubte.

„Wo warst du in der letzten Nacht?“

„Ich war in der Kaserne. Als General habe ich auch dort einige Wohnräume, die ich oft nutze, um meinen Männern zu zeigen, dass ich einer der Ihren bin.“

Sarim nickte. Er hatte bereits davon gehört, dass Sen Nefer bei seinen Männern sehr beliebt war, weil er sich selbst nicht für etwas Besseres hielt. Zumindest wollte er keine bessere Behandlung als sie. So schlief er tatsächlich meistens in der Kaserne und auch wenn er mit einer Einheit im freien Feld war, wohnte er nur in einem einfachen Zelt und schlief auf dem Boden, so wie seine Mitstreiter.

„Und wann bist du hier eingetroffen?“

„Kurz vor dir und deinem Begleiter. Ich wurde informiert, nachdem man den Kammerherrn unterrichtet hatte.“

„Warum zuerst den Kammerherrn?“

„Weil mein Vater ein enger Vertrauter des Emirs war. Es war richtig, als erstes den Emir zu unterrichten. Wenn jemand Abu Sen Nefer tötet, dann greift er ebenso den Herrscher an.“

„Selbstbewusst gesprochen. Kannst du dir vorstellen, wer den Tod deines Vaters gewollt haben könnte?“

Sen Nefer schnaubte kurz verächtlich. Dann murmelte er: „Wer wollte den nicht?“

Sarim zog die Stirn fragend in Falten.

„Wie meinst du das?“

„Mein Vater pflegte immer zu sagen: *Je näher man dem Thron kommt, desto schwerer wird es, die Luft zu atmen.*“

„Ein weises Wort.“

„Er war einer der engsten Freunde unseres Herrn. Es gab mit Sicherheit eine Menge Männer, die ihn gern aus dem Weg haben wollten.“ Leise fügte Sen Nefer hinzu: „Aber ich hätte nie gedacht, dass einer von ihnen es wagen würde, wirklich Hand anzulegen.“

„Ich habe den Siegelring deines Vaters bei einem anderen Mordopfer gefunden. Vielleicht kannst du Licht in das Dunkel des Falles bringen?“

„Ein anderer Mord?“

„Ja. In der letzten Nacht wurde unten in Rabat ein Malteser in seinem Haus getötet, auf ähnliche Weise wie dein Vater heute hier in seinem.“

„Du willst den Tod eines unwichtigen Ungläubigen mit dem meines Vaters vergleichen, der nicht nur ein wichtiger Mann, sondern auch ein treuer Diener des Propheten war?“

Sarim hob abwehrend beide Hände empor.

„Nichts liegt mir ferner, General. Aber im Haus des Toten fand ich den Siegelring deines Vaters. Kannst du dir vielleicht erklären, wie er dorthin gekommen ist?“

„Ich weiß es nicht. Mein Vater hat mich nur selten in seine Geschäfte eingeweiht. Vielleicht sollte dieser Mann im Namen meines Vaters eine geschäftliche Verhandlung führen und hatte sie noch nicht beendet, oder aber er hat ihm den Ring gestohlen.“

„Also kannst du hier nur Vermutungen beisteuern“, fasste Sarim zusammen, was ihm einen finsteren Blick Sen Nefers beibrachte. Dann nickte der junge General widerwillig. Sarim strich sich nachdenklich mit der Hand über den Bart. „Ich werde das Arbeitszimmer deines Vaters untersuchen müssen.“

„Wieso das?“, fragte Sen Nefer, vielleicht eine Spur zu schnell. Seine Stimme klang nervös, was Sarim überraschte. Hatte der junge Mann etwas zu verbergen?

„Nun, jemand hat einen engen Vertrauten des Emirs getötet. Das erfordert eine gründliche Untersuchung. Dein Vater war Kaufmann und hat hier in diesem Zimmer seine Arbeit verrichtet. Darüber hinaus dürfte hier neben seiner kaufmännischen auch seine private Korrespondenz zu finden sein. Vielleicht kann etwas von dem, was ich hier finde, Aufschluss über seinen Mörder geben.“

„Ich weiß nicht, ob es im Sinne meines Vaters gewesen wäre, wenn ein Fremder seine Unterlagen durchschnüffeln würde“, erwiderte Sen Nefer nachdenklich.

„Ich weiß aber, dass es kein Problem wäre, den Emir um eine entsprechende Anweisung zu bitten. Und was glaubst du, wie er auf eine solche Bitte meinerseits reagieren würde?“

Sen Nefer betrachtete sein Gegenüber einen Moment lang. Sarim spürte, dass der junge General mit sich rang und gleichzeitig versuchte, seinen Gesprächspartner einzuschätzen. Sarim hatte zwar schon eine Menge von dem jungen Offizier gehört, aber sie hatten bislang wenig miteinander zu tun gehabt. Dementsprechend schwer fiel es den beiden Gesprächspartnern, sich gegenseitig einzuschätzen.

„Du wirst nichts von dem, was sich in diesem Raum befindet, entfernen, es sei denn, ich habe es erlaubt.“

Sarim erwiderte: „Ich werde mir alles ansehen, was sich hier befindet. Aber ich schwöre dir beim Barte des Propheten, dass nichts von dem, was ich hier sehe, außerhalb dieses Hauses Erwähnung finden wird, es sei denn, meine Verpflichtung dem Emir gegenüber zwingt mich dazu.“

„Dann sei es so. Wenn du mich noch brauchst, ich mache mich auf den Weg zurück in die Kaserne. Die Leiche meines Vaters werde ich abholen lassen, damit er auf seine Beerdigung vorbereitet werden kann“, sagte Sen Nefer

Sarim nickte. „Möge er Frieden finden.“

Nachdem Sen Nefer gegangen war, begann Sarim sich einen Überblick über das Arbeitszimmer des Toten zu verschaffen. Alles hier war genauestens geordnet, sodass Sarim sich gut zurechtfand. Da waren die Geschäftsbücher und die Warenauflistungen der letzten Monate, Briefe von verschiedenen Handelspartnern aus allen Ecken der arabischen Welt, sortiert nach Herkunft und Rang des Geschäftspartners und versehen mit einzelnen Randnotizen. Doch all das gab keinen Aufschluss darüber, wer Abu Sen Nefer den Tod gewünscht haben könnte.

Sarim verbrachte fast den kompletten Vormittag damit, die Unterlagen des Toten zu sichten. Unterdessen war die Leiche bereits abgeholt worden. Es war nicht schwer gewesen, zu erkennen, dass der Mann erstochen worden war. Auch Edok soll erstochen worden sein, so hatte man es ihm berichtet. Als er das Haus des Maltesers untersucht hatte, war die Leiche bereits weggebracht worden, weshalb er leider keine Möglichkeit gehabt hatte, den Leichnam in Augenschein zu nehmen. Aber allein der Umstand, dass beide erstochen worden waren und dass er im Haus des Christen den Siegelring des Kaufmannes gefunden hatte, waren für Sarim Beweis genug, dass es einen Zusammenhang geben musste.

Es gab aber auch noch eine andere Erklärung. Der Fremde in Rabat war sehr überzeugt davon gewesen, dass sein Freund von einem Diener des Propheten ermordet worden war. Was, wenn er wusste, mit wem Edok in Kontakt gestanden hatte? Vielleicht hatten einige Christen ja selbst versucht, die Sache in die Hand zu nehmen. Die von ihnen gepredigte Liebe war zwar eine nette Geschichte, aber wenn man sich die Handlungen des Kaiserreiches Byzanz ansah, dann waren die Christen nicht liebevoller als die Muslime. Sarim überlegte fieberhaft, ob jemand gesehen haben könnte, dass er den

Ring des Kaufmannes im Haus Edoks gefunden hatte. Aber er hatte niemanden gesehen. Trotzdem musste er dieser Idee nachgehen.

Auf dem Weg zurück in den Palast ging er im Kopf noch einmal alle Informationen durch, die er bisher gesammelt hatte. Der Christ hatte in irgendeinem Kontakt mit dem Kaufmann gestanden. Wobei der einzige Hinweis darauf der Siegelring im Haus des Christen gewesen war. Und vielleicht hatte General Sen Nefer Recht, wenn er sagte, dass hier auch einfach nur ein Diebstahl vorliegen könnte. Ein Mann wie Abu Sen Nefer, der so weitreichende Geschäftsinteressen hatte, hatte mit Sicherheit auch Männer, die in seinem Namen siegelberechtigt waren. Einem von ihnen könnte der Ring gestohlen worden sein.

Eine weitere Spur war der Fischer aus Msida, mit dem Edok am Abend vor seinem Tod einen Streit in der Taverne gehabt haben sollte. Auch diesen musste Sarim noch befragen. Und vielleicht fand er auch einen Vorwand, noch einmal mit der schönen Christin aus der Taverne zu sprechen.

Das laute Grummeln in seiner Magengegend erinnerte Sarim daran, dass er heute noch nichts zu sich genommen hatte. Also machte er sich auf den Weg in die Palastküche und suchte dort nach seinem Freund Malek. Gemeinsam mit dem Hilfskoch, den er nicht lange überreden musste, eine kleine Zwischenmahlzeit mit ihm einzunehmen, bediente er sich bei den vom Mittagsmahl des Palastes übriggebliebenen Lebensmitteln und zog sich in den Essenstrakt der Köche und Küchenmägde zurück. Dort vertilgten sie gemeinsam zwei Brote, eine gute Portion Hammelfleisch, ein Stück kräftigen Ziegenkäse und etwas Getreidebrei. Mit vollen Mündern unterhielten sie sich dabei über das, was Sarim seit ihrem letzten Zusammentreffen widerfahren war. Der Hauptmann wusste, dass seine Arbeit eigentlich vertraulich war und er niemandem Bericht erstatten durfte, außer dem Kammerherrn und dem Emir selbst. Aber Malek war nicht nur sein bester Freund, er war auch sein einziger echter Vertrauter. Und da Sarim das Gefühl hatte, unbedingt mit jemandem reden zu müssen, der keine politischen Hintergedanken hatte, wagte er es, sich seinem Freund anzuvertrauen.

„Findest du es nicht eigenartig, dass ein Mann wie Sen Nefer und ein einfacher Tagelöhner wie Edok innerhalb so kurzer Zeit hintereinander ermordet werden, ohne dass es direkt einen Verdächtigen gibt?“, fragte Malek, der gerade einen kräftigen Bissen Hammelfleisch heruntergeschluckt und mit einem Zug Wasser nachgespült hatte.

Schmatzend antwortete Sarim: „Wie meinst du das?“

„Naja, normalerweise gibt es immer jemanden, von dem man zu wissen meint, dass er es gewesen sein könnte. Wenn hier in Mdina oder Rabat jemand getötet wird, was Allah sei Dank nur sehr selten geschieht, dann ist das bei Hofe immer ein großes Thema und es gibt jede Menge Einfälle, wer der Schuldige sein könnte. Doch hier … Zu keinem der beiden Morde gibt es das übliche Palastgetuschel. Zumindest noch nicht.“

„Keine Angst, mein Freund. Dein heißgeliebter Tratsch wird noch kommen“, erklärte Sarim überzeugt.

„Meinst du wirklich? Der Malteser ist doch schon längst kalt. Und auch Abu Sen Nefer ist schon seit mehr als einem halben Tag tot. Versteh mich nicht falsch, wir hier im Palast haben natürlich alle davon gehört, dass es einen Mord an einem einflussreichen Kaufmann gegeben hat und dass der Kammerherr des Emirs dich mitten in der Nacht aus dem Schlaf hat reißen lassen, um diesen Mord zu untersuchen. Das tut deinem Ansehen bei Hofe im Übrigen sehr gut.“

„Meiner Gesundheit aber eher nicht“, brummte Sarim, der noch immer nicht ganz sicher war, worauf sein Freund hinaus wollte.

Grinsend fuhr Malek fort: „Aber das übliche Gewäsch der Bediensteten, die Vermutungen anstellen und Theorien diskutieren, das fehlt hier völlig. Es scheint, als wenn jeder im Palast wüsste, wer es war, aber niemand es wagen würde, es auszusprechen.“

Sarim, der gerade ein Stück Brot in den Mund geschoben hatte, verschluckte sich fürchterlich und hustete, bis ihm die Tränen in die

Augen schossen. Malek goss seinem Freund schnell einen Becher mit Wasser voll und reichte ihn herüber.

Erst als Sarim etwas getrunken hatte und wieder zu Atem gekommen war, sah er Malek völlig entgeistert an: „Was genau meinst du? Was weißt du, was du nicht aussprechen willst?"

Malek schaute sich nervös in alle Richtungen um. Dann starrte er Sarim verschwörerisch an und murmelte leise: „Schwör mir, dass du zu niemandem sagst, dass du diese Information von mir hast."

„Nun erzähl schon, was du zu wissen glaubst. Ich bin der Ermittler des Emirs, vergiss das nicht. Wenn ich will, kann ich dich zwingen lassen, mir alles zu erzählen", erklärte Sarim scherzhaft.

Doch Malek starrte ihn nur noch abweisender an. Sarim begriff, dass es seinem Freund ernst war, und dass er vor irgendetwas oder irgendjemanden Angst hatte. Schnell legte er dem Hilfskoch eine Hand auf den Arm und erklärte beschwörend: „Das war ein Scherz, Malek. Natürlich würde ich dich nie zu etwas zwingen lassen. Aber ich muss diese Sache aufklären. Und ich habe keine Ahnung, was du hier andeutest. Wenn es also etwas gibt, dass du über diese Morde weißt, dann beschwöre ich dich, sag es mir bitte."

Malek nickte langsam. Er starrte noch einen Moment vor sich auf die Tischplatte, ehe er seinen Freund direkt ansah. Sarim erkannte eine Spur von Zweifel in den Augen des Mannes, der sonst so eine unbekümmerte und fröhliche Art hatte.

Endlich flüsterte Malek: „Sagt dir der Begriff *Die Falken des Propheten* etwas?"

„*Die Falken des Propheten*?"

„Es handelt sich hierbei um eine Gruppe von Männern und Frauen, die dem Propheten besonders treu ergeben sind. Sie sehen es als ihre Aufgabe an, die Gläubigen in allen Ländern, in denen der wahre Glaube ausgeübt wird, vor den Einflüssen der Ungläubigen zu bewahren."

„Du meinst, die Männer und Frauen schwingen sich zu Bewahrern des Glaubens auf?"

„Nicht so laut“, zischte Malek nervös.

Sarim nickte entschuldigend.

„Sie sehen sich als von Allah und Mohamed beauftragt, die Länder, in die der wahre Glaube getragen wird, vor den Ungläubigen zu schützen.“

„Und was sollen diese Falken mit meinen Morden zu tun haben?“

„Wenn sie in Edok eine Bedrohung gesehen haben, weil er vielleicht ein Verräter war und mit den Byzantinern gemeinsame Sache gemacht hat. Oder wenn Abu Sen Nefer möglicherweise heimlich Geschäftsbeziehungen mit Christen, wie den Byzantinern, unterhalten hat. Dann könnte es für diese Leute ein Grund gewesen sein, die beiden Männer zu töten. Und wenn sie dich wissen lassen wollten, dass beide aus demselben Grund gestorben sind, dann wäre es sehr einfach für diese Gruppe den Siegelring Abu Sen Nefers im Haus Edoks zu hinterlegen.“

„Du willst also sagen, ein mysteriöser Geheimbund hat Edok und Abu Sen Nefer umgebracht, weil diese sich dem wahren Glauben gegenüber ungebührlich verhalten haben. Und nicht genug damit, dass sie einen engen Vertrauten des Emirs getötet haben, sie waren auch noch so dreist, mich direkt darauf aufmerksam zu machen, indem sie den Siegelring des Mannes im Haus ihres ersten Opfers offen und für jeden sichtbar hinterlegt haben“, fasste Sarim die Erklärungen seines Freundes zusammen.

„Dieser Gruppe werden Morde in allen Ländern des Islams nachgesagt. Doch nie ist jemand von ihnen für einen solchen Mord bestraft worden. Wenn die Falken jemanden beseitigen, dann gibt es dafür keine Bestrafung. Oder es wird ein Sündenbock gesucht, der die Sache ausbadet.“

„Du klingst sehr überzeugt. Wie kommst du überhaupt darauf, dass diese Gruppe hier auf Malta sein könnte. Ich habe noch nie etwas von diesen Falken gehört. Und ich habe schon viele Länder bereist.“

Malek sah sich noch einmal in alle Richtungen um, als fürchtete er, dass jemand ihr Gespräch hören könnte. Dann beugte er sich zu Sarim vor und erklärte: „Glaube mir einfach, dass ich weiß, dass es Mitglieder dieser Gruppe hier auf Malta gibt. Ich weiß nicht, ob sie wirklich etwas mit den Morden zu tun haben. Aber du solltest die Augen in alle Richtungen offen halten."

Sarim nickte langsam, während er nachdenklich den Becher in seiner Hand hin und her drehte. Der Holzteller vor ihm war bereits leer und sein Magen angenehm gefüllt. Er würde sich jetzt für etwa eine Stunde in seine Gemächer zurückziehen, um sich ein wenig auszuruhen. Dabei galt es erst einmal, seine Gedanken zu ordnen und zu überlegen, welche Schritte er als nächstes angehen wollte.

*

Sarim hatte keine wirkliche Ruhe gefunden. Dennoch hatte er sich auf seinem Lager ausgestreckt, um im Geiste durchzugehen, was er wusste und was er als nächstes zu tun gedachte. Dabei hatte er für sich beschlossen, den Gedanken seines Freundes, so abwegig er auch klang, in seine Ermittlungen mit einzubeziehen. Er hatte zwar noch nie etwas von diesen *Falken des Propheten* gehört, doch das bedeutete nicht zwangsläufig, dass es sie nicht gab. Und Fanatismus war auch unter seinen Glaubensbrüdern schon immer ein weit verbreitetes Geschwür gewesen.

Also hatte er Folgendes beschlossen. Zunächst würde er heute Nachmittag nach Msida aufbrechen, um dort den Fischer zu befragen, der angeblich einen Streit mit Edok gehabt haben soll. Msida war ein eher kleines Fischerdorf, das direkt an der Küste lag, einige Reitstunden von der Hauptstadt entfernt. Aber das kümmerte ihn nicht weiter. Er hatte einen Freund in Msida, den er schon lange nicht mehr gesehen hatte und bei diesem gedachte er, die Nacht zu verbringen. Am nächsten Tag wollte er dann noch einmal das Arbeitszimmer des Kaufmannes nach Hinweisen absuchen, welche die *Falken des Pro-*

pheten auf den Plan gerufen haben könnten. Und zu guter Letzt würde er noch einmal mit allen Bediensteten des Hauses Abu Sen Nefers und den Nachbarn Edoks sprechen. Danach, so hoffte er, konnte er sich ein klareres Bild der beiden Morde machen und dem Emir vielleicht auch bereits einen Verdächtigen präsentieren.

Nach der Mittagsruhe suchte er den Kammerherrn des Emirs auf, um ihn über seine weiteren Pläne zu informieren. Ibn Saif hatte gerade Besuch von jemandem, dem Sarim heute schon einmal begegnet war. Sen Nefer saß auf einem der Sessel im hinteren Bereich des Arbeitszimmers und war in ein angeregtes Gespräch mit seinem Gastgeber vertieft, als Sarim eingelassen wurde. Die beiden Männer sahen zu dem Ankömmling auf. Dann gab Ibn Saif Sarim ein Zeichen, dass er zu ihnen kommen sollte. Heute bot er ihm allerdings keinen Sitzplatz an, sondern ließ ihn kurzerhand vor den beiden Männern stehen. Sarim, der seinen Ärger über die unhöfliche Behandlung herunterschluckte, berichtete kurz, was er bisher in Erfahrung gebracht hatte, welche Theorien er verfolgte und was er als nächstes zu tun beabsichtigte. Dabei ließ er, in Anbetracht der Anwesenheit Sen Nefers, die Idee von den *Falken des Propheten* aus.

Ibn Saif, der schweigend zugehört hatte, nickte zustimmend.

„Nimm zwei Soldaten zu deiner Begleitung mit und such dir im Reitstall des Emirs drei Pferde aus, die euch so schnell wie möglich hin und zurücktragen. Ich erwarte dich noch im Verlauf dieser Nacht zurück. Der Emir will bis morgen Abend einen Bericht über die Fortschritte deiner Ermittlungen. Da ist eine Nacht in Msida vertane Zeit, die du nicht hast.“

Samir senkte ergeben den Kopf, auch wenn das eine ungeheure Anstrengung bedeuten würde. Ein Ritt bei Nacht war nicht unbedingt das, was er sich vorgestellt hatte, auch wenn es eine Straße von Rabat nach Msida gab, zumal er in letzter Zeit nicht so viel Schlaf bekommen hatte. Aber er wollte weder den Kammerherrn noch den Emir selbst verärgern, also blieb ihm nichts anderes übrig, als die Anweisungen des Beamten auszuführen.

Sarim machte sich auf den Weg in die Kaserne der Stadtwächter. Er gedachte sich zwei Männer aus der Einheit, der er selbst vorstand, auszusuchen. Er wollte Männer um sich haben, denen er vertrauen konnte. Vor allem wenn die Idee mit den Glaubenskriegern wahr sein sollte, würde auch er auf kurz oder lang auf sein Leben Acht geben müssen. Eine Gruppe wie die *Falken des Propheten* hatte mit Sicherheit kein großes Interesse daran, dass ihre Machenschaften aufgedeckt wurden.

Die Reiter legten die Strecke von Rabat nach Msida innerhalb von drei Stunden zurück, was vor allem der Qualität der Pferde, die Sarim ausgesucht hatte, zuzuschreiben war. In Msida angekommen, begab sich Sarim zuerst in das Haus seines Freundes. Nach einer unendlich langen Begrüßung, bestehend aus Umarmungen, Küssen auf die Wangen, erneuten Umarmungen und Freundlichkeitsfloskeln wurden die Männer endlich in den Innenhof des kleinen Hauses geführt. Sarims Freund war ein Offizier niederen Ranges, der im Dienste des Emirs eine kleine Einheit von Männern hier in Msida anführte. Die Männer unterhielten sich eine kurze Zeit lang über die Neuigkeiten bei Hofe und über das Leben in dem kleinen Fischerdorf.

Doch Sarim, der den Tag langsam zur Neige gehen sah, war in Eile, da er wusste, wie viel Arbeit noch vor ihnen lag. Also kamen sie schnell zum eigentlichen Grund ihres Besuches.

„Der Emir hat mir eine neue Aufgabe übertragen“, erklärte Sarim, nachdem er die übliche Dattel, etwas Brot und ein wenig Salz mit seinem Gastgeber geteilt hatte.

„Welche wäre das? Es ist ein Wunder, dass der Herr dich noch immer bei Hofe duldet, trotz deines liederlichen Lebenswandels“, erwiderte der Soldat grinsend.

„Beim Barte des Propheten, ich weiß nicht wovon du sprichst Ahmed“, erwiderte Sarim in gespielter Entrüstung, doch das Lächeln auf seinen Zügen zeigte, dass er sehr wohl wusste, was sein Freund meinte.

„Im Ernst. Der Emir hat mich beauftragt, zwei Morde, die in Mdina und Rabat verübt wurden, aufzuklären."

„In Mdina und Rabat? Dann war es ein Mord an einem Christen und einer an einem Diener des Propheten? Ich werde nie verstehen, warum ihr im Palast so sehr darauf besteht, euch von den Menschen in eurer Umgebung abzugrenzen, die einen anderen Glauben haben. Es ist eine Stadt, wieso hat sie nicht einen Namen?"

„Nun, Mdina ist der Palastbezirk mit den Villen und Palästen unserer Brüder, Rabat ist die Stadt der Christen."

„Das meine ich. Der Emir braucht sich nicht zu wundern, dass sein Volk ihn und seine Ideen ablehnt, wenn er sich selbst von ihnen absondert."

„Ich glaube, diese Diskussion solltest du nicht mit mir führen, mein Freund", erwiderte Sarim lächelnd.

Er wusste, dass Ahmed zwar ein treuer Diener des Propheten war, es aber mit der Abgrenzung zu den Ungläubigen nicht so genau nahm. Zwei seiner fünf Frauen waren Christinnen und durften auch nach der Eheschließung ihren Glauben frei ausüben. Allein der Umstand, dass Ahmed trotz der Ehe mit andersgläubigen Frauen noch einen Offiziersposten in der Armee des Emirs bekleiden durfte, zeigte doch eigentlich, dass der Herrscher eben nicht stur an den Grundsätzen seiner Religion festhielt, sondern durchaus bereit zu Zugeständnissen war.

Ahmed nickte, ebenfalls lächelnd, und erwiderte: „Also, zwei Morde die du aufklären sollst. Aber was haben zwei Morde, die in der Stadt des Emirs vorgefallen sind mit diesem kleinen Fischerdorf zu tun?"

„Nun, ich habe den Hinweis bekommen, dass zumindest einer dieser Morde mit einem Fischer aus diesem Dorf zu tun haben könnte. Mir wurde berichtet, dass sich eines der Opfer, am Abend bevor er starb, mit einem Mann aus Msida gestritten haben soll."

„Wie soll der Name des Mannes gewesen sein?"

„Der Mann soll auf den Namen Lukas hören."

„Lukas? Nun, es gibt hier einen Fischer namens Lukas. Der Mann ist ein Einzelgänger, kein sehr geselliger Mensch.“

„Ist er ein Christ oder ein Diener des Propheten?“

„Ein Christ. Was ihn nicht automatisch zum Mörder macht“, erwiderte Ahmed stirnrunzelnd.

„Das meine ich auch nicht. Dieser Streit hat in einer christlichen Taverne stattgefunden, wahrscheinlich unter dem Einfluss von Wein. Also ist die Wahrscheinlichkeit größer, dass der Lukas, von dem du redest, der Gemeinte ist, wenn er ein Christ ist.“

Ahmed nickte nachdenklich. „Von diesem Gesichtspunkt aus betrachtet, magst du Recht haben.“

„Kann ich den Mann sprechen?“

„Ich werde einen Soldaten zu ihm schicken, um ihn herzuholen.“

„Das ist nicht nötig, mein Freund. Ich möchte den Mann nicht verschrecken und ihm auch nicht das Gefühl geben, ich hätte bereits über ihn geurteilt. Erkläre mir einfach, wie ich zu seinem Haus komme. Dann werde ich ihn befragen.“

Ahmed erhob sich von seinem Stuhl. Sarim und seine Begleiter taten es ihrem Gastgeber gleich.

„Das bedeutet dann wahrscheinlich, dass du schon wieder aufbrechen willst“, stellte Ahmed bedauernd fest.

„Mein Wunsch ist ein anderer. Aber die Pflicht ruft mich noch heute Nacht zurück nach Mdina.“

„Das verstehe ich. Wenn Morde in beiden Stadtteilen geschehen und diese miteinander in Verbindung stehen, dann ist es nur noch ein Schritt bis zu einem Aufstand. Und diesen solltet ihr tunlichst vermeiden. Wer weiß, wie ein solcher ausgehen würde.“

„Ich denke, dass der Emir deine Sorge teilt.“

„Er würde gut daran tun.“

Die beiden Männer verabschiedeten sich sehr herzlich voneinander, nachdem Ahmed Sarim erklärt hatte, wie er zu dem Haus des Fischers Lukas kam.

Die Sonne ging bereits unter, als Sarim und seine beiden Begleiter sich dem Haus des Christen näherten. Sarim klopfte mehrmals energisch an die Tür. Aus dem Inneren des Hauses hörte man Geräusche. Dann, einen Augenblick später, wurde die Tür geöffnet. Ein Mann, der bestimmt schon mehr als fünfzig Jahre erlebt hatte, und dessen Gesicht von Wind und Wetter wie gegerbtes Leder gezeichnet worden war, sah fragend auf die drei Soldaten vor seiner Tür herab. Lukas war ein wahrer Riese, der jeden der drei Männer, die da an seine Tür geklopft hatten, mindestens um Haupteslänge überragte. Sehr ungewöhnlich für einen Menschen, der auf Malta geboren worden war. Und die Tatsache, dass die Wirtin dieses Merkmal des Mannes nicht erwähnt hatte, ließ Sarim einen Augenblick daran zweifeln, dass der von ihr beschriebene Streit wirklich stattgefunden hatte. Andererseits, wenn ein Mann wie Lukas vielleicht von einem eher schmächtig gebauten Mann wie Edok beleidigt worden war, dann könnte das durchaus dazu führen, dass derjenige, dessen Ehre verletzt wurde sich auf unangenehme Art und Weise rächte.

„Wer seid Ihr und was wollt Ihr zu dieser Stunde von mir?“, brummte Lukas abweisend.

„Wir kommen im Auftrag des Emirs und müssen dich zu einem Mord befragen, der in Rabat verübt wurde.“

„Ein Mord? Was habe ich mit Rabat zu tun?“

„Eine Frau, die anwesend war, hat berichtet, dass du dich mit dem Opfer gestritten haben sollst, nur wenige Stunden, bevor der Mann getötet wurde.“

„Wirklich? Hat diese Frau das gesagt?“

„Wenn ich es dir sage.“

„Das wäre eigenartig. Mein letzter Besuch in Rabat ist nunmehr bald drei Monate her.“

„Also warst du vor zwei Tagen nicht in der Stadt?“

„Keinesfalls. Meine Brüder und ich waren die letzten drei Nächte auf dem Meer. Wir müssen unsere Familien ernähren.“

„Wenn ich also deine Brüder befrage, ohne dass du sie vorher gesprochen hast, werden sie dies bestätigen?"

„Sie wohnen hier in den drei Häusern nebenan", erwiderte Lukas achselzuckend. „Befragt sie. Sie werden Euch keine andere Antwort geben."

Sarim nickte nachdenklich.

„Kennst du einen Mann namens Edok?"

Der Fischer riss die Augen einen Moment lang auf, dann hatte er sich wieder völlig unter Kontrolle.

„Edok? Ist das der Name des Toten?"

„Ja. So wurde er mir genannt."

„Ich habe in Rabat schon einmal einen Mann gesehen, der diesen Namen trug. Aber zu sagen, dass ich ihn kennen würde, wäre eine Übertreibung."

Sarim nickte wiederum.

„Jemand hat ihn getötet. Könntest du dir vorstellen, warum?"

„Herr, ich weiß es nicht. Wenn ich ihn nicht einmal kenne, woher soll ich dann wissen, wieso ein Mord an ihm verübt wurde?"

„Und warum hat diese Frau behauptet, sie hätte dich dort gesehen?"

„Auch hierauf kann ich Euch keine Antwort geben. Bis auf die: Sie hat Euch angelogen."

Sarim neigte bestätigend den Kopf. Wut machte sich in ihm breit. Nicht auf den Fischer, aber auf die Tochter des Tavernenwirts in Rabat. Warum hatte sie ihn bis nach Msida geschickt, um einen Mann zu befragen, der an besagtem Abend nicht einmal in Rabat gewesen war. Sarim und seine Begleiter verabschiedeten sich und befragten noch die Männer, die Lukas als seine Brüder bezeichnet hatte. Jeder von ihnen bestätigte unabhängig voneinander, was Lukas gesagt hatte und entlastete ihn damit als Verdächtiger. Sarim und die Seinen machten sich auf den Heimweg. Er hatte einen halben Tag und eine halbe Nacht sinnlos vertan. Und das kurz bevor der Emir Ergebnisse erwartete.

*

Während des Rittes zurück nach Mdina begann es auf einmal zu regnen, was die Nutzung der Straße nicht einfacher machte. Wie Sturzbäche kamen die Wassermaßen auf die drei Reisenden herab. Innerhalb kürzester Zeit wurde aus der staubigen Straße ein einziger Morast. Die Pferde quälten sich durch den ständig tiefer werdenden Matsch, während ihre Reiter schon bald bis auf die Knochen durchnässt waren. Oft regnete es nicht zu dieser Jahreszeit. Aber wenn einmal ein Unwetter eingesetzt hatte, dann war es in der Regel besser, sich im Verlauf der nächsten Stunden im Inneren eines Hauses aufzuhalten.

Sarim, der immer wieder im Geiste das Gespräch mit der Frau aus dem Wirtshaus durchging, fragte sich noch immer, ob sie ihn absichtlich in die Irre geführt hatte, oder ob sie es vielleicht wirklich nicht besser gewusst hatte. Ihre Erklärungen waren ja recht unverbindlich gewesen. Eine Unterhaltung auf dem Markt über einen Toten, der sich zufällig am Abend zuvor in ihrer Taverne aufgehalten haben sollte. Aber, was Sarim nach wie vor stutzig machte: Wenn wirklich dieser Lukas derjenige gewesen wäre, mit dem Edok sich in der Taverne geschlagen hatte, dann wäre er Maria doch in Erinnerung geblieben. Der Fischer war ein solcher Riese, dass es kaum möglich war, diese Eigenschaft zu vergessen. Auf jeden Fall hatte Maria ihre Auskünfte an Sarim geschickt formuliert. Was auch folgte, sie konnte sich darauf berufen, dass sie ihre Informationen von dritten erhalten hatte, die sich dann eben als nicht sehr vertrauenswürdig herausstellten.

Sarim beschloss, dass er diese Frau noch einmal würde befragen müssen. Zum einen hatte er absolut nichts gegen den Gedanken, sie wiederzusehen. Zum anderen hatte er das ungute Gefühl, dass sie etwas verbarg. Möglich, dass dies einfach darauf zurückzuführen war, dass sie ihm, einem arabischen Ermittler, als Christin nicht traute. Aber Sarim wurde das Gefühl nicht los, dass möglicherweise mehr dahintersteckte.

Als sie endlich in Rabat ankamen, hatten sie mehr als vier Stunden für den Heimweg gebraucht. Völlig durchnässt und frierend zog sich Sarim in seine Gemächer zurück, wo er von einem Diener ein Bad einlassen ließ, damit er sich erst einmal aufwärmen konnte. Der Diener ließ einen großen hölzernen Behälter bringen, der dann mit kochendem Wasser aufgefüllt wurde. Sarim wusste nicht, ob man ihm seinen Wunsch so schnell erfüllte, weil er ein Glied der Stadtwache war oder weil ihm sein derzeitiger Auftrag einen neuen und besseren Ruf bei Hofe eingebracht hatte. Es war ihm im Grunde auch egal.

Als sich das Wasser ein wenig abgekühlt hatte und alle Diener und Dienerinnen sein Gemach verlassen hatten, entkleidete er sich und stieg in das Badewasser. Das Wasser war noch immer kochend heiß, doch Sarim nahm es kaum wahr, so sehr war er durchgefroren. Es dauerte eine Weile, bis die Wärme in seine Glieder vordrang, was ein sanftes Kribbeln in seinen Armen und Beinen auslöste. Sarim lehnte sich, wohlig seufzend, in der Wanne zurück und schloss für einen Moment die Augen. Er hatte für den morgigen Tag die Befragungen der Bediensteten von Abu Sen Nefer vorgesehen. Außerdem wollte er die Korrespondenz des Kaufmannes nach verdächtigen Briefen, die einen möglichen Hinweis auf eine Verstrickung der Falken enthalten könnten, durchsuchen. Aber zu allererst musste er mit dieser Frau sprechen. Mit ihrem Bild vor Augen döste er langsam in der Wanne ein.

*

Die Türen wurden von vertrauenswürdigen Männern bewacht. Die Würdenträger, die sich hier im Kreis niedergelassen hatten, fürchteten nichts so sehr, wie eine Entdeckung ihrer Beziehung untereinander. Jeder von ihnen führte auf Malta ein gutes Leben, war in der islamischen Gemeinschaft in Mdina ein angesehenes Mitglied. Und doch hatte jeder von ihnen einen Grund, mit seinem Leben unzufrieden zu sein. Diese Gründe hatten die Männer zusammengeführt und dafür gesorgt, dass sie den Weg eingeschlagen hatten, auf welchem sie sich befanden. Er konnte für jeden von ihnen tödlich enden. Aber er konnte ihnen auch nahezu unendlichen Reichtum und eine noch größere Machtfülle bringen. Das Risiko war es in ihren Augen allemal wert.

Der weißhaarige Alte eröffnete die Runde, indem er kurz berichtete, was sich seit ihrem letzten Treffen ereignet hatte. Der Mord an dem Christen war nicht der einzige geblieben. Abu Sen Nefer, ein angesehener Kaufmann aus Mdina, war ebenfalls ermordet worden. Und der beauftragte Ermittler begann offensichtlich eine erste Verbindung zwischen diesen Männern zu erkennen.

„Was genau gedenkst du gegen die wachsende Gefahr hier im Palast zu unternehmen?“, unterbrach der junge Mann, der dem Oberhaupt der Gemeinschaft schon einmal die Stirn geboten hatte, die Ausführungen des Alten.

„Nun, ich glaube, dass wir derzeit gar nichts unternehmen sollten. Es wäre eher ein Fehler, zu weit aus dem Schatten zu treten“, führte der Weißhaarige mit ruhiger Stimme aus, doch das Glitzern in seinen Augen zeigte, dass er innerlich alles andere als ruhig war. Es ärgerte ihn, dass jemand aus diesem Kreis seine Autorität in Frage stellte. Er würde in absehbarer Zeit klarstellen müssen, dass er entsprechendes Verhalten nicht duldete.

„Das hat unserem Bruder ja eine Menge gebracht“, murmelte der junge Mann, die Stirn gerunzelt.

Der Weißhaarige betrachtete sein Gegenüber eingehend, wobei er den Kopf leicht schief legte. Wer ihn kannte, konnte darin ein untrügliches Zeichen für Missfallen erkennen. Doch er hatte sich weiterhin im Griff. Mit ruhiger Stimme erklärte er: „Die Opfer, die wir zu verzeichnen haben, sind schlimm, auch wenn sie unterschiedlicher nicht sein könnten."

„Wen interessiert dieser Christenjunge?", warf sein Herausforderer lässig ein. „Der Tod eines arabischen Kaufmannes darf nicht ungesühnt bleiben."

„Auch der Christenjunge war uns ein guter Gehilfe und Verbündeter. Aber du hast natürlich Recht, der Stellenwert unseres Bruders ist höher gewesen, als der des Christen."

„Das beantwortet aber nicht meine Frage. Was beabsichtigst du gegen diese Morde zu unternehmen? Es dürfte ja offensichtlich sein, dass es jemand auf Personen aus unserem Kreis abgesehen hat."

„Wie soll das gehen? Niemand weiß von diesem Kreis. Und wenn nicht einer der Anwesenden in die beiden Morde verstrickt ist, was ich mir nicht vorstellen kann, dann kann niemand etwas von unseren Absichten und den Mitgliedern unserer Gemeinschaft wissen."

Die anderen Anwesenden nickten zustimmend. Einige murmelten einen Augenblick durcheinander, solange bis der jüngere der beiden Gesprächspartner beide Arme hob, um sich Gehör zu verschaffen. Er räusperte sich kurz. Dann erklärte er: „Im Haus des Christen soll ein Siegelring Abu Sen Nefers gefunden worden sein?"

„So sagt man."

„Glaubst du wirklich, dass ein Mann wie Abu Sen Nefer so dumm gewesen wäre, seine Beziehung zu dem Christen durch etwas so Auffälliges wie seinen Siegelring in der Obhut Edoks zu verraten?"

„Du kanntest ihn besser als ich", erwiderte der Weißhaarige, mit einer Spur Sarkasmus in der Stimme.

„Mit Sicherheit und ich bin mir sicher, dass er eine solche Dummheit niemals begangen hätte. Aber auch das ist keine Antwort auf meine Frage."

„Was willst du uns damit sagen, mein Freund?", hakte der Weißhaarige nach, der langsam die Geduld mit dem jungen Mann, der ihn immer wieder herausforderte, verlor.

„Was wäre, wenn jemand den Ring absichtlich dort platziert hätte, um eine Verbindung zwischen den beiden Männern herzustellen, die der Ermittler des Emirs sonst gar nicht gefunden hätte?“

„Du glaubst also, dass da jemand unsere Männer tötet und dann auch noch versucht, den Mann, der die Ermittlungen führt, auf eine Verbindung zustoßen, anstatt seine Spuren zu verwischen?“

„Wenn jemand alles daransetzen möchte, dass diese Gemeinschaft zerbricht, dann wäre dies doch mit Sicherheit der beste Weg dafür.“

Wieder murmelten einige der anwesenden Männer wild durcheinander. Nun war der Weißhaarige an der Reihe, seine Hände zu heben, damit wieder Ruhe einkehrte. Dann erklärte er mit fester Stimme: „Es bleibt dabei, meiner Ansicht nach weiß niemand von unseren Zusammenkünften oder von dieser Gemeinschaft. Dementsprechend können die Morde auch nichts mit uns zu tun haben. Vielmehr muss es einen anderen Grund dafür geben, dass diese beiden Männer in so kurzer Zeit hintereinander getötet wurden.“

„Warum solltest du dann die Tätigkeiten des Ermittlers überwachen lassen?“

„Einfach weil seine Art, im Leben der Opfer herumzuschnüffeln, etwas aufdecken könnte, was uns nicht gefällt. Und um sicherzugehen, dass uns eine Entdeckung auf diesem Weg erspart bleibt, sorge ich dafür, dass die Informationen wohl dosiert an andere weitergegeben werden.“

Alle im Raum nickten. Die Erklärung ihres Anführers erschien ihnen schlüssig. Nur einer im Raum wirkte unzufrieden, doch auch er hielt sich mit weiteren Einwänden zurück. Zu groß war die Gefahr, den großen Ibn Saif zu erzürnen, was im Allgemeinen sehr unschöne Folgen für das eigene Leben hatte. Als die Männer schließlich auseinandergingen, war es trotz allem der Kammerherr des Emirs, der seinen heißblütigen jungen Freund zur Seite nahm.

„Ich weiß, dass du ein besonderes Interesse an der Aufklärung der begangenen Morde hast“, meinte er eindringlich. „Doch in dieser Sache müssen wir zusammenarbeiten. Es bringt nichts, wenn wir in entgegengesetzte Richtungen laufen."

Der Jüngere nickte langsam. Dann sah er Ibn Saif durchdringend an.

„Dieser Sarim stört mich. Und wenn er nicht bald die Ergebnisse vorzuweisen hat, die wir uns von ihm erhoffen, werde ich mich selbst um ihn kümmern."

Ibn Saif wirkte nachdenklich.

„Dann soll es so sein. Aber du wirst nichts unternehmen, ohne vorher mit mir darüber gesprochen zu haben."

„Ich werde es mir überlegen", erklärte der junge Mann schulterzuckend.

„Ich hoffe, du kommst bei deinen Überlegungen zu dem richtigen Schluss."

Die beiden Männer gingen auseinander, ohne das Gefühl zu haben, dass dieses Gespräch sie in irgendeiner Art ihren Zielen näher gebracht hatte. Aber eines war beiden in diesem Augenblick klar: Sie würden sich gegenseitig im Auge behalten müssen.

*

Maria hatte den ganzen Tag über hart gearbeitet. Es war einer dieser Tage gewesen, an denen die Taverne aus allen Nähten zu platzen drohte. Sie bewunderte ihren Vater, der trotz seines Alters und der körperlichen Einschränkungen, die er mit dem zu starken Konsum von Alkohol heraufbeschworen hatte, auch an einem solchen Tag in der Lage war, genug Speisen für alle Gäste zuzubereiten.

Jetzt, nachdem der letzte Betrunkene endlich das Haus verlassen hatte, machte Maria sich daran, aufzuräumen. Ihr Vater war noch immer in der Küche beschäftigt, als jemand durch die Tür trat, den sie zu dieser Stunde hier am wenigsten erwartet hätte. Schon bei dem bloßen Anblick des Mannes wurde ihr kalt. Es waren fast zwei Tage vergangen, seit sie diesem Araber schon einmal begegnet war. Damals hatte er einige Fragen gestellt und sie in Verlegenheit gebracht. Vor allem in Anbetracht des Überfalles durch einen Fremden am Tag zuvor. Oder war dieser Mann vielleicht nur ein Lockvogel, um sie zu überprüfen? Wollte der Mann, der sie bedroht hatte, sich etwa vergewissern, dass sie auch wirklich schwieg?

Maria warf sich betont lässig das Tuch, das sie gerade benutzt hatte, um die Tische abzuwischen, über die Schulter und sah dem Mann, der sich als Sarim vorgestellt hatte, entgegen.

Der Araber warf einen Blick in den leeren Raum und erklärte dann freundlich: „Die Tür war offen, darf ich eintreten?"

Maria nickte langsam. In diesem Augenblick verfluchte sie sich einerseits dafür, zum wiederholten Mal in den letzten Tagen, dass sie die Tür nicht verschlossen hatte. Aber andererseits, wenn dieser Mann sie noch einmal befragen wollte, dann würde er es tun. Ob nun heute oder aber morgen, das spielte letztlich keine Rolle.

Der Ermittler schloss die Tür hinter sich und trat dann auf Maria zu. Er wollte das Gespräch gerade fortsetzen, als ihn die Stimme eines Mannes vom hinteren Bereich des Raumes aus dem Konzept brachte.

„Was wollt Ihr hier? Wir haben bereits geschlossen!"

Marias Vater trat aus der Küche, einen kräftigen Knüppel in der Hand. Da die Christen auf Malta keine Waffen tragen durften, hatten viele von ihnen andere Mittel gefunden, sich im Notfall zu verteidigen. Problematisch für Sarim war nur der Punkt, dass dieser Christ seine Anwesenheit offensichtlich als Notfall betrachtete. Sarim hob beide Hände abwehrend in die Höhe, doch Maria hatte sich bereits zu ihrem Vater gedreht und sich dabei, wie zufällig, zwischen Sarim und den alten Wirt gestellt. Wenn sie auch eine ganze Reihe von Problemen hatte, das Letzte, was sie gebrauchen konnte, war ein Ermittler des Emirs, der in ihrer Taverne von ihrem Vater verprügelt wurde.

„Er war gestern schon einmal hier, Vater. Er wurde von dem Emir selbst beauftragt, den Mord an diesem armen jungen Mann namens Edok aufzuklären.“

Der alte Mann, der trotz seines Alters durchaus muskulös wirkte, sah Sarim abschätzend an. Nicht das Sarim, der ohnehin mit einem Dolch bewaffnet war, nicht sicher war, mit diesem Mann fertig zu werden. Allein der Umstand, dass Maria seine Fragen wohl kaum noch freiwillig beantworten würde, wenn er ihren Vater verletzte oder gar Schlimmeres, ließ ihn zögern, eine aggressivere Haltung einzunehmen.

„Der Emir beauftragt einen Muselmanen den Mord an einem Christen aufzuklären? Wie nennt ihr uns? *Rum?* Warum sollte der Emir ein Interesse daran haben, den Mord an einem Rum aufzudecken?“

Sarim schüttelte ungläubig den Kopf. Dann antwortete er freundlich: „Ihr seid nicht der erste Christ, der mich das fragt. Und das Wort *Rum* wird beileibe nicht von jedem meiner Brüder verwendet. Es gibt Menschen unter den Dienern Allahs, die dich und deine Brüder verachten. Aber ebenso gibt es in Rabat genug Menschen, die mich und die Meinen hassen. Warum sollte es dem Emir egal sein, wenn einer seiner Untertanen getötet wird? Ein Mord hier auf Malta birgt zwei Probleme. Zum einen ist es eine Gewalttat, die nicht ungesühnt bleiben darf.“

„Und zum anderen?“

„Ein Mord ist immer geeignet, die Untertanen des Emirs in zwei Lager zu teilen. Wird ein Christ, oder Rum, ermordet, denkt jeder Christ gleich, es wäre ein Diener des Propheten gewesen. Ist es anders herum, werden die Christen sofort beschuldigt. Das ist nicht im Sinne des Emirs, der jeden seiner Untertanen auf gleiche Art und Weise liebt.“

„Solange er sich zum Islam bekennt“, knurrte der Wirt, den Knüppel langsam sinken lassend.

Maria ging zu ihrem Vater und murmelte leise, sodass Sarim es nicht hören konnte: „Es ist gut, Vater. Ich werde mich darum kümmern.“

„So wie gestern? Ich habe gesehen, dass er hier war. Er hat dich befragt. Dass er wieder hier ist, heißt, dass deine Antworten ihm nicht gefallen haben.“

„Vater, wenn er mich befragen will, dann wird er Mittel haben, mich zum Reden zu zwingen. Und weder du noch ich können etwas dagegen tun. Also sollten wir ihn nicht reizen.“

„Ich gehe wieder in die Küche. Wenn er sich ungebührlich verhält, brauchst du nur einen kleinen Laut von dir zu geben und ich schlage ihm den Schädel ein, egal welche Mittel er hat.“

Maria lächelte ihren Vater dankbar an und strich ihm beschwichtigend mit einer Hand über den Arm.

„Er machte gestern einen netten Eindruck. Und er wird mir auch heute nichts tun. Aber wenn ich mich unwohl fühlen sollte, werde ich es dich wissen lassen.“

Der alte Wirt warf noch einen letzten Blick auf Sarim, dann machte er auf der Stelle kehrt und verschwand wieder in der Küche. Maria holte einmal tief Luft. Der Atem ihres Vaters hatte wieder bedenklich nach Wein gerochen. Der Wunsch, seine Tochter zu beschützen, war groß für den alten Mann. Aber dass er im Ernstfall dazu in der Lage gewesen wäre, daran zweifelte Maria.

Sie drehte sich um und ging zurück zu Sarim, den sie freundlich anlächelte.

„Verzeiht diesen Zwischenfall. Er macht sich nur Sorgen“, versuchte sie, den Mann, der ihr im Moment am gefährlichsten werden konnte, zu besänftigen. „Also, warum findet ein Mann wie Ihr zu dieser späten Stunde den Weg in unser Haus?“

Sarim sah Maria einen Augenblick forschend an. Die junge Christin hatte das Gefühl, der Fremde würde einen Blick in die tiefsten Tiefen ihrer Seele werfen. Und sie hatte Angst vor dem, was er dort möglicherweise zu sehen bekam.

Endlich lächelte er freundlich und erklärte: „Ich war heute in Msida. Kein schöner Weg bei diesem Unwetter."

Maria schluckte schwer. Er war offensichtlich wütend. Sie hatte ihn auf eine falsche Fährte gelockt. Aber das war nicht durchdacht und aus der Not heraus geschehen. Ihr hätte klar sein müssen, dass dieser Mann ihre Angaben überprüfen und dann wiederkommen würde.

Maria bemühte sich, möglichst gefasst zu klingen, als sie antwortete: „Und, habt Ihr Lukas den Fischer gefunden?"

„Allerdings, das habe ich. Es gibt nur ein winziges Problem bei der Geschichte von dem Streit zwischen Edok und Lukas."

„Und das wäre?"

„Lukas war an dem Abend, an dem er sich mit dem Mann, der wenig später getötet wurde, gestritten haben soll, gar nicht in Rabat. Er war auf dem Meer und ging seinem Beruf nach. Es gibt eine ganze Reihe von Zeugen, die mit ihm auf Fischfang waren", erklärte Sarim nachdenklich.

Maria meinte eine leise Drohung in seiner Stimme zu hören, was sie frösteln ließ. Mit Sicherheit warteten vor der Tür schon die Soldaten des Emirs auf einen Befehl ihres Anführers, um sie abzuführen und der Folter zu übergeben.

„Das verstehe ich nicht, mein Herr", erklärte die junge Frau mit sich überschlagender Stimme. „Ich habe an dem Abend, als Edok getötet wurde, hier einen Streit miterlebt. Die Streitenden wurden von Gästen des Hauses vor die Tür gesetzt. Ich habe dem Ganzen erst wieder Bedeutung beigemessen, als ich am nächsten Morgen auf dem Basar erfuhr, dass einer der Streitenden Edok gewesen sein soll. Diejenigen, die mir darüber berichteten, erklärten mir auch, dass es sich bei dem zweiten Mann um den Fischer Lukas gehandelt haben soll."

Nachdenktlich blickte Sarim sie an.

„Also könnte es auch einfach sein, dass die Aussagen, die du auf dem Markt vernommen hast, falsch waren?", hakte er vorsichtig nach.

Maria nickte nur, den Blick eher nach unten gesenkt, als das sie Sarim angesehen hätte.

„Hast du sonst noch eine Erinnerung an diesen Abend?“

„Nein, mein Herr. Nichts, was in irgendeiner Art und Weise etwas mit Edok zu tun hätte.“

„Hat er sich hier je mit Arabern getroffen?“

„Nein, nie. Ein solches Treffen würde man auch kaum hier abhalten, es sei denn, man wollte, dass schon am nächsten Morgen das ganze Viertel davon weiß.“

Sarim nickte. Das hatte er gar nicht bedacht. Wenn Edok wirklich Beziehungen mit Männern aus Mdina unterhalten hätte, dann eher im Geheimen. Noch einmal betrachtete er Maria eingehend. Er war sich völlig unsicher, wenn es darum ging, diese Frau einzuschätzen. Sie faszinierte ihn und doch hatte er das Gefühl, dass sie etwas Wichtiges vor ihm geheim hielt. Nur was wollte ihm beim besten Willen nicht einfallen. Also beschloss er die einzige Möglichkeit zu wählen, die er noch hatte.

„Dir ist klar, dass es ein schweres Vergehen wäre, den Ermittler des Emirs anzulügen?“

Maria sah erschrocken auf. Sie erwiderte Sarims Blick, der sie zu durchdringen schien. Es kostete sie einige Überwindung diesem Blick standzuhalten. Doch sie wusste genau, dass der Mann auf jeden Fall Verdacht schöpfen würde, wenn sie jetzt eine Schwäche zeigte.

„Warum sollte ich Euch anlügen, Herr?“

„Möglicherweise um jemanden zu schützen, der dir etwas bedeutet? Vielleicht wollte sich dieser Edok an dir vergehen und dein Vater hat ihn erschlagen? Er kommt mir wie ein Mann vor, der durchaus willens und in der Lage ist, sich und seine Familie mit allen Mitteln zu beschützen“, spann Sarim einfach mal einen Gedanken zusammen.

Dabei war Marias Vater im Augenblick mit Sicherheit kein Verdächtiger. Aber Sarim hatte abgewogen, was der jungen Frau wohl am meisten bedeutete. Wenn sie ihn wirklich anlog, dann musste ihr klar sein, dass diese Handlung für sie schwere Konsequenzen haben könnte. Aber, wenn er jetzt ihren Vater, den sie offensichtlich sehr liebte, mit in die Angelegenheit hineinzog und ihn zu einem Verdächtigen machte, dann bestand vielleicht die Möglichkeit, dass sie einknickte und ihm wirklich die Wahrheit sagte.

Maria, die ihren Gesprächspartner mit schreckgeweiteten Augen ansah, schüttelte den Kopf. Erst langsam, wie unter Schock, dann immer schneller und bestimmter.

„Mein Vater hat mit diesem schändlichen Mord nicht das Geringste zu tun. Ebenso wenig wie ich. Ich habe Euch alles gesagt, was ich weiß. Und nun bitte ich Euch, dieses Haus zu verlassen.“

Bei ihren Worten wies sie mit der Hand auf die Tür, um ihre Aussage zu unterstreichen. Sarim nickte langsam, die Lippen fest aufeinandergepresst.

„Du bittest mich also hinaus?“

Maria machte eine zustimmende Kopfbewegung: „Es ist spät, die Nacht endet früh. Wir brauchen nun unsere Ruhe.“

Sarim nickte noch einmal. Dann murmelte er: „Hab Dank für die Mühe.“ Er machte auf dem Absatz kehrt und ging zur Tür zurück. Dort angekommen, drehte er sich noch einmal zu Maria um und erklärte: „Solltest du deine Meinung ändern, frage im Palast des Emirs nach Sarim dem Wächter. Man wird mich dann informieren.“

Nach diesen Worten ging er, ohne eine weitere Reaktion abzuwarten. Als er endlich aus der Tür hinaus war, eilte Maria hinterher und schob einen Riegel vor, damit niemand mehr hineinkommen konnte. Dann brach sie schluchzend vor der Tür zusammen. Nicht nur, dass sie selbst in Gefahr war, durch ihre unüberlegte Lüge konnte es nun auch sein, dass ihr Vater und sie selbst in den Augen des Ermittlers zu den Verdächtigen zählten. Wenn ihrem Vater etwas zustoßen würde, würde sie sich das niemals verzeihen.

*

Sarim und die beiden Männer, die er als seine Begleitung mitgenommen hatte, machten sich auf den Weg zurück in den Palastbezirk. Es war nicht so einfach zu dieser Stunde von der Vorstadt, Rabat, in die eigentliche Stadt, Mdina, zu gelangen. Das Konstrukt von zwei Städten in einer, das sein Freund Ahmed heute so scharf kritisiert hatte, gab es oft in der arabischen Welt. Sarim hatte schon viel größere Beispiele einer solchen Zweiteilung gesehen als hier in Mdina und Rabat. Aber auf Malta war es nun einmal die größte Stadt dieser Art und für viele, vor allem für diejenigen, die noch wussten oder aus Erzählungen gehört hatten, wie es war, bevor die Muslime gekommen waren, mutete es wie eine Trennung in zwei Klassen an.

Letztlich steckte nichts anderes als militärisches Kalkül hinter dieser Teilung. Eine ganze Stadt in der Größe von Rabat mit einer Mauer zu umgeben, war arbeitsaufwendig und extrem kostspielig. Da war es günstiger, nur den Teil, in dem sich die wirklich wichtigen Personen der Stadt aufhielten, also die Bezirke der Paläste und Villen der Herrscherklasse, mit einer Stadtmauer zu umgeben. Es gab mehrere Tore, durch die die Menschen aus Rabat nach Mdina gelangen konnten und umgekehrt. Im Falle eines Angriffes konnten sich die Menschen aus Rabat in die Befestigten Teile der Stadt zurückziehen. Außerdem hatte diese Bauart den Vorteil, dass der Feind sich nur so nähern konnte, wie die Straßen es zuließen. Ein Gegner konnte so kein vollständiges Heer gegen das Tor schicken, sondern immer nur so viele Männer, wie die Straße zwischen den Häusern gerade fassen konnte. Das vereinfachte die Verteidigung ganz erheblich.

Zu dieser Stunde waren die Tore bereits alle geschlossen. Nur ein Durchgangstor, das Nordtor, war Tag und Nacht geöffnet und so musste Sarim einen Umweg quer durch Rabat auf sich nehmen, um zum Palast zurückzukehren.

Vor der Befragung Marias war ihm noch nicht klar gewesen, welchen Weg er im Verhör einschlagen sollte. Letztlich hatte er sich dafür entschieden, Maria nicht zu einer anderen Aussage zu zwingen. Auch wenn er sich noch immer sicher war, dass sie etwas verheimlichte, das von Bedeutung war und auch wenn klar war, dass brutale Foltermethoden ihr mit Sicherheit schnell die Zunge gelöst hätten, so brachte Sarim es doch nicht übers Herz, diese junge Frau im Palast zu befragen, in dem sie möglicherweise direkt dem Folterknecht übergeben worden wäre. Er würde diesen Mordfall lösen, notfalls auch ohne die Hilfe der Wirtstochter. Und wenn sie, wie er hoffte, nichts weiter mit der Angelegenheit zu tun hatte, dann würde es auch nicht schaden, dass sie ihr kleines Geheimnis für sich behielt.

Aber auch wenn das Gespräch im Allgemeinen nicht sehr erkenntnisreich verlaufen war, so hatte er doch zumindest einige Informationen bekommen. Edok hatte sich, nach Aussage der Wirtin, am Abend vor seinem Tod mit jemandem gestritten. Und dieser Mann war Maria fälschlicherweise als Lukas der Fischer aus Msida benannt worden. Das konnte drei Ursachen haben: Erstens, der Mann der sich wirklich mit Edok gestritten hatte, sah dem Fischer Lukas sehr ähnlich, was auf Grund der Größe des Fischers eher unwahrscheinlich war. Zweitens, es war jemand völlig anderes gewesen, den Maria, oder derjenige der Maria diese Geschichte erzählt hatte, nun schützen wollte. Und drittens, ein solcher Streit hatte nie stattgefunden und war von Maria frei erfunden worden. Doch an diese dritte Möglichkeit wollte Sarim nicht glauben.

Der junge Ermittler war so in seinen Gedanken vertieft, dass er kaum bemerkte, dass sie sich mittlerweile dem Nordtor genähert hatten und nunmehr direkt davorstanden. Das Tor war geöffnet und vor ihm hielt eine Mannschaft von vier Männern Wache. Eine der Wachen trat vor und warf den drei Fremden, die mitten in der Nacht vor dem Tor auftauchten, einen misstrauischen Blick zu. Im schwachen Licht der zwei Kohlebecken, die den Torinnenraum etwas erleuchteten, erkannte der wachhabende Soldat, dass es sich um Männer aus der Garde des Emirs handelte und ging sofort einen Schritt zur Seite, um Sarim und die Seinen passieren zu lassen. Es dauerte noch fast eine Stunde, bis Sarim den Weg vom Tor bis zum Palast und in sein Gemach zurückgelegt hatte. Völlig entkräftet ließ er sich auf sein Lager fallen und innerhalb weniger Augenblicke hatte der Schlaf ihn übermannt.

*

Maria saß noch lange in dem großzügigen Innenhof ihres Hauses und starrte zu den Sternen empor. Natürlich erst, nachdem sie sich zweimal vergewissert hatte, dass alle Zugänge zum Haus auch fest verriegelt waren. Sie wusste nicht recht, wie sie die Geschehnisse der letzten Tage einordnen sollte. Natürlich, Edok war ein Bekannter gewesen. Sie hatte den Mann, der sie so unerwartet überfallen hatte, angelogen, als sie behauptete, sie würde ihn nicht kennen. Aber sie hatte Todesangst gehabt. Und in manchen Momenten hatte sie sie immer noch. Sie war dumm genug gewesen, einen Ermittler des Emirs zu belügen, einen Mann der ihr offensichtlich vertraut hatte. Bis er herausfand, dass er von ihr an der Nase herumgeführt worden war. Sie konnte sich lebhaft vorstellen, wie der Mann und seine Begleiter geflucht haben mussten, als das Unwetter sie auf den Rücken ihrer Pferde ereilt hatte. Ein leichtes Lächeln huschte über ihre Züge. Dieser Sarim war ein attraktiver Mann. Und er wirkte intelligent. Zu schade, dass er einer dieser Männer zu sein schien, die sich als Diener des Islams häufig als etwas Besseres betrachteten als alle anderen Menschen. Abgesehen davon war sie sicher, dass dieser Mann mittlerweile ohnehin Groll gegen sie hegte. Sie musste sich etwas überlegen, für den Fall, dass er wiederkam, um sie zum Reden zu zwingen. Ihr war bewusst, dass sie ihn heute Abend nicht wirklich überzeugen konnte. Er war in dem Glauben gegangen, dass da etwas war, was sie ihm verschwiegen haben könnte. Das Dumme war, dass dies eben genau zutraf. Aber wenn sie ihm sagte, was sie wusste, dann riskierte sie das Leben ihres Vaters. Und das war kein Mann dieser Welt wert.

Und schon gar keiner, der nicht dem Heiland diente, der für die Seinen das Leben gelassen hatte.

Sie begann leise zu beten. Gott war in den letzten Jahren ein echter Freund gewesen. Ja, ihr und ihrem Vater ging es gut. Die Taverne brachte eine Menge ein und sie konnten mit ihrem Leben zufrieden sein. Das Haus war mit Sicherheit größer als die meisten Häuser ihrer Nachbarn. Selbst der Innenhof war für dieses Viertel riesig, fast schon prunkvoll. Und Maria wusste, dass sie das vor allem dem jahrelangen Fleiß ihres Vaters und dem Segen Gottes zu verdanken hatte. Aber was würde sein, wenn Matthias, der Wirt, einmal nicht mehr war? Was, wenn ihr Vater eines Tages den Weg aller Lebenden ging? Dann war sie allein mit einer Taverne, die sie als Frau unmöglich allein führen konnte. Es wurde Zeit, darüber nachzudenken, wie es dann weitergehen sollte, auch wenn sie noch nicht bereit war, das Haus ihres Vaters zu verlassen, um jemandes Frau zu werden. Sie würde sich mit dem Gedanken anfreunden müssen, dass dieser Tag kommen würde.

Sie war so in Gedanken vertieft, dass sie nicht merkte, wie ihr Vater herangetreten war und sich zu ihr setzte. Erst als Maria ihr Gebet, dass sie mit geöffneten Augen und gen Himmel blickend sprach, beendet hatte, räusperte der alte Mann sich leise. Erschrocken sah Maria auf. Als sie ihren Vater erkannte, schenkte sie ihm ein strahlendes Lächeln. Zumindest versuchte sie es. In letzter Zeit blieben, selbst wenn sie lächelte, immer noch ein paar Sorgenfalten zurück. Der Preis der Verantwortung, die sie ihr Leben lang tragen wollte. Maria hatte nie verstanden, weshalb viele Frauen mit einer arrangierten Ehe und völliger Fremdbestimmung zufrieden waren. Die meisten von ihnen schufteten von früh bis spät im Haushalt, versorgten die Kinder und erduldeten die Ignoranz und Faulheit ihrer Männer. Nicht zum ersten Mal war sie froh, dass ihr Vater nie versucht hatte, einen Mann für sie zu finden.

Matthias erwiderte das Lächeln seiner Tochter und setzte sich neben sie. Er hatte etwas gegessen. Das merkte Maria daran, dass er wesentlich nüchterner wirkte als vorhin, als der Ermittler des Emirs sie besucht hatte. Nach einem Augenblick des Schweigens, fragte er leise: „Geht es dir gut? Du wirkst aufgewühlt, mein Kind.“

Maria seufzte leise.

„Es gibt einige Dinge, die mir Sorgen bereiten.“

„Meinst du den Mann, der heute hier war? Ich hätte mich anders verhalten müssen, nicht wahr?“

Manchmal war Matthias wie ein großes Kind. Das waren die Momente, in denen Maria ihn einfach in den Arm schließen und nie wieder loslassen wollte. Aber hin und wieder waren genau das die Momente, in denen sie hart sein musste, damit ihr Vater sich nicht wirklich einmal um Kopf und Kragen redete.

„Ja, ich glaube nicht, dass dieser Sarim uns etwas Böses will. Du hättest freundlicher sein können“, erwiderte sie sachlich. Dann fügte sie lächelnd hinzu: „Aber sein Blick war durchaus interessant, als du ihm Prügel angedroht hast.“

Matthias musste lachen.

„Was bin ich doch ein alter Narr. Ein Mann des Emirs steht in meiner Taverne und ich bedrohe ihn. Kein Wunder, dass die Muselmanen Angst vor unserem guten Wein haben.“

Maria nickte langsam.

„Es wäre gut, wenn du ihm auch wieder etwas weniger zusprechen würdest“, erwiderte sie leise, so respektvoll wie es bei diesem Thema möglich war. Matthias nickte nur, ohne sich dazu weiter zu äußern.

„Gefällt er dir?“, fragte er völlig unvermittelt.

„Wer?“

„Dieser Sarim.“

„Ich kenne diesen Mann doch gar nicht. Außerdem ist er kein Christ.“

Matthias machte eine wegwerfende Handbewegung. Dann antwortete er: „Deine Mutter und ich kannten uns auch nicht, trotzdem haben wir uns sofort ineinander verliebt. Und ob er nun ein Christ ist oder nicht, was zählt, ist die Frage, wie er Frauen behandelt. Und da wirst du unter Christen wie unter Muselmanen Männer finden, denen ich dich nie im Leben übergeben würde."

Maria musste lächeln. Das ihr Vater nicht zu den gläubigsten Mitgliedern der Gemeinde zählte, war kein Geheimnis. Aber dass er nichts gegen eine Verbindung mit einem Moslem einzuwenden hätte, wunderte sie doch.

„Aber wenn du ihn magst", hakte Matthias nach. „Warum hast du ihn dann angelogen?"

Erschrocken sah Maria ihren Vater an, der bei dem Blick seiner Tochter lachen musste.

„Ach, mein Kind. Ich weiß selbst, dass ich zu viel Alkohol trinke. Und auch meine Augen sind nicht mehr die besten. Aber mein Gehör ist noch in allerbester Ordnung. Und wir wissen beide, dass Edok sich am Abend seines Todes nicht mit dem Fischer Lukas, den du im Übrigen gut kennst, gestritten hat. Viel mehr war er nur wenige Augenblicke hier, ehe er wieder fluchtartig das Haus verließ. Du selbst hast mir am nächsten Morgen davon erzählt und gesagt, dass dich sein Verhalten verwundert hätte."

Maria starrte vor sich auf den Boden. Ihr Herz pochte wie wild. Wenn ihr Vater all das wusste, dann war er selbst eine große Gefahr für sein eigenes Leben. Denn eines stand fest: Der Wirt Matthias war ein wahrheitsliebender Mensch. Auch wenn er damit schon manche Wunde bei seinen Mitmenschen verursacht hatte, er war einfach nicht bereit zu lügen, nur weil das seine Interessen schützte oder den Befindlichkeiten anderer diente. Und so würde er auch hier, wenn ihn jemand fragte, sagen, was an dem Abend des Mordes wirklich in der Taverne geschehen war. Leise erwiderte Maria: „Vater, das verstehst du nicht."

„Allerdings. Das verstehe ich nicht. Weißt du nicht, dass du Lukas damit zu einem Mordverdächtigen gemacht hast?", setzte Matthias freundlich, aber bestimmt nach.

„Ich dachte nicht, dass der Mann meiner Aussage eine solche Bedeutung beimessen würde."

„Ein Grund mehr, ihn im Auge zu behalten", erklärte Matthias grinsend. „Ein Mann, der bereit ist, einem Weib zuzuhören, ist nicht so leicht zu finden."

Maria schüttelte lächelnd den Kopf. Dann wurde sie wieder ernst.

„Es musste sein, Vater. Zu unser aller besten. Bitte vertrau mir in dieser Sache. Es darf niemals eine andere Geschichte als die, die ich erzählt habe, nach außen dringen. Andernfalls könnte es uns beiden schlecht ergehen."

„Bist du bedroht worden?", fragte Matthias, der plötzlich hellhörig geworden war. Er war es gewohnt, dass seine Tochter sich für alles in diesem Haus verantwortlich fühlte. Und ihm war völlig klar, dass er zu einem großen Teil selbst daran schuld war. Denn letztlich war es wirklich Maria, die sich um die meisten Belange des Hauses kümmerte. Aber dass sie so nervös wirkte, wie jetzt in diesem Augenblick, war ihm bei seiner Maria noch nie aufgefallen.

Als Antwort schüttelte Maria nur den Kopf, hielt den Blick aber zu Boden gerichtet. Matthias Augen weiteten sich. Mit belegter Stimme fragte er: „Dann war die Drohung gegen mich gerichtet?"

Maria sah zu ihrem Vater auf. Sie liebte diesen Mann. Und sie würde niemals zulassen, dass jemand ihm etwas antat. Aber sie würde ihn auch nicht anlügen. Also nickte sie diesmal, was Matthias zu einem abfälligen Ächzen bewegte. Mit einer Hand schlug er auf sein Knie, während er brummte: „Wer hat eine Drohung gegen mein Haus ausgesprochen? Sag es mir und ich werde dafür sorgen, dass wir uns nie wieder Gedanken darüber zu machen brauchen."

Maria schüttelte energisch den Kopf.

„Nein, Vater. Zum einen weiß ich nicht, wer der Mann war, der die Drohung ausgesprochen hat, dass man deinen Kopf fordern würde, wenn ich bei möglichen Fragen nach Edok nicht von einem Streit mit einem anderen Christen erzählen würde. Und zum anderen habe ich nicht das Gefühl, dass wir etwas gegen die Männer, die in diese

Sache verstrickt sind, tun könnten. Wir sollten uns ruhig verhalten und aufpassen, dass wir nicht zwischen die Mühlsteine geraten."

Matthias sah eine Weile vor sich auf den Boden. Dann nickte er resignierend. Leise erklärte er: „Also geben wir uns geschlagen. Einem Gegner, den wir nicht einmal kennen. Und lügen. Um unsere eigene Haut zu retten."

Maria sah ihren Vater durchdringend an. Dann flüsterte sie leise: „Bitte, Vater. Wenn du mich liebst so wie ich dich liebe, dann wirst du um meinetwillen schweigen."

Matthias erwiderte den Blick seiner Tochter. Es kam Maria wie eine halbe Ewigkeit vor, bis er endlich nickte und murmelte: „Amen."

Dann erhob er sich, reckte und streckte sich einmal und erklärte: „Ich werde jetzt schlafen. Morgen wird wieder ein harter und langer Tag."

„Gute Nacht, Vater."

„Gute Nacht, Maria. Ich werde für uns beten."

Mit diesen Worten verschwand ihr Vater im Haus. Maria erhob sich ebenfalls langsam. Wieder wanderte ihr Blick zu den Sternen hinauf. Ja, Sarim war kein Christ. Er war der Mann, den der Emir ausgewählt hatte, um den Mord an Edok aufzuklären. Außerdem hatte sie ihn belogen und in die Irre geführt. Na und? Doch in dem Blick, den er ihr zugeworfen hatte, bevor er ihre Taverne verlassen hatte, lag etwas, das Maria eine Gänsehaut bescherte. Einen solchen Ausdruck hatte sie noch nie gesehen. Die Zeit würde zeigen, ob sie sich wiedersahen. Und so Gott wollte, würde sie vielleicht sogar die Gelegenheit erhalten, diesen Mann näher kennen zu lernen.

*

Sarim erwachte früh aus einem tiefen traumlosen Schlaf. Die letzten Tage waren kraftraubend gewesen. Aber auch wenn er in dieser Nacht nicht viel Schlaf bekommen hatte, so war er doch erholsamer gewesen, als er gedacht hätte. Er stand auf, wusch sich, kleidete sich an und ging dabei die ganze Zeit über im Kopf durch, was er als nächstes zu tun gedachte.

Nach einem kleinen Frühstück und seinem, fast schon obligatorischen, Besuch beim Kammerherrn, den er über das völlige Stocken seiner Ermittlungen informierte, machte er sich auf den Weg zum Haus Abu Sin Nefers. Er wollte noch einmal die Korrespondenz des Kaufmannes durchgehen, um nachzugehen, ob es vielleicht einen Grund gegeben haben könnte, aus dem die von Malek ins Spiel gebrachten *Falken des Propheten* etwas mit dem Mord zu tun haben könnten. Anschließend beabsichtigte er, sich noch einmal in der Straße, in der Edok gelebt hatte, umzuhören. Es musste doch jemanden geben, der bereit war, über die Dinge zu sprechen, die der Mann, dem er bei seinem letzten Besuch dort begegnet war, nur angedeutet hatte.

Vielleicht blieb dann auch noch Zeit für einen kurzen Besuch in der Taverne, in der er erst am gestrigen Abend gewesen war. Diesen Gedanken verwarf Sarim jedoch sofort wieder. Er würde kaum eine sinnvolle Ausrede erfinden können, dort heute schon wieder aufzutauchen. Außerdem wurde es Zeit, sich mit dem Gedanken abzufinden, dass diese Maria für ihn unerreichbar war. Abgesehen davon, dass sie eine Christin war und er ein Anhänger Mohameds, kam es Sarim so vor, als kämen sie aus unterschiedlichen Welten, obwohl sie in derselben Stadt lebten. Außerdem hatte nichts in ihrem Verhalten darauf hingedeutet, dass sie in irgendeiner Art und Weise an ihm interessiert gewesen wäre. Wobei, was wollte man auch erwarten? Er war ein Ermittler des Emirs, der bei ihr auftauchte und unangenehme Fragen stellte. Wahrscheinlich hatte sie eher Angst vor ihm. Und vielleicht hatte sie sogar Grund dazu. Sarim hatte noch immer das Gefühl, dass die junge Frau etwas vor ihm verbarg. Und so gern er diesen Gedanken verdrängt hätte, er war sich sicher, dass Marias Geheimnis zur Lösung des Falles führen würde.

Am Haus des Kaufmannes angekommen, ließ sich Sarim dem Sekretär Abu Sen Nefers melden. Der Mann war sehr beschäftigt, war er doch in der Pflicht, die Geschäfte seines Herrn weiterzuführen, bis alle Angelegenheiten dem Erben übergeben werden konnten. Und da Sen Nefer, der Sohn des Toten, im Augenblick stark in die militärischen Planungen des Emirs eingebunden war, würde es noch eine Weile dauern, bis diese Übergabe stattfinden konnte. Dementsprechend übernächtigt und überarbeitet wirkte der Mann, als Sarim zu ihm vorgelassen wurde. Sarim erklärte kurz, was er heute vorhatte und erhielt von Benan, dem Sekretär, die Genehmigung, erneut alle Briefe und Schriftstücke seines Herrn zu sichten und mit allen Personen, die im Haus des Toten Arbeit zu verrichten hatten, zu sprechen.

Sarim hatte beschlossen, zuerst die Befragungen durchzuführen. Er führte mit jedem Bediensteten einzeln ein kurzes Gespräch. Aber es war auch heute niemand dabei, der ihm in irgendeiner Weise verdächtig vorkam. Also widmete er sich noch einmal ganz in Ruhe dem Arbeitszimmer Abu Sen Nefers. Benan arbeitete in seinen eigenen Räumlichkeiten. Auch hier würde Sarim später noch suchen müssen. Vielleicht fand sich ja unter der Korrespondenz, die der Sekretär erledigt hatte, etwas, was den Mord erklärte.

Zuerst studierte Sarim die Warenlisten und Handelsrouten Abu Sen Nefers. Hier fand er keine Unregelmäßigkeiten. Nur eine Sache wirkte eigenartig. Eines seiner Schiffe hatte in der letzten Zeit öfter die Insel Gozo angelaufen. Gozo war eine kleine Nachbarinsel und gehörte ebenfalls zum Emirat Malta. Aber soweit Sarim wusste, trieb Abu Sen Nefer mit niemandem auf Gozo laufend Handel. Es musste also einen treffenden Grund geben, ein Schiff dorthin zu entsenden. Wäre dies nur einmal vorgekommen, Sarim hätte es auf einen besonderen Auftrag geschoben. Aber bei der Menge der Besuche dieser Insel in den letzten Monaten, musste mehr dahinterstecken. Noch einmal durchforstete Sarim die Fracht- und Warenlisten des Händlers und stellte dabei fest, dass die Schiffe, die Gozo angefahren hatten, stets mit den gleichen Waren an Bord wieder abgesegelt waren. Sie hatten auf Gozo keinen Handel getrieben. Sarim verglich die Daten, zu denen die Schiffe auf Gozo angelegt hatten. Es hatten jeweils nur wenige Wochen dazwischen gelegen.

Dann nahm er sich noch einmal die Briefe des Kaufmannes vor. Abu Sen Nefer war wirklich gründlich gewesen. Er hatte von jedem Schriftstück, dass ihn erreichte oder von ihm versandt wurde, eine Abschrift fertigen lassen.

Sarim fand schnell heraus, dass es zu jedem Datum, an dem Schiffe auf Gozo vor Anker gegangen waren, auch einen entsprechenden Brief gab. Die Briefe waren jeweils ein oder zwei Tage früher datiert, aber im Grunde passte es. Es waren Schreiben von unterschiedlichen Händlern, doch von keinem von ihnen hatte Sarim zuvor schon einmal etwas gehört. Und es gab auch keine anderen Hinweise in den Fracht-, Kunden- und Händlerlisten des Kaufmannes auf die Namen der Männer, die jeweils die Briefe, die auf die entsprechenden Daten fielen, unterzeichnet hatten. Sarim las den ersten Brief und stockte sofort. Diese Sätze ergaben keinen Sinn. Der Brief sprach über das Wetter auf Gozo. Aber auf eine so verworrene Art und Weise, dass Sarim den Brief mehrere Male lesen musste, um überhaupt einen gewissen Sinn in dem Text zu finden. Da waren Wörter in den Sätzen, die da einfach nicht hingehörten und andersherum wirkten manche Sätze schlichtweg unvollständig. Sarim verstand nicht recht, was es mit diesen Briefen auf sich hatte, aber er beschloss, der Sache auf den Grund zu gehen. Mit den Briefen und der Liste der Schiffe, die Gozo angefahren hatten, machte er sich auf den Weg zu Benan. Der Sekretär würde ihm eine Menge zu erklären haben.

*

Benan saß auf dem Stuhl hinter seinem Arbeitstisch, der mit Schriftstücken und einigen Buchrollen überfüllt war. Sarim verstand nicht, wie man an einem solchen Tisch überhaupt arbeiten konnte. Allein die schiere Menge an Dingen auf der Arbeitsfläche würde ihn so sehr stören, dass Konzentration oder gar ein geordnetes Arbeiten unmöglich gewesen wären.

Benan sah Sarim fragend an, als dieser an den Arbeitstisch herantrat.

„Sarim, wie kann ich dir dienen? Wie du siehst, habe ich eine Menge zu tun, weshalb ich ein wenig in Eile bin.“

„Du kannst mir in der Tat einen Gefallen tun, Benan. Ich werde einen Moment deiner kostbaren Zeit brauchen.“

Benan seufzte theatralisch und zuckte mit den Schultern. Wahrscheinlich sollte diese Geste Hilflosigkeit ausdrücken. Sarim war sich nicht ganz sicher. Auf jeden Fall beschloss er, sich auf keine Diskussion mit dem Sekretär einzulassen.

„Ich habe einige Dinge in den Büchern deines Herren gefunden, die mich verwundert haben“, kam Sarim direkt zum Punkt. Die Augen Benans weiteten sich vor Staunen.

„Unregelmäßigkeiten in unseren Büchern? So etwas gibt es nicht, Sarim“, erklärte der Sekretär im Brustton tiefster Überzeugung.

„Nun, dann wirst du meine Fragen mit Sicherheit schnell beantworten können“, erwiderte Sarim lächelnd. Dann holte er die Briefe hervor.

„Hat Abu Sen Nefer mit einem oder mehreren Händlern auf Gozo Handel getrieben?“

Benan sah den Ermittler verständnislos an. Dann schüttelte er den Kopf.

„Wieso sollten wir mit jemandem von Gozo Handel treiben? Auf Gozo kann man nichts anbieten, was dieses Haus interessieren würde.“

„Gut. Warum sind dann in der letzten Zeit oft Schiffe aus der Flotte deines Herrn nach Gozo gefahren? Und was bedeuten diese Briefe, die besagte Schiffe mit nach Hause gebracht haben?“

Sarim warf Benan den Stapel an Korrespondenz auf den Tisch. Der Sekretär griff mit spitzen Fingern nach dem obersten Brief. Stirnrunzelnd las er das Schriftstück. Dann schüttelte er verwirrt den Kopf.

„Ich kenne weder den Unterzeichner noch verstehe ich, was der Inhalt dieses Briefes bedeuten soll. Und du bist sicher, dass du diese Briefe im Arbeitszimmer meines Herren gefunden hast?“

„Es gibt keinen Zweifel“, erwiderte Sarim bestimmt.

„Nun gut. Ich will deine Zeit nicht weiter verschwenden. Ich werde diese Briefe mitnehmen und sie mir noch einmal genauestens durchlesen, vielleicht finde ich ja etwas, was in diesem Fall interessant ist.“

Mit einem knappen Gruß verabschiedete Sarim sich, dann machte er auf der Stelle kehrt und verließ das Haus des toten Kaufmannes. Vielleicht gab es doch eine Verbindung zu den *Falken des Propheten.* In Sarim war ein schrecklicher Verdacht geweckt. Aber bevor er mit dieser Idee an den Kammerherrn des Emirs herantreten konnte, musste er mehr in der Hand haben. Vorher waren alle Gedankenspiele und Überlegungen nichts wert. Wenn er Recht hatte, dann musste er schnell Beweise finden. Denn in diesem Fall stand nichts Geringeres auf dem Spiel als die Zukunft des gesamten Emirates.

Sarim hatte das Haus Abu Sen Nefers gerade verlassen, als Benan einen Diener zu sich rief. Er gab dem Mann eine kleine Papierrolle, die mit seinem Siegel verschlossen war.

„Gib dies dem General. Du bürgst mir mit deinem Leben dafür, dass dieser Brief niemandem sonst in die Hände fällt.“

Der Diener nickte ergeben und verließ die Villa.

*

Sarim beabsichtigte, zuerst in seinem Gemach eine kurze Mittagsruhe zu halten. Er hatte so viel Zeit im Haus des Kaufmannes zugebracht, dass die Mittagszeit bereits angebrochen war. Und zu dieser Jahreszeit war der Mittag vor allem mit unerträglicher Hitze verbunden. Wer es einrichten konnte, verbrachte die heißesten Stunden des Tages im Inneren eines Hauses oder ruhte sich an einem schattigen Platz aus.

Aber Sarims Gedanken fanden keine Ruhe. Konnte es wirklich sein, dass ein Mann wie Abu Sen Nefer in ein Komplott gegen den Emir verwickelt war? Die Fahrten nach Gozo an sich waren kein Beweis dafür. Sie taugten nicht einmal als Fingerzeig. Aber der Umstand, dass es keinen Warenaustauch gegeben hatte, war bereits sehr eigenartig. Doch die Briefe, die Sarim gefunden hatte, waren der größte Verdachtsmoment, den er vorzuweisen hatte. Diese Briefe waren verschlüsselt, da war er sich sicher. Wer verschlüsselte Briefe, wenn deren Inhalte nicht gefährlich oder streng geheim waren? Da Abu Sen Nefer nicht zu den Diplomaten des Emirs zählte und auch sonst keine Beziehungen zu den Spionen und Informanten an anderen Höfen hatte, konnten diese Verschlüsselungen also nichts mit einem Auftrag des Emirs zu tun haben. Wo war die Verbindung von Abu Sen Nefer zu Edok? Und welche Art Komplott konnte hier überhaupt im Raum stehen? Was war auf Gozo, dass Abu Sen Nefer immer wieder Schiffe dorthin gesandt hatte? Eine Menge Fragen, auf die Sarim eine Antwort finden musste. Und das schnell, denn die Zeit, die der Emir ihm zur Lösung dieses Falles eingeräumt hatte, lief unbarmherzig ab.

*

Der Nachmittag war bereits fortgeschritten, als Sarim wieder in dem Viertel ankam, in dem Edok gelebt hatte. Er konnte sich nicht erinnern, zuvor so häufig in Rabat gewesen zu sein wie in den letzten Tagen. Eigentlich hatte er nur einmal den Bereich im Inneren der Stadtmauer verlassen und das war um sich auf den Märkten und unter der Bevölkerung umzusehen. Es war eine Weile her und hatte ihn nicht sonderlich angezogen, sodass er mit dem, was Mdina selbst bieten konnte, durchaus zufrieden gewesen war. Nur hin und wieder, wenn er die Stadt verließ, kam er durch die Straßen Rabats. Dass er sich einmal so lange hier aufhalten würde, hätte er bisher nicht gedacht.

Vor dem Haus Edoks stand noch immer ein Kreuz. Die Blumen waren teilweise zertrampelt, teilweise bereits verblüht. Doch einige wirkten frisch, als wären sie erst heute gepflückt worden. Offensichtlich meinten die Nachbarn es ernst mit ihrer Trauer um den jungen Mann. Was mochte er nur getan haben, dass jemand in sein Haus eindrang und ihn tötete? Sarim fröstelte trotz der Hitze. Das Haus eines Mannes sollte ein sicherer Zufluchtsort sein. Ein Platz, an dem er und seine Familie in Sicherheit waren. Aber dieser Fall, ebenso wie der Mord an Abu Sen Nefer, zeigte wieder einmal ganz klar, dass es keine Sicherheit gab. Wenn der Tod einen ereilen sollte, dann konnte man sich verstecken, wo man wollte.

Sarim beschloss, das Haus nicht noch einmal zu betreten. Nicht nur, dass er schon beim letzten Mal nichts von Bedeutung gefunden hatte. Er war sich sicher, dass das Haus mittlerweile ohnehin leergeräumt worden war. Zumindest waren die Mörder mit Sicherheit nicht dumm genug gewesen, etwas von Bedeutung liegen zu lassen. Und selbst wenn, hatten sie mittlerweile genug Zeit gehabt, es wegzuschaffen. Was auch immer in diesem Haus gewesen sein mochte, das Sarim vielleicht bei der Lösung geholfen hätte, es war inzwischen bestimmt nicht mehr da.

Stattdessen machte Sarim sich auf den Weg, die Nachbarn noch einmal zu befragen. Doch wie immer er die Fragen auch drehte, niemand konnte oder wollte etwas über Kontakte zwischen Edok und einem arabischen Kaufmann oder über Ausflüge nach Gozo sagen. Ein Mann erklärte, dass Edok manchmal Tage lang nicht nach Hause gekommen war. Der junge Christ hatte das immer damit begründet, dass er seine Familie besuchte, die im Norden der Insel wohnte. Doch so richtig ließ sich auch mit dieser Aussage nichts anfangen. Und so kam es, dass Sarim am Ende des Tages dann doch wieder in der kleinen Taverne saß, in der er Maria zum ersten Mal gesehen hatte.

Sie bediente, wie wahrscheinlich an allen Tagen, und wirkte sehr souverän dabei. Es gab niemanden, der es gewagt hätte, ihr einen unflätigen Spruch hinterherzurufen oder sie gar unschicklich zu berühren. Sarim hatte schon Spelunken gesehen, in denen den Mädchen, die bedienten, wirklich hart zugesetzt wurde. Doch hier herrschte eine gesittete Ordnung, die wohl auch darauf zurückzuführen war, dass Maria und ihr Vater angesehene Mitglieder ihrer Gemeinde waren. Aber was, wenn all die Menschen, die heute Abend hier saßen, einen Mörder deckten? Sarim trank den Becher mit Wasser, den er vor sich hatte, in einem Schluck aus. Dieses Zeug schmeckte schlichtweg nach gar nichts. Er hätte gern einen guten Schluck Wein getrunken, aber er wusste, dass jedem der anwesenden Christen bewusst war, dass er sich als Moslem des Alkohols enthalten musste. Ein Verstoß gegen dieses Verbot in der Öffentlichkeit könnte, wenn es dem Emir bekannt wurde, zu ernsthaften Konsequenzen führen. Also beherrschte Sarim sich und betrachtete weiter die trinkenden Männer, die hier saßen und mehr oder weniger dem alkoholhaltigen Getränk zusprachen.

Bald bemerkte er, dass noch jemand im Raum abseits saß und zu keiner Gruppe zu gehören schien. Er betrachtete den Mann genauer. Der Fremde war dunkelhäutig. Dunkler als er, aber nicht schwarz. Er wirkte eher wie ein Araber aus den Wüstenregionen. Er trug einen langen schwarzen Kaftan und dazu einen ebenso schwarzen Turban. Der Bart des Mannes war von silbernen Fäden durchzogen, was darauf schließen ließ, dass er nicht mehr der Jüngste war. Als Sarim die Augen des Mannes, der nur wenige Tische seitwärts von ihm saß, betrachtete, fiel ihm auf, dass der Fremde seinen Blick erwiderte. Der Mann hatte ihn wahrscheinlich die ganze Zeit beobachtet. Möglicherweise weil sie die beiden einzigen Diener des Propheten in diesem Haus waren. Vielleicht auch, weil er ebenso wie der Fremde allein an einem Tisch saß. Aber Sarim war zu misstrauisch, um von vornherein auszuschließen, dass es nicht auch etwas mit den beiden Morden zu tun haben könnte. Nach einem kurzen Moment des Nachdenkens erhob Sarim sich, ging auf den Mann zu und blieb direkt vor seinem Tisch stehen. Über das Gesicht des Alten huschte ein Lächeln.

„Sarim, Wächter des Emirs. Wie schön, dass du mir Gesellschaft leisten möchtest", begrüßte ihn der Mann mit freundlicher, tiefer Stimme.

Sarim runzelte die Stirn, als er der Einladung des Fremden folgte und sich ihm gegenüber auf einen Stuhl setzte. Noch einmal betrachtete er das braune, wettergegerbte Gesicht des Mannes. Jetzt war er sich sicher, dass er es mit einem Wüstenbewohner zu tun hatte. Dieser Mann hatte bis nach Malta einen weiten Weg zurückgelegt. Und doch kannte er Sarims Namen und seine Stellung. Ein Gedanke, der den Wächter nachdenklich stimmte. Ebenso freundlich wie sein Gegenüber erwiderte er: „Wie kommt es, dass du meinen Namen kennst, ich den deinen aber nicht?"

Der Fremde schaute ihn lächelnd an.

„Eine kluge Frage, mein junger Freund. Nun, sagen wir, ich weiß eine Menge Dinge über diese Stadt, dieses Land und die Leute, die hier leben."

„Und wer bist du?"

„Nenn mich doch einfach *Falke.*" Das Lächeln des Fremden schien für einen Augenblick noch etwas breiter zu werden. Sarim zog die Augenbrauen fragend zusammen. Dann murmelte er leise: „Ein *Falke des Propheten*?"

Der Mann, der sich mit Falke vorgestellt hatte, lachte leise. Dann erwiderte er genauso leise: „Der Prophet braucht keine Falken. Er hat Schwerter, mein Freund."

„Hat eines dieser Schwerter den Christen Edok ermordet?"

„Ich dachte, du bist der Ermittler des Emirs. Finde es heraus."

„Ich werte das als Ja."

„Hast du nützliche Beweise, die jemanden mit den Morden in Verbindung bringen?", fragte der Fremde belustigt. „Soweit ich weiß, nicht. Oder sollten meine Informationen falsch sein? Du tappst im Dunkeln."

„Was weißt du über diese Sache?", zischte Sarim, der mittlerweile kurz davor war, die Fassung zu verlieren. Er hatte mit vielem gerechnet, aber nicht damit, hier von einem Fremden verspottet zu werden. „Wenn du etwas weißt, dann bist du verpflichtet, es mir zu sagen. Andernfalls werde ich dich mitnehmen und dich im Verließ des Palastes einer Befragung unterziehen. Und auch wenn die Folterknechte des Emirs nicht oft die Möglichkeit haben, es unter Beweis zu stellen, sie können mit ihren Werkzeugen sehr gut umgehen.“

Wieder lachte der Falke amüsiert auf.

„Du drohst mir, Sarim? Du weiß nicht, wer ich bin und wagst es, mir mit Folter zu drohen? Du musst wirklich sehr verzweifelt sein.“

Sarim schluckte die Antwort, die ihm auf der Zunge lag, herunter und atmete einmal tief durch. Der Mann hatte Recht. Er konnte einen Diener des Propheten nicht einfach foltern lassen. Abgesehen davon, sah der Mann nicht wie ein armer Taugenichts aus. Die Kleidung, die der Falke trug, war teuer und ausgesucht. Sarim selbst könnte sich diese Stoffe kaum leisten. Also musste er es wohl mit einer höher gestellten Person zu tun haben, auch wenn er diesen Mann beim besten Willen nicht kannte.

Ob es ein Zufall war, dass der Name dieses Mannes *Falke* war? Es war nicht ungewöhnlich, dass Eltern für ihre Kinder die Namen von Tieren wählten, deren Fähigkeiten sie ihnen für ihr Leben wünschten. Am geläufigsten war mit Sicherheit der Löwe als Namensgeber. Aber auch der Falke konnte durchaus vorkommen. Malek hatte ihn verrückt gemacht mit seinen Geschichten von einem Mohammedanischen Geheimbund, sodass er schon dort Gespenster sah, wo keine waren. Also versuchte er es noch einmal freundlich, ohne sich seine Verunsicherung anmerken zu lassen: „Du hast Recht, Falke. Verzeih meine Unfreundlichkeit. Aber wenn es etwas gibt, dass du über diesen Fall weißt, dann wäre es gut, wenn du es mir offenbaren würdest.“

„Wieso?“

Diese Frage kam so schnell und war mit einer solchen Offenheit gestellt, dass Sarim den Mann einen Augenblick lang mit offenem Mund anstarrte. Dann erwiderte er: „Weil der Emir will, dass diese

Morde aufgeklärt werden. Und weil ich es ohnehin herausfinden werde. Mit oder ohne deine Hilfe.“

Der Fremde nickte lächelnd.

„Ja, ich denke, dass wirst du, Sarim. Aber achte auf deinen Rücken. Er ist zu oft ungedeckt.“

Nach diesen Worten erhob sich der Falke, ließ einige Münzen auf den Tisch fallen, und ging ohne einen weiteren Gruß zum Ausgang. Sarim sah dem Mann nach. Er musste sich eingestehen, dass er eine Gänsehaut hatte. Was sollte diese Warnung? Wollte er Sarim damit sagen, dass ihm von einer anderen Seite Gefahr drohte? Oder war es eher eine Drohung? Sarim starrte dem Mann eine Weile hinterher. Erst als sich Maria neben ihm leise räusperte, wurde er aus seinen Gedanken gerissen. Er sah auf und lächelte die junge Frau freundlich an. Er hatte bereits vorhin, als sie ihm seinen Wasserkrug brachte, bemerkt, dass sie reserviert, vielleicht sogar ein wenig ängstlich gewirkt hatte. Jetzt schien sie sich gefangen zu haben.

„Wer war dieser Mann?“, fragte sie vorsichtig.

Sarim sah sie nachdenklich an. Warum interessierte sie sich für diesen Fremden? Schulterzuckend antwortete er: „Er hat sich mir mit dem Namen Falke vorgestellt. Ich weiß nicht, ob das sein wirklicher Name ist. Er scheint nicht von hier zu kommen. Hast du diesen Mann schon einmal hier gesehen?“

„Nein. Ich glaube nicht“, murmelte Maria. Gesehen nicht. Aber seit sie vorhin einmal an dem Tisch der beiden Männer vorbeigekommen war und die Stimme des Fremden gehört hatte, war sie sich sicher, die Stimme wiederzuerkennen. Es war die Stimme des Mannes, der sie bedroht hatte. Wenn das stimmte, dann durfte sie kein Risiko eingehen. Sie hatte wirklich mit dem Gedanken gespielt, sich Sarim anzuvertrauen. Aber das Erscheinen dieses Falken bestärkte sie in ihrem Beschluss, es nicht zu tun.

Sarim nickte. Dann erhob er sich, drückte Maria einige Münzen in die Hand und ging in Richtung Ausgang. Draußen angekommen, atmete Sarim erst einmal tief durch. Es wurde Zeit, den Rückweg anzutreten. Er musste noch dem Emir Bericht erstatten. Auch wenn es bislang nicht viel gab, was er berichten konnte. Als Sarim sich auf den Weg zurück nach Mdina machte, bemerkte er den Schatten nicht, der ihm im Dunkeln folgte.

*

Sarim war noch vor Sonnenuntergang wieder im Palast eingetroffen. Er hatte sich kurz in seine Gemächer zurückgezogen, um die Geschehnisse des Tages noch einmal vor seinem inneren Auge vorbeilaufen zu lassen. Danach ging er noch einmal die Briefe durch, die er im Haus Abu Sen Nefers gefunden hatte. Doch auch dieses Mal fand er keinen wirklichen Sinn in dem, was da geschrieben stand. Dann fiel ihm etwas ein, was er bisher völlig vergessen hatte. Als er das erste Mal im Haus Edoks gewesen war, hatte er einige kleine Schriftstücke in arabischer Schrift gefunden. Diese hatte er, ohne sich ihnen weiter zu widmen, in eine Falte seines Kaftans getan. Durch den Fund des Siegelringes waren die unscheinbaren Schriftstücke bei ihm in Vergessenheit geraten.

Sarim überlegte fieberhaft, wo er seine Fundstücke hingelegt hatte. Schließlich fand er sie auf dem Tisch, der ihm eher als Ablage für gerade nicht verwendete Dinge denn als Essgelegenheit diente. Er überflog die Texte kurz und stellte schnell fest, dass es sich hierbei um dieselben sinnlosen Aneinanderreihungen von Wörtern handelte wie bei den Briefen von Abu Sen Nefer. Eigenartigerweise traf er dabei teilweise auf dieselben Formulierungen, die auch in den Briefen standen.

Sarim war noch immer in die Grübeleien rund um die Texte vertieft, als es an seiner Tür klopfte. Er fuhr erschrocken aus seinen Gedanken hoch. Sofort fiel ihm wieder ein, dass er dem Emir heute Abend Bericht erstatten sollte. Sarim eilte zur Tür, um sie zu öffnen. Der Diener, der vor der Tür stand, richtete ihm aus, dass der Emir ihn jetzt erwartete. Sarim beeilte sich, sich einen frischen Überwurf anzulegen. Dann folgte er dem Jungen bis zu den Privatgemächern des Emirs. Sarim machte sich auf dem Weg dorthin Gedanken, was er dem Herrscher offenbaren sollte. Es wäre voreilig, mit Legenden oder gar mit seinem Verdacht rund um die *Falken des Propheten* anzufangen. Doch er hatte bislang nichts anderes vorzuweisen. Seine einzigen beiden Spuren waren der Fischer in Msida und der Siegelring Abu Sen Nefers gewesen. Der Fischer hatte sich als Irrtum erwiesen und der Kaufmann war ermordet worden, ehe er Auskünfte hatte geben können.

Der Weg zu den Gemächern des Emirs kam Sarim viel zu kurz vor. Sie waren angekommen, bevor er einen endgültigen Entschluss hatte fassen können. Und so musste er in das Gespräch mit dem mächtigsten Mann dieses kleinen Emirates gehen, einzig mit dem Vorsatz, die Dinge auf sich zukommen zu lassen.

Der Emir erwartete Sarim bereits. Er saß in einem bequemen Sessel in seinem privaten Empfangszimmer, trank ein heißes, dampfendes Getränk und starrte gedankenversunken in die Ferne. Als der Diener eintrat, der Sarim ankündigen wollte, schrak der Herrscher hoch. Er lächelte dem Jungen kurz zu, dann gab er ihm durch ein Nicken zu verstehen, dass er den Hauptmann der Wache jetzt sofort sprechen wollte, woraufhin der Diener Sarim herein ließ und sich sofort wieder entfernte. Sarim, der sich wunderte, Ibn Saif hier nicht anzutreffen, verneigte sich tief vor seinem Herrscher, was dieser mit einer knappen Geste zur Kenntnis nahm. Dann wies der Emir seinen Ermittler an, ihm gegenüber Platz zu nehmen, eine Auszeichnung, die Sarim nicht erwartet hätte.

Der Emir wirkte müde, fast so, als hätte er den ganzen Tag große Sorgen hin und her gewälzt. Soweit Sarim das beurteilen konnte, ging es dem kleinen Emirat Malta ausgezeichnet. Die Staatskassen waren voll, die kleine Armee war gut ausgerüstet und durchaus in der Lage, etwaige Feinde abzuschrecken. Die diplomatischen Beziehungen zu den meisten Nachbarn waren ausgezeichnet und selbst die eher angespannten Kontakte nach Byzanz waren, nach Hörensagen, in den letzten Monaten wieder besser geworden. Trotz alledem wirkte der Emir wie ein Mann, der sich grämte und nicht wusste, wohin mit seinem Kummer.

Sarim wartete geduldig darauf, von seinem Herrn angesprochen zu werden, was einige Momente dauerte. Doch anders als in der Gegenwart Ibn Saifs fühlte sich Sarim nicht unwohl. Ihm war klar, dass es sich nicht um ein Gespräch unter Gleichberechtigten handelte. Aber das Schweigen des Emirs war keine Missachtung. Vielmehr spürte Sarim, dass eben dieses gemeinsame Schweigen zweier Männer, die auf so unterschiedlichen Machtebenen standen, ein Zeichen der Gunst und der Hochachtung des Emirs Sarim gegenüber darstellte. Als der Emir das Wort an Sarim richtete, war es nicht wie eine Befreiung von der Last der Stille, sondern wie ein lang vorbereiteter Übergang von einer stillen Verständigung hin zu einem echten Gespräch.

„Nun, Sarim, du hattest einige Tage Zeit, den Mord an dem Christen Edok aufzuklären. Wie mir Ibn Saif berichtete, hast du bislang noch keine wirklichen Ergebnisse erzielt. Aber ich möchte gern von dir hören, was deine Ermittlungen bisher ergeben haben."

Sarim nickte langsam. Er überlegte kurz, wie er beginnen sollte. Dann erklärte er im sachlichen Ton: „Nun, ich habe ein paar Spuren verfolgt. Allerdings hat noch keine zu einem möglichen Täter geführt."

„Und wie sieht es in der Sache Abu Sen Nefer aus? Dieser Mann war nicht nur ein treuer Diener des Propheten, er war auch einer meiner engsten Vertrauten. Wenn jemand wie er getötet wird, dann ist das auch ein Angriff auf dieses Emirat."

Sarim nickte erneut.

„Ich verstehe diese Haltung, mein Herr. Ich habe einige Hinweise gefunden, dass beide Morde in einem Zusammenhang zueinander stehen. Aber es ist zu früh, um mehr dazu sagen zu können."

„Mir läuft die Zeit davon, Sarim", murmelte der Emir grimmig. „Mir ist nicht entgangen, dass in den Mauern meines Palastes der eine oder andere glaubt, ich wäre alt und schwach geworden. Dass dieser

Christ ermordet wurde, war ein Ärgernis, das ich aufgeklärt wissen wollte. Zum einen, um zu erfahren, was hinter der Andeutung eines möglichen Aufstandes steckte, und zum anderen, um klar zu machen, dass auch meine christlichen Untertanen ein sicheres Leben führen können. Aber durch den Mord an Abu Sen Nefer wird es zu einem persönlichen Angriff. Und es lässt mich in der Tat schwach erscheinen, wenn ich nicht bald jemanden bestrafe."

„Das verstehe ich, mein Herr. Aber es würde nichts bringen, jemanden zu verurteilen, der nichts mit den Morden zu tun hat, nur um einen Erfolg vorweisen zu können."

Der Emir nickte nachdenklich. Sarim war sich nicht sicher, ob er gerade nicht etwas zu weit gegangen war. Dem Emir zu unterstellen, er wolle einen schnellen Abschluss der Untersuchungen, ohne mit Sicherheit sagen zu können, dass der Verurteilte auch wirklich der Schuldige war, war vielleicht etwas voreilig. Aber zu Sarims Glück beließ es der Emir dabei. Stattdessen setzte er das Gespräch nach einem kurzen Seufzer fort: „Was gedenkst du als Nächstes zu unternehmen? Dir muss klar sein, dass ich nicht beabsichtige, ewig auf Ergebnisse zu warten."

Sarim schluckte. Auch wenn das bisherige Gespräch im freundlichen Ton verlaufen war und der Emir ihm einiges anvertraut hatte, so war doch klar, dass seine persönliche Zukunft mit der Lösung dieses Falles verbunden war. Er musste Ergebnisse vorweisen. Und das schnell und überzeugend.

„Ich habe eine Spur gefunden, die mich nach Gozo führt", erklärte Sarim, ohne lange darüber nachzudenken.

„Gozo? Was hoffst du, dort zu finden?"

„Ich weiß es nicht genau. Aber es gab einige interessante Punkte in den Warenlisten Abu Sen Nefers, die mich auf Gozo aufmerksam gemacht haben. Hier in Rabat habe ich alles versucht, was möglich war. Es ist, als würde ich immer wieder gegen eine verriegelte Tür laufen."

„Und du erhoffst dir, in Gozo den Schlüssel für diese Tür zu finden?“

„Es ist eine Möglichkeit. Im Moment die Einzige die ich sehe“, gab Sarim zu, ehrlicher als er eigentlich vorgehabt hatte.

Der Emir musterte ihn nachdenklich.

„Wie willst du nach Gozo reisen? Offen und als mein Gesandter oder still und heimlich?“

„Ich denke, still und heimlich wäre erfolgversprechender.“

„Dann soll es so sein. Du wirst allein reisen. Begib dich nach Gozo, finde heraus was es herauszufinden gibt und sei in spätestens drei Tagen wieder hier.“

„Mein Herr befiehlt, ich gehorche“, erwiderte Sarim, wobei er den Kopf als Zeichen des Gehorsams neigte.

„Und noch etwas, Sarim …“

„Ja, mein Herr?“

„Ich möchte, dass du in dieser Sache mit wirklich niemandem redest. Nicht mit Ibn Saif, nicht mit deinem Freund Malek, mit niemandem.“

Verwundert sah Sarim den Herrscher an. Er sparte sich die Frage, woher der Emir von seiner Freundschaft mit dem Koch wusste. Viel mehr verwunderte es den Hauptmann der Wache, dass sein Herr plötzlich Ibn Saif aus dem Fall heraushalten wollte.

„Ich dachte, ich soll Ibn Saif über jeden meiner Schritte unterrichten“, entfuhr es dem verwirrten Soldaten, was er bereits im nächsten Moment bereute. Und wirklich zeigte die Andeutung einer Falte zwischen den Augenbrauen des Emirs an, dass seine Geduld mit seinem Untertan langsam dem Ende zuging.

„Dinge ändern sich. Der Kammerherr hat mit anderen Angelegenheiten zu tun. Du wirst sofort aufbrechen und nur mir Bericht erstatten, wenn du zurückgekehrt bist.“

Sarim nickte, auch wenn er innerlich nicht gerade vor Freude jubelte. Es war bereits spät am Abend. Das bedeutete wieder eine Nacht mit sehr wenig Schlaf, wenn er überhaupt welchen finden würde. Aber das Wort des Emirs war Gesetz und er wollte auf keinen Fall den Fehler machen, seinen mächtigen Gönner zu enttäuschen.

Nach weiteren kurzen Anweisungen die Reise betreffend, wurde Sarim entlassen. Er begab sich in seine Gemächer, um einige Dinge zusammenzupacken. Dann machte er sich auf den Weg zu den Ställen des Emirs. Auch wenn er nicht offiziell nach Gozo unterwegs war, so hatte er doch die notwendigen Vollmachten, um sich zumindest mit einem guten Reittier zu versorgen. Und das würde er auch brauchen, wenn er die zeitlichen Vorgaben des Emirs einhalten wollte.

*

Die Mittagszeit war schon fast angebrochen, als Sarim auf der Insel Gozo durch die Stadttore von Rabat ritt. Es war wenig einfallsreich: Die meisten der kleinen Ortschaften auf Gozo hatten dieselben Namen wie die Städte auf Malta. Aber über den Namen hinaus hatte dieses Rabat so gar nichts mit der Stadt gemein, in der er lebte. Diese Stadt bestand zum größten Teil aus einer Zitadelle. Im Inneren der Festung lebten, ähnlich wie in Mdina, die wohlhabenden und einflussreichen Einwohner der Stadt. Doch davon gab es nicht so viele. Rund um die Zitadelle herum gab es eine Ansammlung von Häusern, einen kleinen Marktplatz, einige Schenken und ein Gebetshaus, das einmal eine Kirche gewesen sein mochte.

Sarim ritt durch das Städtchen, dass er als einen Schatten des maltesischen Rabats empfand. Er hatte lange überlegt, wo er nach den Informationen suchen sollte, die er brauchte. In einem der Fischerdörfer an der Küste? In dem Hafenstädtchen, das Gozo mit der Außenwelt verband? Dort hatte er, direkt nachdem das Schiff, mit dem er die kurze Überfahrt von Malta nach Gozo bewältigt hatte, angelegt hatte, einige der Arbeiter befragt. Niemand hatte mit einem Namen der Händler, von denen Ibn Sen Nefer angeblich diese Briefe erhalten hatte, etwas anfangen können. Doch auch ohne jemals zuvor auf Gozo gewesen zu sein, war Sarim klar: Wenn es jemanden gab, der ihm etwas zu dieser Angelegenheit sagen konnte, dann nur in Rabat, dem kleinen Machtzentrum der verschlafenen Insel voller Fischer und Christen.

Sarim ritt bis zu der Kaserne, wo er vom Pferd sprang und sich suchend umsah. Das man ihn überhaupt durch das Tor gelassen hatte, hatte er ausschließlich dem Siegel des Emirs zu verdanken, welches ihm zur Bezeugung seiner derzeitigen Stellung anvertraut wurde. Doch anders als Sarim gehofft hatte, war die Kunde, dass ein Abgesandter des Emirs in der Stadt war, schon in der Kaserne angekommen, bevor er es geschafft hatte, Boden unter seine Füße zu bekommen. Kaum war er von seinem Pferd gestiegen, fanden sich bereits die ersten Männer vor dem Gebäude ein. Einer unter ihnen, ein alter weißhaariger Veteran, dessen Narben an Armen, Beinen und im Gesicht davon zeugten, dass er manche Schlacht geschlagen hatte, ging auf Sarim zu und deutete eine knappe Verbeugung an. Da der Mann wenig vertrauenswürdig auf Sarim wirkte, beschloss er, erst einmal nur so viel preiszugeben, wie notwendig war, um überhaupt etwas zu erfahren.

„Sei gegrüßt, Bruder. Wie ist dein Name?“

„Sarim, mein Bruder. Hab Dank für die Güte deiner Freundlichkeit.“

„Wie könnte ich den Abgesandten des Emirs anders als freundlich behandeln?“

Sarim ahnte, dass die Männer wahrscheinlich verwirrt waren. Sie fragten sich, was er hier verloren hatte, was der Emir von ihnen wollte. Und Sarim war gewillt, den Vorteil, den ihm das Siegel in seiner Tasche einbrachte, voll und ganz auszuspielen.

„Und doch danke ich dir. Der Emir ist fern, hier sind nur wir und deine Männer.“

„Die alle treu dem Emir ergeben sind“, erwiderte der Weißhaarige, der offenbar so etwas wie der Befehlshaber der kleinen Garnison hier in Rabat war. Sarim lächelte zuvorkommend.

„Es freut mich, das zu hören. Dann wird es leicht sein, meine Aufgabe ausführen zu können.“

„In welcher Sache schickt der Emir einen Siegelträger in unsere kleine Stadt?“, hakte der Offizier nach.

„Zuerst lass mich wissen, mein Bruder: Wie ist der Name, den deine Eltern dir gaben?“

„Murat Ibn Aslan haben meine Eltern mich genannt.“

„Und wie ich sehe, hast du deinem Namen alle Ehre gemacht. Als wärst du wirklich der Sohn einer mähnigen jungen Löwin.“

Der Soldat neigte erfreut lächelnd den Kopf.

„Ich habe oft für den Emir meine Klinge mit seinen Feinden gekreuzt.“

„Der Emir weiß das zu schätzen, glaube mir.“

„Die Güte des Emirs ist unermesslich. Er hat uns hier einen Erbbesitz gegeben, was könnten wir mehr wollen. Doch nun sprich, mein Bruder. Was treibt dich in unser kleines Rabat? In welcher Sache können wir dem Emir zu Diensten sein?“

Sarim betrachtete den Mann, der vor ihm stand, einen Moment lang genauer. Über die Bewohner von Gozo gab es auf Malta die abenteuerlichsten Geschichten. Da gab es diejenigen, die behaupteten, Gozo wäre eine Brutstätte aufständischer Ideen. Andere wieder waren der Ansicht, die Männer von Gozo wären die letzten, die einen Aufstand anzetteln würden, da sie dem Emir eng verbunden waren. Ihrer Meinung nach war Gozo nichts weiter als ein Stützpunkt von Piraten, die vom Emir als Offiziere seiner Armee nicht nur akzeptiert, sondern im Prinzip sogar gedeckt wurden. Sarim wusste nicht viel über Gozo und seine wenigen Einwohnern. Aber er hatte keine Anzeichen großartigen Reichtums gesehen. Und mit Piraterie, wie man sie hier vermutete, wäre ein solcher mit Sicherheit einhergegangen. Doch ganz sicher konnte man sich nie sein, und da der Mann, der sich als Murat Ibn Aslan vorgestellt hatte, Sarim eben so wenig geheuer war wie die wild aussehenden Gestalten, die allmählich den Platz vor der Kaserne zu bevölkern begannen, beschloss er vorsichtig zu sein.

„Nun, auf Malta sind zwei Morde verübt worden. Einer an einem Kaufmann namens Abu Sen Nefer. Kennst du diesen Namen?“

Murat überlegte kurz. Dann schüttelte er langsam den Kopf. „Ich denke, diesen Namen habe ich noch nicht gehört. Aber es wäre auch unwahrscheinlich. Gozo ist nicht gerade für seine Handelswaren bekannt.“

„Das war auch mein Wissensstand“, erwiderte Sarim lächelnd. „Aber ich habe Briefe bei dem Toten gefunden, die auf Beziehungen nach Gozo schließen lassen.“

Murat fuhr sich mit der Hand durch den Bart und brummte etwas Unverständliches vor sich hin. Dann klopfte er Sarim freundschaftlich auf die Schulter, was diesen nervös zusammenfahren ließ. „Wenn dieser Abu Beziehungen hierher hatte, dann gibt es nur einen, der das weiß.“

Zustimmendes Gemurmel machte sich unter den Männern Murats breit. Sarim sah seinen Gesprächspartner erwartungsvoll an. Nach einer kurzen Pause, die Murat wahrscheinlich machte, um seinem Gast zu zeigen, dass er von einer wichtigen Person sprach, flüsterte der alte Veteran fast ehrfürchtig: „Der Schreiber.“

„Wer?“, hakte Sarim ungläubig nach.

„Der Schreiber. Er weiß alles. Über alles, was hier geschieht, führt er Buch und er kann dir die Geschichte dieser Insel sowie aller anderen Länder dieser Welt erzählen.“

„Wo finde ich diesen Schreiber?“, fragte Sarim, wenig überzeugt.

„Er wohnt in einem kleinen Haus an der Mauer der Zitadelle, nahe dem Tor, durch welches du gekommen bist. Ich werde dich zu ihm führen. Der Weg ist nicht weit. Lass dein Pferd sich in der Zwischenzeit ausruhen. Meine Männer werden ihm einen Platz zuweisen und es mit gutem Futter versorgen.“

Sarim nickte. Ihm würde kaum etwas anderes übrigbleiben, als zusammen mit Murat diesen Schreiber aufzusuchen. Was für ein Mann er auch war, er übte offensichtlich eine große Faszination auf die anwesenden Männer aus.

Es dauerte nicht lange, bis Murat und Sarim das Haus des Mannes erreicht hatten. Murat klopfte respektvoll an die Tür. Es dauerte einen Moment, bevor ein Mann, der so aussah als wäre er mindestens doppelt so alt wie Sarim, die Tür öffnete.

„Wer ist da und was ist dein Begehr?", fragte der Alte mit fast weinerlicher Stimme.

„Ich bin Murat Ibn Aslan, Herr der Garnison. Und in meiner Begleitung ist ein Gesandter des Emirs, der Fragen an deinen Herrn hat."

Der Alte hatte den Kopf leicht schief gelegt, während er auf die Stimme Murats lauschte. Sarim war fasziniert von den Augen des Mannes. Sie waren leer und tot. Der Alte war blind.

„Ich werde dich meinem Herrn melden. Er ist sehr beschäftigt."

„Ich weiß, Sklave. Aber du solltest ihm auch sagen, dass ich einen wichtigen Gast bei mir habe."

„Ich habe dich verstanden, Murat Ibn Aslan. Ich bin blind, nicht taub", erwiderte der Alte, sichtlich gekränkt, weil Murat ihn einen Sklaven genannt hatte.

Sarim fuhr sich mit der Hand über den Nacken. Sklaverei war nichts Ungewöhnliches unter der arabischen Bevölkerung. Wobei es auf Malta Sklaven hauptsächlich in den Häusern der Reichen und Mächtigen gab. Er selbst hatte auch schon einmal mit dem Gedanken gespielt, sich einen Sklaven für die Erledigung wichtiger Dinge anzuschaffen. Aber mit dem Kauf auf dem Sklavenmarkt, der regelmäßig in Mdina stattfand, war diese Anschaffung nicht getan. Er würde für die Unterbringung und die Versorgung des Mannes in den Unterkünften der Sklaven und Diener im Palast aufkommen müssen. Und so üppig war sein Sold auch nicht, dass er sich das hätte leisten können.

Dieser Schreiber jedoch konnte sich offensichtlich einen Sklaven halten.

Sarim beschloss, den Mann einmal näher zu überprüfen. Wenn es jemanden gab, der in einer Stadt wie Rabat auf Gozo so angesehen war und nur „Der Schreiber" genannt wurde, dann müsste man über den doch auch auf Malta etwas in Erfahrung bringen können.

Ohne dass der blinde Sklave ein weiteres Wort gesagt hatte, schloss er die Tür. Sarim hörte die schlurfenden Schritte, die sich vom Eingang des Hauses entfernten. Dann war für einen Augenblick völlige Stille. Murat begann bereits leise vor sich hin zu knurren, als die Tür endlich wieder geöffnet wurde.

„Der Herr ist nun bereit, dich und deinen Begleiter zu empfangen, Murat Ibn Aslan."

Sarim hatte mit einer abfälligen Bemerkung Murats gerechnet, der offensichtlich nicht erfreut war, dass er so lange hatte warten müssen. Doch der Soldat riss sich zusammen. Ein weiteres Zeichen dafür, wie groß der Respekt vor diesem Schreiber war. Sarim hatte sich vor seinem Ausflug nach Gozo etwas schlau gemacht: Laut der Auflistung des Emirs mit den Männern, die auf Gozo im Dienst des Emirs standen, gab es hier keinen Schreiber. Zumindest keinen, der dem Emir selbst gedient hätte. Sarim war sehr gespannt, was ihn gleich erwarten würde.

Sah das Haus von außen betrachtet zwar gepflegt, aber letztlich doch gewöhnlich aus, so erwartete Sarim im Inneren ein völlig ungewohnter Anblick. Zuerst betraten die Männer einen kleinen Empfangsraum, wie es ihn in fast allen größeren arabischen Häusern gab. In diesem gab es nicht viel außer einem kleinen Tisch und zwei Stühle. Der Blinde führte die Gäste seines Herrn direkt durch die Tür, welche am anderen Ende des Raumes war. Nun kamen die Männer in einen schmalen Gang, der gerade breit genug war, dass ein Mann hindurchlaufen konnte. Rechts und links waren jeweils zwei Türen, ehe der Gang auf einen großen Innenhof führte. Der Innenhof wurde am hinteren Ende von der Mauer der Zitadelle begrenzt. Rechts und links verschafften etwas niedrigere Mauern, die Sarim immer noch um Haupteslänge überragten, dem Besitzer eine gewisse Privatsphäre.

Auf einem Hocker vor einem Schreibtisch in der Mitte des Innenhofs saß ein rundlicher Mann mit einer Glatze. Der Schreiber trug ein langes, weißes Gewand. Er hatte, als Sarim und Murat den Innenhof betraten, eine Feder in der Hand und war gerade darin vertieft, etwas auf eine Buchrolle zu schreiben. Der Blinde trat zu seinem Herrn, als ob er ihn sehen könnte, und erklärte leise: „Die Männer, die dich zu sehen wünschen."

„Hab Dank, Onesimus", erwiderte der Schreiber höflich, wobei er dem Blinden die Hand tätschelte. Lächelnd zog der Sklave sich ein Stück weit zurück und ließ sich auf einer Bank nieder, die am hintersten Ende des Hofes stand. Der Schreiber betrachtete seine Gäste einen Moment lang eingehend. Dann erhob er sich von seinem Stuhl und ging auf Sarim und Murat zu.

„Willkommen in meinem Haus. Ein Gesandter des Emirs? Selten wird mir und meinem Haus eine solche Ehre zu Teil."

„Ich freue mich, Gast in deinem Haus sein zu dürfen. Mein Name ist Sarim und ich bin in der Tat im Auftrag unseres Herrn, des Emirs, hier auf Gozo."

„Man nennt mich im Allgemeinen Schreiber. Aber ich denkc, dass wirst du bereits wissen. Bitte folge mir. Ich bin begierig, zu erfahren, aus welchem Grund der Emir einen Mann wie dich nach Gozo schickt."

Sarim runzelte die Stirn. Einen Mann wie ihn? Ohne weiter über die Worte des Schreibers nachzudenken, folgte er seinem Gastgeber in eine Ecke des Innenhofes, wo ein weiterer Tisch und mehrere Schemel standen.

Die drei Männer ließen sich nieder. Der Schreiber beauftragte seinen Sklaven, etwas Brot und Wasser zu holen. Schon kurze Zeit später standen ein hölzerner Teller mit einem dünnen Fladenbrot, ein Krug mit Wasser und drei Becher auf dem Tisch. Der Schreiber nahm das Brot, brach ein Stück ab und reichte es Sarim als Zeichen der

Freundschaft und der Aufnahme als Gast in seinem Haus. Selbiges tat er mit Murat. Dann nahm er selbst etwas Brot und begann, es zu essen. Dazu tranken die drei etwas Wasser, bevor sie ihr Gespräch fortsetzten.

Sarim wusste noch nicht so recht, wie er den Schreiber einzuschätzen hatte. Es war aufgrund seiner Leistungen, dass Männer wie Murat und seine Soldaten einen solchen Respekt vor dem glatzköpfigen und übergewichtigen Mann hatten. Seine Erscheinung hatte wenig ehrfurchtgebietendes. Es musste also noch etwas anderes geben, das ihm die Treue und den Respekt seiner Mitmenschen sicherte.

Nachdem das Brot gegessen war, lächelte der Schreiber Sarim freundlich an und fragte im Plauderton: „Also Sarim, Diener des Emirs, was genau führt dich in mein Haus."

„In Rabat und in Mdina gab es zwei Morde, die möglicherweise in einem Zusammenhang zueinander stehen", begann Sarim, der beschlossen hatte, sich so unbefangen wie möglich zu geben. Er hatte das Gefühl, dass der Schreiber zu intelligent war, um sich von ihm auf irgendeine Art austricksen zu lassen. Also musste er den direkten Angriff wählen.

Nach einem kleinen Schluck Wasser fuhr Sarim sachlich fort: „Das Interessante daran ist, dass einer der beiden Toten Unterlagen hatte, die mich nach Gozo führten."

„Was für Unterlagen, wenn ich diese Frage stellen darf?", ließ der Schreiber sich vernehmen. Seine Stimme klang nachdenklich, vielleicht auch ein wenig nervös. Die Lockerheit der ersten Augenblicke dieses Gespräches war ihm offenbar verloren gegangen. Sarim merkte, dass er auf dem richtigen Weg war.

„Nun ja, da waren einige Briefe von sehr eigenartigem Inhalt."

„Und diese waren von Männern unserer schönen, aber kleinen Insel?"

„Ich denke schon."

„Wie kommst du darauf?"

„Sie datieren jeweils auf Tage, an denen ein Schiff des ermordeten Kaufmannes Gozo angelaufen hat.“

„Gozo wird selten von Schiffen angelaufen, wenn du nicht einfache Fischerboote oder die Fährboote meinst, die gelegentlich von Malta kommen.“

„Nein, ich meine ein Handelsschiff. Eines aus der Handelsflotte des Händlers Abu Sen Nefer. Er hat klare Aufzeichnungen darüber geführt, wann seine Schiffe hier auf Gozo einen Zwischenhalt eingelegt haben.“

„Ich erinnere mich an Abu Sen Nefer. Er war vor einigen Jahren einmal hier. Er suchte nach Lagermöglichkeiten für seine Waren. Insbesondere der Honig, den er von Malta in alle Himmelsrichtungen verkaufte, sollte gelagert werden. Der Ankauf von Häusern auf Malta war ihm zu kostspielig, deshalb fragte er bei mir nach Möglichkeiten der Warenlagerung nach.“

„Und, hast du mit ihm ein Übereinkommen gefunden?“

„Natürlich. Wir haben hier nicht viele Möglichkeiten, durch den Handel zu verdienen. Abu Sen Nefer war eine solche Möglichkeit.“

Sarim beobachtete Murat aus dem Augenwinkel. Der alte Soldat ließ sich nichts anmerken. Trotzdem war Sarim sich sicher, dass er im ersten Augenblick sehr überrascht dreingeblickt hatte, als der Schreiber mit seiner reichlich weit hergeholten Erklärung begonnen hatte. Es wäre sinnlos gewesen, Waren wie Honig auf Gozo zu lagern, da die Insel abseits der eigentlichen Handelsrouten Abu Sen Nefers gelegen war. Umso erstaunlicher wäre demnach der Umweg seiner Schiffe gewesen. Außerdem wären etwaige Lagerräume und deren Inhalte auf den Listen des Kaufmannes vermerkt gewesen. Zudem hätte Benan, seine rechte Hand, Sarim darüber informiert, wenn hier tatsächlich eine solche Verbindung vorgelegen hätte. Was Sarim aber am meisten verunsicherte, war der Umstand, dass er nicht mit Sicherheit sagen konnte, ob der Schreiber ihn anlog oder nicht. Alles, was Sarim bisher erfahren hatte, sprach gegen die Darlegung des Mannes.

Aber er hatte sie so überzeugend erzählt, dass Sarim an seiner Menschenkenntnis zu zweifeln begann.

Trotz allem beschloss Sarim, das Spiel mitzuspielen.

„Ich verstehe. Dann kannst du mir doch sicherlich einen Lagerraum Abu Sen Nefers zeigen."

„Ich bedaure", erklärte der Schreiber mit entschuldigender Geste. „Der Inhalt dieser Räume gehört Abu Sen Nefer, oder eben seinem Erben. Ich bin nicht befugt, sie jemand anderem zu zeigen."

Sarim lächelte den Schreiber an, wobei er jedoch die Augenbrauen etwas zusammenzog.

„Ich trage das Siegel des Emirs bei mir. Mein Wort ist, als stammte es vom Emir selbst."

Der Schreiber erwiderte das Lächeln und Sarim meinte, in den Augen des Mannes eisige Kälte aufblitzen zu sehen. Mit einem Mal bekam er Angst. Ein Gefühl, das er noch nicht so oft in seinem Leben gehabt hatte. Umso mehr beunruhigte es ihn in diesem Augenblick.

„Mag sein, Sarim von Malta. Aber wer garantiert mir die Echtheit dieses Siegels? Warum kommt ein Abgesandter des Emirs allein und nicht mit einer Eskorte, wie ein offizieller Besucher sie haben würde? Und warum bringt er nur ein einfaches Siegel mit und kein Empfehlungsschreiben oder schriftliche Befehle? Verzeih Sarim, aber so wenig wie du meinen Worten Glauben schenkst, glaube ich den deinen."

„Das könnte ein Fehler sein", erklärte Sarim, der verzweifelt versuchte, das Gespräch noch in den Griff zu bekommen.

„Warum? Sollte der Emir plötzlich auf die Idee kommen, eine Armee nach Gozo zu schicken, um mich zu bestrafen? Ich glaube nicht, mein Freund. Du bist gekommen, um herauszufinden, warum Abu Sen Nefer hier war. Und weshalb seine Schiffe hier angelegt haben. Jetzt weißt du es. Es wird Zeit, dass du Rabat und Gozo wieder verlässt."

„Das würde ich gern, glaub mir. Es gibt nur eine Sache, die mich davon abhält."

„Und die wäre?"

Sarim atmete tief durch. Dann sagte er leise, mit ernster Miene: „Der Emir ist nicht mein einziger Auftraggeber."

„Tatsächlich?" Die Stimme des Schreibers klang spöttisch.

„Der Mann, der hinter Abu Sen Nefer stand, lässt fragen, wann die Gewitterwolken über Gozo erwartet werden."

Sarim hatte die Briefe so oft gelesen, dass er sie beinahe auswendig kannte. Sie waren meist aufs Wetter bezogen und dann fast immer auf Unwetter oder Katastrophen. Da war von faustdicken Hagelkörnern die Rede gewesen. Ein andermal von einer Verdunklung des Himmels und einem Beben der Erde. Ein solches Beben hatte, soweit Sarim sich erinnern konnte, nicht stattgefunden. Zumindest nicht, seitdem er auf Malta lebte. Also mussten diese Dinge eine symbolische Bedeutung haben. Wenn der Schreiber glaubte, dass Sarim eingeweiht war, vielleicht verriet er ihm ja mehr über die Bedeutung der Briefe.

Das Lächeln auf den Zügen des Schreibers hatte sich vertieft. Seine Stimme und der eisige Ausdruck in seinen Augen straften seine freundliche Miene Lügen, als er antwortete: „Ich weiß nicht, wovon du redest. Ich denke, dein Pferd hat lange genug geruht. Du solltest aufbrechen, damit du noch heute eine Passage zurück nach Malta findest."

Sarim nickte. Dann erhob er sich seufzend.

„Hab Dank für deine Gastfreundschaft, Schreiber. Ich werde dein Haus dem Emir für einen Besuch vorschlagen."

Diese Drohung war der letzte Versuch, seinen Gesprächspartner zum Einknicken zu bewegen. Aber das Gesicht des Schreibers blieb unverändert. Noch immer lächelnd erwiderte er: „Sowohl der Emir als auch die Seinen sind mir stets willkommen. Ich bin ein treuer Diener meines Herrn und nicht mehr."

Sarim nickte. Ohne ein weiteres Wort verließ er das Haus. Murat folgte ihm.

Der Weg zur Kaserne wurde schweigend zurückgelegt. Das war Sarim ganz Recht. So konnte er das Gehörte noch einmal durchgehen.

Für ihn stand fest, dass der Schreiber gelogen hatte. Aber warum? Was war der wirkliche Grund für die Fahrten nach Gozo gewesen? Waren diese Männer hier wirklich nichts anderes als gemeine Piraten unter dem Deckmantel der Armee des Emirs? Und hatte Abu Sen Nefer davon gewusst und diese Männer unterstützt? Der Schreiber hatte sich von der Macht des Emirs nicht einschüchtern lassen. Entweder war der Mann sehr dreist, oder aber er wusste, dass er nichts zu befürchten hatte. Im letzteren Fall konnte es sogar sein, dass an den Gerüchten, der Emir selbst würde die Piraten decken, etwas dran war. Das würde auch erklären, warum Sarim den Kammerherrn des Emirs nicht über seine Fahrt nach Gozo informieren sollte. Vielleicht war Ibn Saif nicht in die Geschäfte seines Herrn eingeweiht.

Sarim schüttelte unmerklich den Kopf. Er merkte, dass seine Gedanken mit ihm durchzugehen drohten. Dieser Fall hatte so viele Winkel und Ecken, dass er langsam das Gefühl bekam, der Aufgabe nicht mehr gewachsen zu sein.

Schon wenige Augenblicke nach ihrer Ankunft an der Kaserne stand Sarims Pferd zur Abreise bereit. Er verabschiedete sich knapp von Murat und seinen Männern und verließ Rabat. Da er das unangenehme Gefühl, verfolgt zu werden, nicht loswurde, spornte er sein Pferd zu Höchstleistungen an. Sarim hatte beschlossen, die Rückfahrt nicht von dem kleinen Küstenort anzugehen, in dem er gelandet war und von dem aus regelmäßig die Fähren auch wieder abfuhren. Da er noch immer das Gefühl hatte, dass der Schreiber und seine Leute ihn beobachteten, wollte er ihnen nicht auch noch die Möglichkeit geben, zu überwachen, auf welchem Weg er Gozo verließ. Also beschloss er, die Küste entlangzureiten, um nach einer passenden Gelegenheit für den Rückweg zu suchen. An der Küste fand er schnell ein Fischerboot, das groß genug war, ihn und sein Pferd überzusetzen. Der Fischer selbst war bereit, für ein üppiges Entgelt die Überfahrt zu machen. Sarim, dem klar war, dass es Stunden dauern konnte, ein anderes Boot zu finden, das ihn heute noch nach Malta zurückbringen würde, willigte in das Angebot ein.

Gozo war gerade ihrem Blick in der Ferne entschwunden, als Sarim am Horizont ein Segel ausmachte, das schnell näher kam. Der Fischer fluchte leise vor sich hin und begann, sein Boot in eine andere Richtung zu wenden. Sarim sah den Mann fragend an.

„Mit denen möchtest du keine Bekanntschaft machen“, knurrte der Fischer nur.

„Was ist das für ein Segler?“, hakte Sarim ebenso neugierig wie nervös nach.

„Piraten. Wie fast jeder auf dieser verdammten Insel“, brummte der Fischer verächtlich.

„Bist du sicher?“

Der Fischer lachte bellend.

„Das weiß doch jeder. Und wer einmal in Rabat war und die Halunken dort rund um ihren Herrn und Meister, diesen Schreiber, erlebt hat, wird keine Zweifel haben.“

„Du kennst den Schreiber?“

„Wer kennt ihn nicht? Der Mann führt sich auf, als wäre er der Emir persönlich. Er lässt von seinen Männern eine eigene Steuer von den Fischern und Bauern der Insel eintreiben. Außerdem schickt er seine Piratengesellen auf eigens dafür ausgerüsteten Segelschiffen auf Raubzüge. Sklaven und Handelswaren sind das, worauf sie es abgesehen haben. Die Sklaven und Sklavinnen behalten sie oder verkaufen sie nach Malta. Man erzählt sich, dass in manchen Nächten das Heulen der Sklavinnen in Rabat so laut sein soll, dass man es noch weit außerhalb der Zitadelle hören kann.“

Sarim erschauderte. Er konnte nicht behaupten, dass er ein gutes Gefühl bei Murat und dem Schreiber gehabt hatte. Aber das übertraf nun doch seine Erwartungen.

„Wurde der Emir je darüber unterrichtet?“

„Der Emir?“ Der Fischer bellte wieder sein Lachen auf die See hinaus. „Als ob es den interessieren würde, was auf Gozo geschieht. Abgesehen davon, dass er selbst wahrscheinlich genügend Sklaven in seinem Palast hat, die ihm von den Piraten verkauft wurden.“

Sarim dachte wieder an den Sklavenmarkt von Mdina. Ja, der Verdacht, dass die hier verkauften Männer, Frauen und Kinder aus der Beute der Piraten von Gozo stammten, lag nahe. Er beschloss, der Sache auf den Grund zu gehen. Abu Sen Nefer hatte etwas mit Gozo zu tun gehabt. Vielleicht hatten seine Schiffe Sklaven abgeholt und an einen geheimen Ort an der Küste Maltas gebracht, von wo aus sie nach Mdina gebracht wurden. Das würde auch erklären, warum keine Frachtveränderungen vermerkt wurden. Wenn ein Mann wie Abu Sen Nefer etwas mit Sklavenhandel zu tun gehabt hätte, wäre sein Ruf schnell ruiniert gewesen. Die Menschen liebten Sklaven, weil sie ihnen das Leben erleichterten. Aber sie hassten Sklavenjäger und Sklavenhändler. Einfach weil diese Menschen sie daran erinnerten, dass ihre Diener nicht als solche geboren wurden, sondern einst freie Menschen mit Familien und einem eigenen Leben gewesen waren. Natürlich, die Nutzung von Kriegsgefangenen als Sklaven war das Natürlichste auf der Welt. Ein Krieger, der sich lebendig fangen lässt, hatte seine Ehre und sein Recht auf ein freies Leben verspielt. Aber Piraten, die Sklaven jagten? Wer garantierte, dass sie ihre Opfer nicht auch unter den Anbetern des Propheten suchten?

Den Rest der langandauernden Überfahrt verbrachten die Männer schweigend. Schließlich erreichten sie maltesischen Boden und der Fischer verabschiedete sich knapp von Samir, um sich schnell wieder auf den Heimweg zu machen. Kopfschüttelnd schwang Sarim sich auf sein Pferd. Er hatte noch eine Menge Arbeit vor sich. Und sein Besuch auf Gozo hatte mehr Fragen aufgeworfen, als beantwortet.

*

Sarim fühlte sich völlig erschlagen. Er hatte in den letzten Nächten viel zu wenig geschlafen. Auch dass er die letzte Nacht fast durchgeritten war, war nicht gerade erholsam für ihn gewesen. Also beschloss er, den Weg nach Rabat erst am nächsten Tag auf sich zu nehmen.

Schon kurze Zeit nachdem er wieder an Land gegangen war, fand er ein Fischerdorf. Das Dorf bestand aus einer Ansammlung von Hütten, einer kleinen Dorfschenke und mehreren Höfen. Sarim stieg vor der Schenke vom Pferd und betrat den Schankraum.

Die Sonne war bereits untergegangen und hier in dem kleinen Gasthaus trafen sich die Männer des Ortes, um ihre Tageserlebnisse zu berichten. Als Sarim den Raum betrat, setzten die Gespräche für einen Moment aus. Ein kurzer Blick durch den Raum zeigte Sarim, dass er der einzige Araber hier war. Und tatsächlich waren da einige Blicke, die mehr als nur abweisend waren.

Sarim seufzte leise. Dann begab er sich zu der Theke, hinter der ein ziemlich korpulenter glatzköpfiger Mann stand und gerade einen Becher mit Wein füllte. Als Sarim die Theke erreichte, sah der Wirt auf und lächelte den neuen Gast freundlich an.

„Was treibt einen Anhänger des Propheten in unser Dorf und dann auch noch in mein bescheidenes Haus?“, polterte der Mann los. Sarim konnte beim besten Willen nicht einschätzen, wie alt der Wirt war. Aber auch wenn er etwas grob wirkte, brachte seine Art den Soldaten zum Lächeln.

„Ich war auf Gozo im Auftrag des Emirs“, erwiderte Sarim wahrheitsgemäß.

„Im Auftrag des Emirs? Will der Herr diesem elenden Piratenpack endlich das Handwerk legen?“

„Du bist der Zweite, von dem ich heute solche Worte höre. Warum spricht man in Mdina nicht darüber? Was weißt du über die Machenschaften der Männer von Gozo?“

„Was man sich halt so erzählt“, brummte der Wirt, der auf einmal ganz kleinlaut geworden war.

„Verzeiht Herr, ich wollte Euch mit dieser Sache nicht belästigen. Kann ich Euch Speise und Trank auf Kosten des Hauses anbieten? Wer vom Emir selbst gesandt wurde, verdient die bestmögliche Behandlung.“

Sarim zog fragend beide Augenbrauen nach oben.

Die Art, wie dieser Mann ihn behandelte, unterschied sich so völlig von dem, was er in den letzten Tagen erlebt hatte. Nicht, dass er es nicht ein Stück weit genossen hätte. Allerdings hörte er auch eine leise mahnende Stimme, die ihm sagte, dass etwas hier ganz und gar nicht stimmen konnte.

„Hab Dank. Aber ich werde das, was ich verzehre, auch bezahlen."

„Wollt Ihr die Ehre meines Hauses beleidigen?", grollte der Wirt und Sarim zuckte nur mit den Schultern. Dann murmelte er: „Dann soll es so sein."

„Wartet einen Moment. Ich werde mein Weib anweisen, Euch etwas wirklich Gutes vorzusetzen."

Sarim nickte und nahm auf einem der Schemel, die direkt an der Theke standen, Platz. Von hier aus konnte er, wenn er sich umdrehte, den gesamten Raum überblicken. Noch immer hatte er das Gefühl, das einige der Anwesenden ihn feindselig anstarrten.

Erst als jemand vor ihm einen hölzernen Teller auf den Tresen stellte, drehte Sarim sich wieder um. Die Frau des Wirts war nahezu genauso korpulent wie ihr Mann, auch wenn sie wesentlich mehr Haare auf dem Kopf hatte. Mit einem strahlenden Lächeln erklärte sie: „Der Fisch ist heute frisch gefangen worden."

Sarim erwiderte das Lächeln, dankbar, dass man ihm kein Schweinefleisch vorgesetzt hatte. Dann machte er sich heißhungrig über seine Mahlzeit her. Der Fisch war mit Knoblauch und einigen Kräutern gewürzt und verfeinert. Dazu hatte die Wirtin ihm ein Fladenbrot auf den Teller gelegt.

Sarim spürte jetzt, dass er den ganzen Tag noch nichts zu sich genommen hatte. Den Fisch hatte er viel zu schnell verschlungen, sodass er sich anschließend an seinem Fladenbrot festhalten musste. Er wollte sein Mahl auch nicht zu früh beenden. Er fiel ohnehin schon zur Genüge auf. Wenn er sich hier noch aufführte, wie eine ausgehungerte Wildkatze, würden die Menschen noch eher auf ihn aufmerksam werden. Die Wirtin grinste fröhlich, als sie sah, wie schnell

Sarim seinen Teller geleert hatte. Ihr Mann trat heran und goss Sarim einen Becher mit einem warmen Getränk ein.

„Was ist das?“, fragte der Araber zwischen zwei Bissen.

„Kräuter mit heißem Wasser aufgegossen und mit Honig aus unserem Dorf verfeinert.“

Sarim roch an dem Trank. Es roch stark nach Kräutern und biss etwas in seiner Nase. Aber als er den ersten Schluck nahm und die gehörige Portion Honig herausschmeckte, merkte er langsam, wie die Wärme wohlig durch seinen Körper kroch.

„Hast du ein Gästezimmer in deinem Haus?“, fragte Sarim, der langsam von der Müdigkeit übermannt wurde.

Der Wirt nickte sofort und schickte seine Frau, das Gemach für ihren Gast zuzubereiten. Sarim, der darauf bestand, zumindest die Übernachtung zu bezahlen, gab dem Wirt zwei Münzen und bat ihn, auch sein Pferd versorgen zu lassen. Dann folgte er der Wirtin durch eine Hintertür, einen schmalen Gang entlang, bis zu einer Tür, die offen stand. Die Frau war gerade damit beschäftigt, eine alte verfilzte Decke auf ein einfaches Lager auszubreiten, als Sarim eintrat.

„Es ist kein Palast, aber unser Haus ist sauber und gastfreundlich“, erklärte die Wirtin, nicht gänzlich ohne Stolz in der Stimme. Sarim nickte lächelnd. Dann ließ die Frau ihn allein. Sarim warf sein Gewand ab, schnürte die Sandalen auf und ließ sich auf das Lager fallen. Es dauerte nur Augenblicke und der Araber war eingeschlafen.

Kurze Zeit später öffnete sich die Tür zum Zimmer des Ermittlers des Emirs. Ein Mann, bewaffnet mit einem Messer, betrat den Raum und sah sich interessiert um. Sarim schnarchte so laut, dass man ihn bei völliger Stille bis in den Schankraum gehört hätte.

Der Fremde trat an das Lager heran. Er spielte einen Augenblick lang mit dem Gedanken, wie es wohl wäre, diese elende Sache hier und jetzt zu Ende zu bringen. Doch dann besann er sich der Worte seines Auftraggebers. Er wollte Sarim lebend haben. Und dieser Mann zahlte dermaßen gut, dass er ihm diesen Wunsch kaum abschlagen konnte. Tot war dieser Sarim im Augenblick nichts wert. Aber lebend brachte er dem Mann ein kleines Vermögen. Das Messer immer noch in der Hand haltend, für den Fall, dass Sarim aufwachen würde, beugte der Fremde sich etwas vor und murmelte leise: „Morgen, du Wurm. Morgen werde ich dich zertreten."

*

Auch wenn Sarim tief und traumlos geschlafen hatte, fühlte er sich am nächsten Morgen erschlagen. Er fühlte sich, als ob jemand mit Fäusten auf seinen Schädel einhämmern würde, so schmerzte ihm der Kopf. Die Anstrengungen und Strapazen der letzten Tage holten ihn nun ein. Langsam, wie ein alter Mann, erhob Sarim sich von seinem Lager. Zu allererst taumelte er zu dem kleinen Tisch, auf dem eine Schale mit abgestandenem, warmem Wasser stand. Auch wenn die Flüssigkeit mindestens seit gestern früh hier stand, warf er sich drei Hände des lebenspendenden Nasses ins Gesicht, in der Hoffnung, dadurch seine Lebensgeister aufwecken zu können.

Bald spürte er, dass seine Kopfschmerzen ein wenig nachließen. Noch immer schwerfällig auf den Beinen, kleidete Sarim sich an und begab sich in den Schankraum, um zu sehen, was der Wirt als Frühstück auftischen würde. Und tatsächlich waren sowohl der Wirt als auch seine Frau und mehrere dienstbare junge Mädchen bereits bei der Arbeit. Ob es sich dabei um die Töchter des Wirts handelte oder um Personal, konnte man unmöglich erkennen.

Sarim nahm an einem Tisch Platz, stemmte die Ellenbogen auf die Tischplatte und legte das Gesicht in die Hände. Es dauerte eine Weile, bis seine Kopfschmerzen nicht nur nachgelassen hatten, sondern beinahe ganz weg waren. Trotzdem fühlte Sarim sich, als hätte er in der letzten Nacht zu viel Wein getrunken. Dabei nahm er, seitdem er den Auftrag des Emirs erhalten hatte, keine berauschenden Getränke mehr zu sich.

Nach einer Weile kam der Wirt an den Tisch seines einzigen Gastes. Zu dieser Stunde war der Schankraum wie leergefegt. Die Menschen gingen ihrem Tagwerk nach. Erst heute Abend würde sich wieder das ganze Dorf hier einfinden, um über die Erlebnisse des Tages und die schwerwiegenden Probleme dieser Welt zu sprechen. Dabei würde auch wieder zu tief in die Weinbecher geschaut werden.

„Guten Morgen, mein Herr", begrüßte der Wirt Sarim fröhlich. Der Araber beantwortete die freundliche Begrüßung mit einem einfachen Nicken. Er hatte noch nie verstehen können, warum manche Menschen bereits zu derart frühen Stunden so voller Freude und Tatendrang sein konnten. Aber er hatte im Laufe der Jahre auch gelernt, seine morgendlichen Launen nicht an den Menschen, die sich um ihn herum befanden, auszulassen.

„Zu dieser frühen Stunde kann ich Euch leider noch nicht allzu viel anbieten", erklärte der Wirt mit echtem Bedauern in der Stimme.

„Ihr könntet eine einfache Mehlsuppe und ein Fladenbrot erhalten. Das Brot ist frisch, meine Frau hat es gerade gebacken."

Sarim nickte noch einmal. Mehlsuppe und Brot klangen gut. Nichts für die Tafel des Emirs, aber auf jeden Fall genug, um Kraft für den Heimweg zu sammeln. Nachdem Sarim sein Frühstück verschlungen und sich für die Gastfreundschaft des Wirts bedankt hatte, machte er sich auf den Weg. Sein Pferd war von einem der Stallknechte bereits aus den Ställen geholt und für den Ritt fertig gemacht worden. Sarim verabschiedete sich von seinem Gastgeber. Wieder einmal bedauerte Sarim, dass der Emir ihm befohlen hatte, diesen Weg allein zurückzulegen. Was hätte er für einen Gesprächspartner gegeben, als er auf der staubigen Straße, die ihn weiter ins Innere der Insel bis nach Rabat und Mdina bringen sollte, seinem Ziel entgegenritt.

Zur Mittagszeit erreichte Sarim einen kleinen Wald, durch den ein Bächlein plätscherte. Die Sonne brannte heiß vom strahlend blauen Himmel herab. Sarim beschloss, unter dem schützenden Dach der

Blätter für ein oder zwei Stunden zu ruhen, bis er seine Reise bei angenehmeren Temperaturen fortsetzen konnte. Er nahm die Decke vom Rücken seines Pferdes, band das Tier an einen Baum, sodass es aus dem Bach trinken und genug von dem hier reichlich vorhandenen frischen Gras essen konnte und breitete die Decke auf dem Boden aus. Dieser schmale Waldstreifen, der sich fast ausschließlich rechts und links von dem kleinen Bach und nur wenige Meter vom Flussbett entfernt ausgebreitet hatte, bot ausreichend Schutz vor Sonne und Hitze.

Sarim legte sich hin und schloss die Augen. Und ebenso wie am Abend zuvor dauerte es nur wenige Augenblicke und der Soldat war eingeschlafen.

Lautes Wiehern eines Pferdes und das Getrappel mehrerer Hufe rissen ihn aus dem Schlaf. Sarim suchte durch das dichte Blätterdach nach der Sonne, um an ihrem Stand die Zeit ablesen zu können. Er fand sie nicht. Zu gut verdeckten ihm die Blätter die Sicht auf den noch immer völlig wolkenlosen Himmel. Es dauerte einen Augenblick, bis Sarim soweit bei klarem Verstand war, dass er die Ursache seines plötzlichen Aufwachens erkannte. Er erhob sich, rollte schnell seine Decke zusammen und machte das Pferd los. Bei den schnell näher kommenden Reitern musste es sich um mindestens drei handeln. Sarim wollte ihnen nicht in einer Situation der Schwäche begegnen. Außerdem sollten sie keine höhere Position einnehmen können als er. Sarim stieg schnell auf, bevor die Fremden ihn und das Wäldchen erreichten.

Kaum saß er auf dem Pferd, da ritt eine Gruppe von vier Männern bereits in den Wald herein und hielt direkt auf ihn zu. Sarim, der keinen der Männer kannte, wurde das Gefühl nicht los, dass sie nur aus einem Grund auf ihn zusteuerten: Es schien, als hätten sie ihn verfolgt. Seinen Instinkten folgend, riss er sein Pferd herum, ließ das Tier mit einem mächtigen Satz über den Bach setzen und trat dem Tier mit den Hacken in die Flanken, um es zur schnellstmöglichen Beschleunigung zu treiben. Einer der Männer stieß einen schrillen

Schrei aus. Dann begann die wilde Verfolgungsjagd. Auch wenn Sarim nicht wusste, was die Fremden von ihm wollten, freundlich waren sie ihm offensichtlich nicht gesinnt. Immer weiter spornte Sarim sein Pferd an. Und wirklich, der Abstand zu seinen Verfolgern begann sich zu vergrößern. Immer wieder drehte Sarim sich um, um sich zu vergewissern, dass die Männer ihm nicht näher kamen. Wenn es etwas gab, was er auf alle Fälle vermeiden wollte, dann war das ein Zusammentreffen mit Wegelagerern, wie es einige von ihnen auf Malta gab. Diese Männer behaupteten, sie wären Freiheitskämpfer für die Sache der Christen. In Wahrheit waren es meistens einfach nur kleine Banden, die die Gegend unsicher machten, in der sie lebten. Sarim war sich sicher, es hier mit einer solchen kleinen Bande zu tun zu haben. Das Pferd aus dem Stall des Emirs war ein kleines Vermögen wert. Natürlich mussten die Männer ihn für einen reichen Mann halten. Ob sie versuchen wollten, durch ihn Lösegeld zu erpressen?

Erneut drehte Sarim sich um und warf einen Blick über seine Schulter. Zu seiner Verwunderung hatten die Männer ihre Pferde gezügelt und waren stehen geblieben. Dann erkannte er, warum: Einer der Männer zog einen arabischen Langbogen. Die Entfernung, die man mit dieser Waffe überbrücken konnte, war wahnsinnig. Leise fluchend stieß Sarim seinem Pferd wieder und wieder die Fersen in die Flanken. Dann hörte er das zischende Pfeifen eines Pfeiles. Das Geschoss streifte knapp über seinen Kopf hinweg. Das nächste verfehlte ihn um einiges. Sarim schloss die Augen, während er sein Pferd immer weiter antrieb. Der Ruck durchfuhr seinen Körper wie ein Blitz. Auf einmal blieb das Pferd stehen. Sarim und das Tier gingen zu Boden und überschlugen sich mehrmals. Wie durch ein Wunder trug Sarim dabei keine schweren Verletzungen davon. Das Pferd jedoch, das von einem Pfeil knapp oberhalb der Hinterläufe getroffen wurde, versuchte verzweifelt und panisch, wieder auf die Beine zu kommen. Nur der rechte Hinterlauf verweigerte völlig den Dienst. Doch das Tier war zäh.

Während Sarim noch völlig entkräftet am Boden lag und im Kopfe seine Überlebenswahrscheinlichkeit im Fall eines Kampfes mit den vier Männern durchging, zog sein Pferd sich noch ein beachtliches Stück weiter, ehe es sich endgültig in den Staub fallen ließ. Tränen traten Sarim in die Augen. Nicht, dass er dieses Pferd lange gehabt hatte. Aber er hatte es mit Bedacht gewählt. Schon vor Längerem war ihm dieses außergewöhnlich schöne Tier ins Auge gefallen. Und während in der Ferne das Johlen und Grölen der Jäger laut wurde, zog sich Sarim, der starke Schmerzen in seinem rechten Bein hatte und dieses kaum bewegen konnte, über den Boden hin zu der Stelle, an der das Tier unter Schmerzen mit dem Unvermeidbaren kämpfte.

Noch bevor die Männer ihn erreicht hatten, zischte der nächste Pfeil heran und traf das Pferd in den Hals. Das Tier gab ein letztes leises Wiehern, ein schmerz- und vielleicht auch angsterfülltes Keuchen von sich, bevor es die Augen schloss. Mittlerweile schwammen Sarim die Bilder vor den Augen weg. Er hatte tatsächlich begonnen, zu weinen. Vielleicht wegen des Pferdes, welches er in den letzten Tagen liebgewonnen hatte. Vielleicht aber auch, weil ihm klar wurde, dass die Männer es nicht auf das wertvolle Tier abgesehen hatten. Da sein Leben viel weniger Wert war, als das des Tieres, würden sie mit ihm ebenso wenig Federlesen machen.

Seine ganze Kraft zusammennehmend, stemmte Sarim sich vom Boden auf. Er hatte sich bei dem Sturz eine ganze Reihe von Quetschungen und Verstauchungen zugezogen, und überall an seinem Körper begannen sich blaue Flecken zu bilden. Dennoch schaffte er es, auf die Beine zu kommen. Mit einem Wutschrei auf den Lippen riss Sarim seinen Dolch aus der kleinen Scheide an seinem Gürtel. Sarim schloss kurz die Augen und murmelte leise: „Allah il Allah."

Dann öffnete er die Augen wieder und begann trotz großer Schmerzen in seinem rechten Bein auf die vier schnell näher kommenden Männer zuzurennen, den Dolch wie ein Schwert zum Kampf erhoben. Als die Männer Sarim erreichten, versuchte er, mit dem Dolch einen von ihnen zu attackieren. Als der Knüppel eines der Männer auf seinen Schädel niedersauste, durchflutete eine Welle des Schmerzes seinen Körper. Er ging auf die Knie. Zwei weitere Schläge trafen ihn. Langsam verdrehten sich seine Augen nach oben. Sarim wurde ohnmächtig und fiel nach vorn in den Staub.

*

Da waren wieder diese entsetzlichen Kopfschmerzen. Sarim erwachte und meinte, Blitze vor seinen Augen funkeln zu sehen. Doch anders als am Morgen tat nicht nur sein Kopf weh. Er hatte das Gefühl, jeder Teil seines Körpers würde schmerzen. Er lag auf dem Boden, Hände und Füße gefesselt und mit einem alten stinkenden Knebel im Mund. Als der Geruch in seine Nase stieg, kostete es ihn große Überwindung, sich nicht zu übergeben.

Der Ermittler schloss wieder die Augen, in der Hoffnung, dass es sich nur um einen schlechten Traum handelte. Doch weder die Schmerzen noch das Gefühl, hilflos und gefesselt auf dem Boden zu liegen, verschwanden. Also öffnete Sarim die Augen wieder, zwang sich, nicht an das Klopfen in seinem Kopf zu denken und sah sich vorsichtig um.

Er befand sich in einer Ruine, das konnte er auf den ersten Blick erkennen. Rund herum sah er die Überreste von Mauern. Der Boden unter ihm bestand aus behauenen Steinen. Sowohl an den Mauerresten als auch auf dem Steinboden wucherten längst Pflanzen aller Art, dennoch konnte man noch immer gut erkennen, dass die Erbauer dieses Ortes sich gut mit dem Errichten großer Anlagen ausgekannt haben mussten. Sarim hatte bereits davon gehört, dass es überall auf der Insel verteilt die Überreste uralter Tempel geben sollte. In der arabischen Welt waren Tempelruinen keine Seltenheit. Nur behauptete man, dass die Ruinen hier auf Malta älter waren als die alten Tempel von Damaskus, Ephesus oder all den anderen Städten, in denen früher römische und griechische Götter verehrt wurden. Aber vielleicht war das auch einmal eine Palastanlage gewesen?

Sarim rollte sich seitwärts, bis er die Reste einer Mauer erreichte. Hier setzte er sich aufrecht hin und lehnte den Kopf gegen den warmen Stein. Ob eines Tages auch einmal der Palast von Mdina so aussehen würde? Würde dann vielleicht jemand durch die Ruinen seiner Heimat wandern und sich fragen, was für Menschen hier gelebt haben mochten? Wer hatte diesen Ort erbaut? Woran hatten die Menschen hier geglaubt? Wenn das ein Tempel war, welche Gottheit war hier verehrt worden? Auch wenn Sarim an einen Gott glaubte und sicher war, dass Allah der allein wahre Gott war und es keinen anderen gab, musste er sich eingestehen, dass die Ideen und Vorstellungen älterer Kulturen, von denen er auf seinen Reisen zuweilen gehört hatte, eine gewisse Faszination auf ihn ausübten.

Ein Lächeln voller Resignation zuckte über seine Gesichtszüge. *Was bin ich für ein armseliger Wurm*, dachte er, der Verzweiflung nahe. *Ich liege hier und weiß nicht, was die Zukunft bringt, und meine Gedanken liegen in der Vergangenheit. Denk nach, Sarim ... denk nach. Es muss doch einen Weg geben ...*

Der Soldat wurde in seinen Gedanken unterbrochen, als sich ein Schatten in sein Blickfeld schob. Die Augen leicht zusammenkneifend, um von der Sonne nicht zu sehr geblendet zu werden, hob Sarim den Blick und sah den Mann, der vor ihm stand, direkt an.

„Soso, Sarim der große Abgesandte des Emirs ist also aus seinem Schlaf erwacht“, brummte der Mann, der Sarim nicht im Geringsten bekannt vorkam. Was auch immer dieser Fremde gegen ihn hatte, er war sich sicher, ihm noch nie begegnet zu sein.

„Das wird den Herrn freuen. Los, hoch mit dir, du räudiger Hund.“

Sarim wurde unsanft auf die Beine gezehrt. Dabei gab der Gefangene sich größte Mühe, sich seine Wut nicht anmerken zu lassen. Ihn zu schlagen, ihn gefesselt und geknebelt auf den Boden zu werfen, das war eine Sache. Doch ihn, einen Diener des Propheten, als Hund zu bezeichnen, war eine schwerwiegende Beleidigung, wohl die schlimmste, die es für einen Araber wie ihn gab. Entsprechend hasserfüllt war der Blick, mit dem er den Fremden bedachte, der ihn gerade auf die Beine stellte. Doch der Mann kümmerte sich nicht weiter darum, sondern löste die Fußfesseln und stieß seinen Gefangenen dann nach vorn, damit er loslaufen konnte.

Sarim wurde quer durch die Anlage getrieben, bis er und sein Peiniger eine Treppe erreichten, die hinab in die Dunkelheit führte. Am untersten Ende der Treppe war eine verwitterte alte Holztür. Der Fremde öffnete die Tür und gab Sarim erneut einen Stoß, um ihm zu verstehen zu geben, dass er weiterlaufen sollte.

Sarim ging über die Türschwelle und sofort umfing ihn kühle, abgestandene Luft. Es roch muffig, wie in einem Raum, in dem schon viele Jahre niemand mehr gewesen war. Doch unter den Geruch von Alter und Verfall mischte sich die Note frischen Rauches. Irgendwo in der Nähe brannte eine Fackel. So wurde der Raum, in den Sarim nun getreten war, zumindest ein wenig erhellt. Hier unten befanden sich einige alte Möbelstücke, ein Holztisch, mehrere Stühle, eine alte Holzkiste. Am hintersten Ende des Raumes führte ein kleiner Torbogen in einen Gang, der weiter unter die Erde führte. Aus diesem Gang kam der Lichtschimmer, also musste die Fackel irgendwo weiter hinten in einer Halterung stehen oder es kam ihnen jemand mit dem Licht entgegen.

Da Sarim keine Lust hatte, sich wieder vorwärtsstoßen zu lassen, beeilte er sich, auf den Gang zuzustreben. Der Fremde folgte ihm, ohnc weitere Anstalten zu machen und ihn in irgendeiner Form zu bedrängen. Also hatte er wohl den richtigen Weg gewählt. Das mulmige Gefühl in seiner Magengegend wuchs mit jedem Schritt an und schließlich war es so schlimm, dass er das Gefühl hatte, jemand würde seinen Magen mit eiserner Hand umklammern und immer weiter zudrücken. Sarims Herz schlug ihm bis zum Hals und er meinte, dass Blut in seinen Adern rauschen zu hören.

Der Gang war lang und immer wieder kamen sie rechts und links an alten Holztüren vorbei. Manche waren gut erhalten und fest verschlossen, andere hingen nur noch schief in den Angeln oder waren gar nur noch bruchstückhaft erhalten. Unterwegs kamen sie an mehreren Fackeln, die in Wandhalterungen hingen, vorbei. Die Luft hier unten wurde immer schlechter. Nicht nur, dass es hier abgestanden und alt roch, der Rauch der Fackeln, der offensichtlich nicht richtig abziehen konnte, erfüllte den Raum mit schweren, auf die Lungen drückenden Schwaden. Doch das schien Sarims Peiniger nichts auszumachen.

Immer weiter trieb er seinen Gefangenen vorwärts. Als sie endlich am Ende des Ganges in einen großen, kreisrunden Raum traten, schwitzte Sarim am ganzen Körper. Zu der schlechten Luft hier unten hatte sich eine nahezu unerträgliche Hitze gesellt. Oder kam es Sarim nur so vor? Hatte er vielleicht gar Fieber in Folge der Behandlung, die ihm hier zu Teil geworden war?

In dem Raum angekommen, stieß sein Wärter ihn zu einem Stuhl, auf welchen Sarim sich setzen sollte. Dann wurden ihm die Augen verbunden und der Knebel entfernt. Sofort als der Knebel aus dem Mund heraus war, spuckte Sarim aus. Er hoffte, mit dem Speichel seinen Peiniger zu erwischen, konnte aber auf Grund der Augenbinde nicht sehen, wo der Mann stand. Das verächtliche Lachen des Mannes, der ihn hierher gebracht hatte, zeigte ihm, dass er ihn nicht getroffen hatte. Andernfalls wäre die Reaktion eher ein Schlag ins Gesicht als ein Lachen gewesen. Sarim spürte, dass Hass in ihm hochbrandete. Er kannte dieses Gefühl, hatte es im Verlauf seines Lebens schon einige Male gespürt. Aber so stark wie heute hatte er es nicht in Erinnerung. Oder lag es vielleicht daran, weil sich sein Hass dieses Mal mit Angst paarte?

Ächzend murmelte Sarim: „Was willst du von mir? Ich bin ein Gesandter des Emirs."

„Ich weiß, wer du bist, Sarim der Palastwächter. Ich will gar nichts von dir. Aber meine Herren haben ein großes Interesse an dir. Und sie bezahlen einen hohen Preis für deine Ergreifung. Du kannst dir kaum vorstellen, wie groß meine Freude war, als ich dich gestern Abend in der Schenke zu Gesicht bekam."

„Ich fühle mich geehrt", erklärte Sarim mit vor Sarkasmus triefender Stimme.

„Dir wird das dumme Geschwätz schon noch vergehen", zischte der Fremde ihn an. Dann hörte Sarim Schritte, die sich entfernten und eine Tür, die zuschlug. Er war allein in einem Raum unter der Erde, die Hände auf den Rücken gefesselt, die Augen fest verbunden. Sehr viel schlimmer konnte seine Situation nicht werden, dachte er. Bis er die Stimme des Mannes hörte, dem er diese Behandlung wohl zu verdanken hatte. Sarim hatte nicht gehört, dass die Tür geöffnet worden war. Entweder, der Mann hatte sich leise angeschlichen, oder aber er war bereits vor Sarims Eintreten in diesem Raum gewesen.

„Sarim", sagte der Mann, den er hier unter gar keinen Umständen erwartet hatte, voller Mitleid in der Stimme.

„Der Ermittler des Emirs. Ein unschönes Bild, dich hier so zu sehen. Gebunden, geschlagen, gedemütigt. Was ist nur aus dir geworden?"

„Sen Nefer", zischte Sarim nur wütend. Das Lachen seines Gesprächspartners zeigte ihm, dass er sich nicht verhört hatte.

„Du bist nicht dumm, Sarim. Das muss ich dir lassen. Aber es wird dir nichts bringen, zu wissen, wer ich bin." Sen Nefer trat näher an Sarim heran und beugte sich so weit vor, dass sein Mund nahe an Sarims Ohr war. Sarim spürte den Atem des Mannes und roch den Knoblauch, den der General heute oder vielleicht gestern zu sich genommen hatte.

„Du wirst die folgende Nacht nicht überleben, Sarim", flüsterte Sen Nefer ihm ins Ohr.

Ein eisiger Schauer zog Sarim über den Rücken. Der General meinte es offensichtlich ernst mit seiner Drohung. Was auch immer Abu Sen Nefer und seinen Sohn mit Gozo verband, Sarim war nach seinem Besuch auf der Insel offensichtlich nah dran, etwas aufzudecken, was Sen Nefer unter allen Umständen unter Verschluss halten wollte. Problematisch war nur, dass Sarim keine Ahnung hatte, was das sein könnte.

Also entschloss er sich, offen heraus zu fragen: „Warum, General? Was treibt dich dazu, mich umzubringen?"

„Ich werde dich nicht umbringen. Dafür gibt es entsprechende Leute.“

„Was nicht meine Frage beantwortet.“

Wieder hörte Sarim das Lachen Sen Nefers und war sich in diesem Augenblick sicher, keine Antwort auf seine Frage zu erhalten. Doch der General überraschte ihn schon wieder.

„Weil du dich in Dinge eingemischt hast, die dich nichts angehen.“

„Ich wurde beauftragt …“

„Einen Mord aufzuklären. Du solltest nur herausfinden, wer diesen verdammten Edok ermordet hat. Du solltest nicht im Haus meines Vaters herumschnüffeln und schon gar nicht solltest du nach Gozo fahren und die Männer dort befragen.“

„Ich denke, der Emir sieht das anders“, erwiderte Sarim mit so fester Stimme, wie er konnte.

Zischend antwortete Sen Nefer: „Was der Emir will, ist mir vollkommen gleichgültig. Der verbohrte alte Mann muss weichen. Mit jemandem wie ihm an der Spitze unseres Emirates wird Malta sich nie mit Staaten wie Sizilien messen können.“

„Darum geht es dir? Du willst den Herrscher stürzen? Eine Palastrevolte?“

Sen Nefer gab einen verächtlichen Laut von sich.

„Ich bin nicht allein in dieser Sache. Glaube mir Sarim, du hast dich mit Mächten eingelassen, die weit über deinem Stand liegen.“

„Und was hatte Edok damit zu tun?“

„Er war ein Opfer, das man offensichtlich für die große Sache bringen musste.“

„Hast du ihn ermorden lassen?“, fragte Sarim leise.

„Natürlich nicht. Warum sollte ich jemanden ermorden lassen, der mir nützlich war? Nein, wer auch immer es war, er hielt ihn offensichtlich für eine Bedrohung unserer Sache.“

„Oder er kannte eure Pläne und wollte ihnen damit Einhalt gebieten“, brummte Sarim und musste an Mareks Geschichte mit den Falken des Propheten denken. Wieder stieß Sen Nefer ein verächtliches Lachen aus.

„Niemand weiß von unseren Plänen. Und wie sollten sie auch? Wir planen diese Machtübernahme schon so lange. Byzanz wird uns die notwendigen Soldaten zur Verfügung stellen. Als Ausgleich zahlen wir einen monatlichen Tribut an den Kaiser in Byzanz.“

„Du hast dich mit den Christen eingelassen?“

„Manchmal muss man ein kleines Übel in Kauf nehmen, um ein großes Besiegen zu können.“

„Mag sein. Aber es ist kein kleines Übel, dich zur Hure der Byzantiner zu machen.“

„Sie stehen uns nur im Kampf bei. Und das auch nur, wenn es unbedingt notwendig sein sollte.“

„Und das glaubst du wirklich? Weil der Riese vom Bosporus ja schon so oft seine Versprechen, die er seinen kleineren Partnern gegeben hat, gehalten hat. Und weil den Christen ja so wahnsinnig viel an einem friedlichen Nebeneinander mit uns liegt.“

Sen Nefer hatte sich lange unter Kontrolle gehabt. Doch die fast schon höhnischen Worte seines Gefangenen ließen ihn nun die Fassung verlieren. Mit der flachen Hand schlug er Sarim ins Gesicht. Dann zischte er: „Du solltest niemals meine Intelligenz und meine Kontakte unterschätzen.“

Sarim, dem die Wange brannte und dessen Stolz nicht mehr viele solcher Demütigungen verkraften würde, beschloss von nun an, nur noch zu schweigen.

„Wie dem auch sei“, grummelte Sen Nefer, nachdem er sich wieder ein wenig beruhigt hatte. „Du wirst heute noch sterben. Deine Meinung ist unwichtig. Was du nicht mehr erleben wirst, ist die neue Ordnung, die wir Malta verpassen werden, wenn einer der Unseren auf dem Thron des Emirates sitzt.“

Sarim hörte eine weitere Person, die sich mit schnellen Schritten näherte. Dann war da das Pfeifen eines Knüppels, der mit hoher Geschwindigkeit durch die Luft geschwungen wurde. Sarim versuchte sich auf den Schmerz vorzubereiten, doch das war nicht möglich. Als der Knüppel seinen Kopf traf, sackte Sarim seitlich vom Stuhl. Noch bevor er den Boden erreichte, hatte er wieder das Bewusstsein verloren.

*

Malek saß allein in dem Saal, der den Köchen, Küchenhilfen und Dienern vorbehalten war, und aß ein verspätetes Frühstück. Am Morgen war alles wieder einmal so hektisch gewesen, dass kaum ein Mitglied der Küchenmannschaft dazu gekommen war, eine Morgenmahlzeit einzunehmen. Der Emir erwartete eine Gesandtschaft von Sizilien und einen Diplomaten aus Damaskus. Zu solchen Anlässen war es vor allem die Küche, die Höchstleistungen bringen musste. Begann der Empfang der geehrten Gäste in der Mittagszeit, bedeutete das in der Regel, dass der komplette Nachmittag bis spät in die Nacht ein einziges Festmahl war. Und der Emir wusste, wie man Gäste willkommen hieß.

Malek wischte sich mit einer Hand den Schweiß von der Stirn, während er mit der anderen Hand ein Fladenbrot aufrollte. Dann biss er herzhaft in die Brotrolle hinein.

Das leise Lachen eines Mannes in seinem Rücken ließ Malek kurz im Kauen innehalten. Erst als der Mann neben ihm auftauchte und fragend auf die Bank an der anderen Seite des Tisches zeigte, setzte Malek seine Mahlzeit fort. Mit einem knappen Nicken deutete er an, dass er kein Problem mit der Anwesenheit des anderen hatte. Als Malek den Bissen heruntergeschluckt hatte, sah er sein Gegenüber fragend an.

Der Falke, denn um niemand anderes handelte es sich, faltete freundlich lächelnd seine Hände vor sich auf dem Tisch. Leise murmelte er: „Wo ist dein Freund Sarim?“

Achselzuckend erwiderte Malek: „Ich habe ihn seit Tagen nicht gesehen. Ich nehme an, sein Auftrag hält ihn ziemlich in Atem.“

Der Falke nickte nachdenklich.

„Wie hat er auf deine Idee mit den *Falken des Propheten* reagiert?“

„Er war verwundert und glaubte nicht so recht an das, was ich ihm berichtet habe. Er fragte sich vor allem, warum selbst er, ein Vielgereister, noch nie etwas von dieser Gruppe gehört hat.“

„Die Antwort liegt doch auf der Hand, mein Freund. Wer von den *Falken des Propheten* weiß, ist entweder selbst einer von uns oder er ist tot.“

Malek nickte langsam. Dann biss er ein weiteres Stück von dem Brot ab, was er mit einem kräftigen Schluck aus seinem Becher herunterspülte.

„Wasser?“, fragte der Falke, die Stirn gerunzelt.

Malek nickte grinsend und hielt seinem Gesprächspartner den Becher unter die Nase. Tatsächlich roch der Falke an dem Becher und nickte dann zufrieden.

„Was gedenkst du, als nächstes zu tun?“, fragte Malek, den Becher wieder vor sich auf den Tisch abstellend.

„Ich weiß es noch nicht. Ich habe Sarim aus den Augen verloren und das gefällt mir gar nicht. Was auch immer er entdeckt hat, entweder es hat ihn in eine andere Ecke dieses schönen Emirates geführt, oder es hat ihn in größte Gefahr gebracht.“

Malek presste die Lippen aufeinander und starrte einen Moment vor sich auf die Tischplatte.

„Wer hat Edok und Abu Sen Nefer getötet?“, fragte er dann unvermittelt.

„Der Zorn Allahs, mein Bruder. Der Zorn Allahs", erwiderte der Falke nach einer kurzen Überlegungspause.

„Diese Antwort wird dem Emir nicht reichen. Und ich fürchte, dass auch Sarim damit nicht zufrieden sein wird."

„Das soll er auch nicht. Wenn du das wissen willst, ich habe mit dem Tod Edoks nichts zu tun. Und auch Abu Sen Nefer habe ich nicht getötet. Ich war nicht böse über diese unerwartete Hilfe, aber getötet habe ich keinen der beiden. Ich habe nur die Morde genutzt, um Sarim auf die Spur dieser Männer zu bringen."

„Und warum hast du die Frau in der Schenke bedroht?"

„Weißt du, was geschehen wäre, wenn die offiziellen Ermittlungen ergeben hätten, dass ein Mann aus Mdina einen jungen Christen aus Rabat ermordet hat? Es ist meine Aufgabe, die Herrschaft Allahs auf Malta zu beschützen. Ein Aufruhr unter den Christen käme da sehr ungelegen."

Malek antwortete langsam.

„Das verstehe ich", brummte er. Nachdem der Hilfskoch seine Mahlzeit beendet hatte, erhob er sich ächzend von der Bank. Sein Gast war wesentlich schneller auf den Beinen, auch wenn er beinahe doppelt so viele Jahre erlebt hatte wie Malek.

„Suche ihn", murmelte Malek, dem man die Besorgnis mittlerweile anmerken konnte. „Wenn ihm etwas zugestoßen ist, werde ich nicht ruhen, bis derjenige der dafür verantwortlich ist, zur Rechenschaft gezogen wurde."

Der Falke sah ihn lächelnd an.

„Wenn ich ihn finde, schuldest du mir einen Gefallen. Und sei Gewiss, ich werde ihn bald einfordern."

Malek neigte feierlich den Kopf.

Ohne ein weiteres Wort entfernte der Falke sich wieder und verschwand schließlich durch einen der Gänge, den die Diener nutzten, um Speisen in die Festsäle des Palastes zu bringen.

Malek sah seinem Gesprächspartner noch einen Moment hinterher. Dann schüttelte er den Kopf und murmelte leise: „Oh Sarim, wo bist du da nur hineingeraten?"

*

Sarim erwachte auf dem Boden eines Viehkarrens. Rund um ihn herum lagen allerlei Gegenstände auf dem Boden verstreut. Er war allein auf der Ladefläche des Karrens. Wieder an Händen und Füßen gefesselt und den Knebel im Mund, lag er da und konnte den Himmel über sich dahinziehen sehen. Die Fahrt ging mit großer Geschwindigkeit voran, was ein Zeichen dafür war, dass sie sich auf einer Straße befanden. Was für eine Dreistigkeit, ihn am helllichten Tag so offen als Gefangenen durch das Land zu transportieren. Aber solange ihn niemand sah, konnte ihn auch niemand retten.

Sarim spürte, dass der Wagen anhielt. Dann tauchte ein Mann in seinem Blickfeld auf. Es war derselbe, der ihn in der Tempelruine zu Sen Nefer gebracht hatte. Sarim konnte nicht sagen, ob es noch derselbe Tag war oder wie viel Zeit zwischen seiner Gefangennahme und dem jetzigen Augenblick vergangen war. Es war ihm im Grunde genommen auch egal. Er hatte noch keine Gelegenheit gehabt, über seine Situation nachzudenken, denn die wenigen Augenblicke, die er bei Bewusstsein war, war er verhört worden. Aber ihm war klar, dass er diesen Tag kaum überleben würde. Er wunderte sich schon darüber, dass er überhaupt noch am Leben war. Warum hatte Sen Nefer ihn nicht direkt an Ort und Stelle umgebracht?

Seine Verwunderung wuchs noch, als der Mann ihn anschnauzte: „Wir erreichen gleich Msida. Ich werde dich jetzt zudecken. Sollte ich nur einen Laut von dir hören, töte ich dich auf der Stelle, hast du das begriffen?"

Sarim nickte. An die Schmerzen in Kopf und Gliedern hatte er sich bereits soweit gewöhnt, dass er sie kaum noch spürte. Was würde es bringen, in einem Dorf wie Msida Alarm schlagen zu wollen? Natürlich, vielleicht konnte er seinen Freund Ahmet irgendwie auf ihn aufmerksam machen. Aber die Wahrscheinlichkeit, dass der Hauptmann den Karren sah, war sehr gering. Außerdem war Sarim, trotz der Gefahr für sein Leben, gespannt darauf, was diese Männer in Msida wollten und vor allem, warum sie ihn hierhergebracht hatten.

Einen Augenblick später senkte sich eine alte kratzige Decke auf Sarim herab. Wahrscheinlich fiel er zwischen all den anderen Gegenstände auf der Ladefläche gar nicht weiter auf, solange alles abgedeckt war. Kurze Zeit später setzte der Wagen sich wieder in Bewegung.

Es dauerte noch etwas, bis Sarim das Rauschen des Meeres hörte. Dann gesellten sich die Gespräche einiger Dörfler, die am Straßenrand standen, dazu. Sie waren in Msida angekommen. Sarims Entführer setzte die Fahrt noch für einige Augenblicke fort, dann hielt der Wagen erneut an. Sarim schloss die Augen und wartete darauf, dass die Decke zurückgeschlagen wurde. Doch es geschah nichts weiter. Stattdessen hörte er Schritte, die sich entfernten. In einiger Entfernung wurde ein Holztor geöffnet. Der Wagen setzte sich erneut in Bewegung. Dann wurde das Tor wieder geschlossen und ein Riegel vorgeschoben. Endlich zog der Mann die Decke wieder herunter.

Sarim sah sich um und stellte fest, dass sie in einem Lagerraum waren. Hier lagen einige kleine Boote, ein Segel und einige Ruder herum. Der Mann stieg auf den Karren und zerrte Sarim auf die Beine. Dann verband er ihm wieder die Augen. Von dem Knebel wurde er jedoch nicht befreit. Nicht einmal die Fußfesseln wurden ihm gelöst. Stattdessen wurde Sarim von mehreren Armen hoch- und von dem Wagen heruntergehoben. Dann stieß sein Entführer ihn zu einer Wand, an der seine ohnehin bereits gefesselten Hände noch angebunden wurden. Schließlich entfernte sich sein Peiniger und ließ Sarim allein und verwirrt zurück.

Der Ermittler sank an der Wand herab und setzte sich auf den Boden. Seine Hände wurden von den Fesseln oben gehalten. Nach einiger Zeit spürte er eine eigenartige Kälte in seinen Händen. Aber Sarims Bein schmerzte so sehr, dass er unmöglich stehen bleiben konnte. Also ignorierte er das einsetzende Kribbeln und die wachsende Gefühllosigkeit in den Händen. Er lehnte den Kopf an die Wand und ließ seinen Gedanken freien Lauf.

Er fragte sich immer noch, was er entdeckt hatte, dass diese Männer ihn für so gefährlich hielten und ihn aus dem Weg räumen mussten. Was auch immer es war, es musste etwas mit seinem Besuch auf Gozo zu tun haben. Was hatte er übersehen? Als Sarim Gozo verlassen hatte, war er sich sicher gewesen, dass Abu Sen Nefer ein Geheimnis gehabt haben musste, denn eine echte Handelsbeziehung zu Gozo konnte er sich nicht vorstellen. Auch die Erklärung des Schreibers, dass Abu Sen Nefer Lagerräume auf Gozo angemietet hätte, erschien ihm mehr als fragwürdig. Aber Sarim hätte hier am ehesten auf eine finanzielle Unterstützung von Piraten gesetzt. Und das war eine Sache, die zwar durchaus rufschädigend sein konnte, aber in einer Gegend wie dieser kaum zu einer Anklage geführt hätte. Vor allem wenn man den Gerüchten glaubte, die sogar den Emir in einen Zusammenhang mit den Piraten stellten, die rund um Malta herum ihr Unwesen trieben. Sen Nefer hatte ihm bereitwillig von der geplanten Verschwörung berichtet, wahrscheinlich weil er dachte, dass Sarim selbst schon einiges in diese Richtung herausgefunden hatte. Doch wenn er das glaubte, dann mussten die Beweise für die Verschwörung und seine Mittäterschaft auf Gozo zu finden sein.

Sarim beschloss, dass er noch einmal nach Gozo musste. Auch wenn er keine Ahnung hatte, wie er dieser Situation entkommen sollte. Aber im Grunde seines Herzens war er noch nicht bereit zu sterben.

Seine Gedanken wanderten weiter zu Maria. Was hatte diese Christin nur an sich, dass er die Gedanken an sie nicht völlig aus seinem Kopf verbannen konnte. Und warum schlug sein Herz immer etwas schneller, wenn er sie sah oder nur an sie dachte? Eine Verbindung mit dieser Frau war aus verschiedenen Gründen undenkbar. Zum einen war sie eine Christin und damit schon unrein. Hinzu kam, dass sie ihn wahrscheinlich belogen hatte und somit seine Ermittlungen behinderte.

Mit einem Mal traf es ihn wie ein Schlag. Lukas, der Fischer. Warum sonst sollten diese Männer ihn nach Msida gebracht haben? War Lukas vielleicht derjenige, dem die Aufgabe oblag, unangenehme Menschen zu beseitigen? Ibn Saif hatte gesagt, dass Edok eine Verschwörung gegen den Emir melden wollte. Was, wenn Edok selbst an dieser Verschwörung beteiligt war oder sonst irgendwie Wind davon bekommen hatte? Vielleicht hatte jemand aus Sen Nefers Umfeld davon gehört, dass Edok ihn und die Seinen verraten wollte und hatte Lukas mit dem Mord beauftragt? Wenn die Gefährten des Fischers von den Plänen wussten, war es leicht für sie, abzusprechen, dass sie im Fall der Fälle aussagen sollten, er wäre mit ihnen auf dem Meer gewesen. Vielleicht hatte Maria sich also doch nicht geirrt. Es war ein schönes Gefühl, dass sich in diesem Augenblick in Sarim ausbreitete, auch wenn er sich nicht sicher war, ob er Maria je wiedersehen würde. Zumindest glaubte er in diesem Augenblick, dass sie ihn nicht belogen hatte.

Es verging eine schier endlose Zeit, bis sich endlich wieder eine Tür öffnete und jemand an ihn herantrat. Sarim hatte jedes Zeitgefühl verloren. Er hatte wahnsinnigen Durst und auch sein Magen machte sich schon eine ganze Weile bemerkbar. Seine Hände spürte er mittlerweile gar nicht mehr und auch die Arme fühlten sich eigenartig kalt an.

Sarim wurde grob auf die Beine gezogen. Dann band ihn jemand von der Wand los und lockerte seine Fußfesseln. Anschließend schob Sarims Peiniger ihn vor sich her. Sarims Fuß stieß an eines der kleinen Boote. Ein stechender Schmerz zuckte von Sarims Zehen bis zu seinem Kopf. Doch der Fremde trieb ihn unerbittlich weiter. Sie verließen den Lagerraum und traten hinaus. Die Luft war angenehm kühl und Sarim hörte das Meer noch lauter rauschen. Unter seinen Sandalen spürte er den Strand. Sie waren direkt am Meer. Der Mann trieb Sarim weiter, bis seine Füße nass wurden. Wollte der Mann ihn ins Meer treiben, damit er dort ertrank? Eine schreckliche Art zu sterben. Panik stieg in Sarim auf. Dann stießen seine Schienbeine an etwas Hartes. Eine Hand griff unter seine Arme und jemand half ihm, in das

Boot, das vor ihm schaukelte, einzusteigen. Sarim wurde von dem anderen Mann, der ihn offensichtlich auf dem Boot erwartet hatte, in eine Ecke des Bootes gesetzt.

Dann sagte eine Stimme, die er zu seinem Entsetzen als die des Fischers Lukas identifizierte: „Bleib sitzen und schweig. Dann wirst du keine Schmerzen spüren."

Durch Sarims Kopf schossen die unterschiedlichsten Gedanken. Wie sollte er mit geknebeltem Mund sprechen? Abgesehen davon, was bedeutete das Versprechen, keine Schmerzen zu spüren? Würde Lukas ihn töten? Sollte dieser Tag wirklich Sarims letzter auf Erden sein? Und wenn dem so war, was erwartete ihn dann nach dem Tod? Würde Allah seine Sünden vergeben und ihm den Eingang ins Paradies erlauben? Oder würden seine Verfehlungen zu Lebzeiten ihn auch nach dem Tode noch einholen?

Sarim hörte, wie der Mann, der ihn hierhergebracht hatte und der Fischer sich flüsternd unterhielten. Er konnte zwar nicht verstehen, worum es ging, er konnte es sich aber lebhaft vorstellen. Dann wurde das Boot vom Ufer abgestoßen und Lukas begann zu rudern. Sie fuhren auf das Meer hinaus. Sarim war nie ein sehr religiöser Mensch gewesen, doch in diesem Augenblick begann er im Geiste zu beten.

*

Das gleichmäßige Geräusch, das Lukas verursachte, wenn er die Ruder ins Wasser eintauchte, hatte eine Weile angehalten. Immer weiter brachte der Fischer sich selbst und Sarim von der Küste weg. Das kleine Fischerboot schaukelte stark auf den Wellen, und wenn Sarim noch etwas im Magen gehabt hätte, hätte er sich vielleicht übergeben müssen. Doch was ihm mittlerweile am meisten zusetzte, war der Durst. Er hatte seit fast vierzig Stunden nichts mehr getrunken. Sein Geist begann, ihm die eigenartigsten Dinge vorzugaukeln. Er hörte Marias Stimme, die ihn immer wieder um Verzeihung bat. Dann war da Marias Vater, dessen Gesicht er im Geiste sah und der ihn nur stumm und drohend anstarrte.

Endlich hörte das Geräusch der Ruder auf. Sie waren wahrscheinlich weit genug draußen, dass seine Leiche nicht direkt am nächsten Morgen angespült wurde. Sarim fragte sich, ob der Fischer ihm den Knebel und die Augenbinde abnehmen würde, bevor er ihn ermordete. Oder warf er ihn vielleicht einfach nur so gefesselt wie er war über Bord? Es würde nicht lange dauern, und er wäre ertrunken. Doch das hätte nicht zu dem Versprechen gepasst, dass er keine Schmerzen spüren würde.

Das Boot schaukelte noch etwas mehr als vorher und Sarim meinte zu hören, dass Lukas aufgestanden war und zu ihm herantrat. Lukas entfernte erst die Augenbinde und dann den Knebel.

„Wasser“, keuchte Sarim mit trockener und schwerer Zunge. Sofort griff Lukas nach einer Flasche und hielt sie Sarim an die Lippen. Gierig trank der Gefangene die lebensspendende Flüssigkeit. Nach einigen Schlucken nahm Lukas die Flasche wieder weg, was ihm einen bösen Blick Sarims einbrachte.

„Nicht so hastig. Das würde Eurem Magen nicht gut bekommen.“

„Was kümmert es Euch“, brummte Sarim. „Ihr tötet mich doch ohnehin gleich.“

„Wozu dann mein wertvolles Wasser an Euch verschwenden?“, antwortete Lukas grinsend. Sarim sah ihn verwundert an. Der Fischer hatte Recht. Warum hatte er ihn nicht sofort getötet, sondern noch sein Wasser mit ihm geteilt?

„Warum bin ich hier?“, fragte Sarim, in dem leise Hoffnung aufkam.

„Weil jemand Euren Tod wünscht. Zumindest habe ich den Auftrag, Euch zu beseitigen“, erklärte Lukas frei heraus.

„Und was erhaltet Ihr dafür?“

„Ich nehme an das Übliche. Etwas Silber und das Versprechen, dass man meiner gedenken wird, wenn sich erst die Machtverhältnisse auf Malta verändert haben“, murmelte Lukas achselzuckend.

Sarim sah sich um. Sie waren mitten auf dem Meer. Der Mond stand hoch am Himmel und die Sterne glitzerten, ohne von einer Wolke in ihrem Glanz behindert zu werden. Es war eine wunderschöne Nacht. Auch wenn das Boot noch immer schaukelte, die See war relativ ruhig. Wahrscheinlich war es Sarim nur wesentlich schlimmer vorgekommen, weil seine Augen verbunden gewesen waren.

„Und nun? Wirst du mich töten?“, fragte Sarim, fast schon kleinlaut.

Lukas maß ihn mit einem nachdenklichen Blick.

„Ihr Araber seid ein eigenartiges Volk. Ihr sagt, ihr würdet die Christen hassen und doch macht ihr gemeinsame Sache mit ihnen. Die einen, indem sie versuchen, mit Hilfe der Christen den Emir zu stürzen. Der Emir selbst, indem er versucht, mit Hilfe der Christen sein Land am Leben zu erhalten. Ohne uns geht es nicht, und doch blickt ihr auf uns herab.“

„Es ist schwierig“, murmelte Sarim leise.

„Ja, das ist es wohl.“

Für einen Moment herrschte Schweigen. Dann erklärte Lukas: „Ich werde Euch nicht töten, denke ich.“

„Warum nicht?“, entfuhr es Sarim völlig verwundert.

Mit einiger Belustigung in der Stimme fragte Lukas: „Wäre es Euch lieber, ich täte es?“

„Nein! Natürlich nicht. Aber warum wiedersetzt du dich den Befehlen der Leute, deren Anordnungen du bisher ausgeführt hast?“

„Weil ihre bisherigen Anordnungen nichts damit zu tun hatten, einen Menschen zu töten.“

„Hast du nicht Edok ermordet?“

„Edok? Nein. Und ich bete jeden Tag um sein Seelenheil“, Lukas sah auf das Meer hinaus und Sarim erkannte, dass der Mord an Edok ein wunder Punkt bei seinem Gesprächspartner war.

„Du weißt also nicht, wer Edok ermordet hat“, fragte Lukas nach einer Weile des Schweigens nach, nun auch die wesentlich vertrautere Ansprache benutzend, die unter den Arabern üblicher war als die unterwürfige Höflichkeitsform. Sarim schüttelte den Kopf. Dann erklärte er nachdenklich: „Ich war davon ausgegangen, dass du ihn im Auftrag Sen Nefers oder eines anderen Mitverschwörers ermordet hast."

„Ich war fischen. Schon vergessen?"

„Das sagten deine Brüder und Freunde. Eine solche Aussage hätte man auch absprechen können. Vergiss nicht, es gab Zeugen, die behauptet haben, dich in Rabat gesehen zu haben."

„Richtig. Das erwähntest du. Aber nein, ich war nicht in Rabat. Und ich habe Edok nicht ermordet. Er war ein sehr guter Freund von mir."

„Das tut mir Leid."

Lukas machte eine wegwerfende Handbewegung. Dann erklärte er: „Wir haben uns offensichtlich mit den falschen Menschen eingelassen. Warum vermutest du, dass der Auftrag aus den Reihen derer kam, die sich gegen den Emir verschworen haben?"

„Ich weiß aus zuverlässiger Quelle, dass Edok um eine Audienz beim Emir gebeten hatte. Er wollte dem Herrn eine Verschwörung gegen seine Herrschaft melden."

Lukas dachte nach.

„Das wäre auf jeden Fall ein Grund für einen Mord. Und dazu ein sehr guter. Zu Edok würde es passen. Er hatte schon früh Gewissensbisse, was diese Sache anging."

„Worin genau bestand eure Aufgabe?"

„Edok war derjenige, der Nachrichten von den Hintermännern aus Rabat hierher bringen sollte. Gemeinsam setzten wir dann nach Gozo über, wo wir die Nachrichten weitergaben."

„Von hier aus nach Gozo?", fragte Sarim erstaunt. Msida lag im Norden der Insel, Gozo westlich davon. Von hier aus musste man die Insel Malta erst noch um ein Viertel umrunden, um dann den schmalen Wasserstreifen zwischen Malta und Gozo zu überwinden.

„Eine lange und anstrengende Fahrt“, erklärte Lukas. „Aber notwendig, da niemand an der Westküste mitbekommen sollte, dass regelmäßig jemand nach Gozo fährt.“

„Und warum fuhren auch Schiffe des Händlers Abu Sen Nefer die Insel an?“

„Ich weiß es nicht mit Sicherheit. Aber einige Händler aus Mdina machen Geschäfte mit den Byzantinern. Deren Handelsschiffe holen die Botschaften von Gozo und bringen sie dann nach Byzanz oder in andere Ecken des Kaiserreiches.“

„Warum die Botschaften nicht gleich von Malta nach Byzanz verschicken?“

„Weil in den letzten Monaten die Beamten des Emirs immer öfter Handelsschiffe in der Hoffnung durchsuchten, Waren zu finden, die nicht versteuert worden sind oder einfach Hinweise auf Handel mit Byzanz, der ja vom Emir verboten wurde.“

„Und es wäre zu gefährlich, wenn eine solche Botschaft in einem maltesischen Hafen auf einem solchen Handelsschiff gefunden werden würde. Gozo bleibt als unwichtige Nebeninsel bei den Untersuchungen der Steuerbeamten außen vor.“

„Genau. Deshalb der Umweg über Gozo. Wir fuhren oft zusammen hinüber. Manchmal war Edok danach Stunden lang im Haus des Schreibers. Bis er mit einer anderen Nachricht zurückkehrte. Hin und wieder lautete die Anweisung des Schreibers auch, an einem anderen Tag zu einer bestimmten Zeit wiederzukommen, um eine neue Nachricht abzuholen.“

„Also ist dieser Schreiber der Kontaktmann?“

„Er ist Byzantiner. Das erkennt man sofort an dem Dialekt, den er spricht, der ist typisch.“

Sarim dachte fieberhaft nach. Ein byzantinischer Spion auf Gozo. Die gesamte Garnison der kleinen Festung auf seiner Seite. Das war eine perfekte Möglichkeit für Byzanz, den Machtwechsel auf Malta zu planen. Und wenn der Putsch dann Erfolg hatte, konnte man immer noch abwägen, ob man wirklich die Männer, die ihnen in Mdina geholfen hatten, als Marionetten auf dem Thron sitzen lassen wollte, oder ob man nicht lieber ein kleines Heer entsandte und Malta wieder endgültig in das Kaiserreich eingliederte. Sarim schluckte trocken. Diese Sache nahm erschreckende Ausmaße an, die er sich nicht im Traum vorgestellt hätte.

„Wie viele Christen sind in diese Sache verwickelt?“

„Weniger als man meinen mag. Die meisten von uns sind zufrieden, so wie es ist. Natürlich, wir haben eine Menge Gesetze und Regeln, die dein Emir uns auferlegt hat und deren Missachtung aufs Härteste bestraft wird. Aber die Versuche, uns zu bekehren, haben aufgehört und wir können im Großen und Ganzen unser Leben weiterleben. Wer weiß, was kommt, wenn der byzantinische Kaiserhof hier wieder regiert.“

Sarim verstand. So hatte er die Situation der Christen noch gar nicht gesehen. Also war der Emir in den Augen der Meisten von ihnen einfach das bekannteste und somit wahrscheinlich das geringere Übel. Warum eine einigermaßen annehmbare Situation eintauschen für eine völlig unbekannte. Und das Byzanz als Reich schwach und stets in finanziellen Nöten war, war bekannt. Der Verdacht, dass man unter byzantinischer Regierung mit hohen Steuern belastet wurde und dabei wenig für die Sicherheit der Bevölkerung getan werden würde, lag auf der Hand.

„Aber all das beantwortet meine Frage nicht“, murmelte Sarim.

„Welche Frage? Warum ich dich nicht töte?“

„Genau.“

„Weil Edok mein Freund war. Und ich will, dass diejenigen, die Edok getötet haben, dafür bezahlen“, erklärte Lukas frei heraus.

„Ich werde tun, was in meiner Macht steht. Aber wenn ich diese ganze Verschwörung beweisen könnte, würde es mir mit Sicherheit besser gelingen, die Mörder zu überführen.“

„Dann auf nach Gozo. Ich hoffe, du hast starke Arme, es ist eine ziemlich Strecke von hier aus.“

Sarim seufzte leise auf.

Als er sah, dass Lukas an einem kleinen Beutel herumnestelte und ihm schließlich zusätzlich zur Wasserflasche auch ein halbes Fladenbrot überreichte, zog ein breites Lächeln über sein Gesicht. Während er das Brot verzehrte, ruderte Lukas schweigend weiter. Danach nahm jeder von ihnen ein Ruder zur Hand. Sarim hatte zwar keine Ahnung, was sein neuer Verbündeter auf Gozo vorhatte. Aber er würde ihm wohl oder übel vertrauen müssen. Denn wenn er diese Morde aufklären und dazu die Verschwörer überführen wollte, blieb ihm nichts anderes übrig.

*

Ibn Saif saß in einem seiner Sessel in der hintersten Ecke seines Arbeitszimmers und starrte vor sich auf die Tischplatte. Ihm gegenüber saß ein älterer Araber, dem eine Narbe das Gesicht etwas verunstaltete. Die dunkle Gewandung und die Art der Kleidung, die er trug, kennzeichneten ihn als einen Sohn der Wüste.

Die beiden Männer saßen sich schweigend gegenüber, aber während der Falke seinen Blick unverwandt auf Ibn Saif gerichtet hielt, wich der Kammerherr dem Blick seines Gegenüber aus, als würde er ihn fürchten. Endlich durchbrach der Falke die Stille: „Ich suche den Wächter Sarim. Und niemand kann mir sagen, wo er sich aufhält. Nun sag du mir, Ibn Saif, weißt du, wo der Soldat derzeit ist?“

Ibn Saif sah einigermaßen verwirrt auf.

„Woher sollte ich das wissen, Ed Dir.“

Der alte Araber lächelte, als Ibn Saif ihn mit seinem Geburtsnamen ansprach. Der Mann, der ihm hier gegenübersaß, würde ihn niemals als Falken anreden, das war ihm klar. Es wäre ein Hohn gewesen, aus dem Mund Ibn Saifs den Begriff „Falke“ zu hören. Wobei Ed Dir sich nicht sicher war, ob Ibn Saif klar war, was sein Gegenüber alles wusste. Aber der Falke hatte oft die Erfahrung machen müssen, dass es immer zweierlei war, etwas zu wissen und etwas beweisen zu können. Und so konnte er nur hoffen, dass Sarim bei seiner Suche nach Beweisen mehr Glück hatte, auch wenn der Hauptmann derzeit eher den Mörder suchte als die Hintermänner einer Verschwörung.

Ed Dir hatte schon vor Monaten gespürt, dass er alt wurde. Die Herren der Falken des Propheten hatten ihn bereits vor geraumer Zeit mit einer eindeutigen Mission nach Malta entsandt, als die ersten Anzeichen für einen möglichen Verrat aufgetreten waren. Damals war Ed Dir noch bei vollen Kräften. Doch im Laufe des letzten Monats kennzeichnete ihn das Alter erheblich. Für ihn war es langsam an der Zeit, sich in seine Heimat zurückzuziehen, wenn er bei seinen Vorvätern begraben werden wollte. Doch dieser Fall war der Letzte, den er klären wollte. Gab es wirklich eine Verschwörung gegen den Emir und wenn ja, wer war alles in diese verwickelt?

Das Ibn Saif der Rädelsführer war, hatte der Falke längst herausgefunden. Aber er war sich immer noch nicht sicher, wer alles zu den Verschwörern gehörte. Und genau das war es, was ihm Sorgen bereitete. Es stellte eine große Herausforderung dar, in der Gegenwart Ibn Saifs und seines Schoßhundes Sen Nefer seine Zunge im Zaum zu halten. Doch der Gedanke, dass er mit niemandem ernsthaft über die Gefahr, die dem Emirat drohte, reden konnte, da er sonst fürchten musste, ebenfalls ermordet zu werden, machte ihm durchaus zu schaffen.

„Ich habe gehört, dass du Sarim in den letzten Tagen mehrfach empfangen hast und dass er beauftragt wurde, die beiden Morde aufzuklären“, begründete der Falke seine Vermutung, dass Ibn Saif wissen könnte, wo Sarim sich aufhielt. Der Kammerherr lehnte sich zurück und faltete die Hände vor dem Bauch zusammen. Es schien so, als würde der Mann sich langsam entspannen.

Ed Dir war sich zwar sicher, dass Ibn Saif nichts von seiner eigentlichen Mission wusste. Nur der Emir war über die Anwesenheit des alten Arabers auf Malta eingeweiht, aber Ed Dir war dem Kammerherrn als Freund des Emirs vorgestellt worden. Und der Beiname *Der Falke*, den er ganz offen trug, konnte denen, die Geschichten über die *Falken des Propheten* gehört hatten, durchaus einen Hinweis auf seine wahre Identität geben.

„Das ist wahr“, erwiderte Ibn Saif langsam. Ed Dir merkte, dass der Kammerherr nachdachte. Es war, als legte er sich eine Strategie zurecht, wie er Ed Dir loswerden konnte. Und genau das war es, was dem Falken Sorgen machte. Wenn Ibn Saif wirklich nichts wusste, dann hätte er das einfach sagen können. Aber dass er nachdachte und seine Worte sorgfältig abwägte, war ein Verhalten, das Ed Dir erfahrungsgemäß zeigte, dass man auf irgendeine Art und Weise schuldig war.

Und so dauerte es einen Moment, bis Ibn Saif fortfuhr: „Und doch hat er mich nicht über seine letzte Reise in Kenntnis gesetzt. Ich habe vom Emir erfahren, dass Sarim sich auf den Weg nach Gozo gemacht hat. Seitdem habe ich ihn weder gesehen, noch von ihm gehört.“

Gozo also. Ob Sarim dort etwas gefunden hatte, was ihm helfen würde, den Verschwörern das Handwerk zu legen?

„Was wollte er auf Gozo?“

Ibn Saif zog beide Augenbrauen missbilligend nach oben.

„Ich denke, das solltest du lieber den Emir selbst fragen. Woher genau kennst du den Herrscher eigentlich so gut, dass er dich mit derart offenen Armen hier in Mdina willkommen heißt?“

Der Falke lächelte. Ja, er kannte den Emir schon lange. Einst, als der heutige Herrscher Maltas ein Knabe gewesen war, der in den Palästen von Damaskus seine Ausbildung genoss, war Ed Dir einer seiner Lehrer gewesen. Seit diesen Tagen war viel geschehen. Aber an dem Vertrauensverhältnis zwischen Lehrer und Schüler hatte sich wenig geändert. Und so hatte es auch keiner großen Erklärungen bedurft, weshalb Ed Dir in Mdina war. Der Emir hatte sich aufrichtig gefreut, seinen alten Lehrer zu sehen. Und als dieser ihm erläutert hatte, dass es in den Reihen der Falken Männer gab, die besorgt waren, war der Emir nicht weiter in ihn gedrungen. Ed Dir konnte nicht mit Sicherheit sagen, ob sein einstiger Schüler tatsächlich eine solch hervorragende Selbstbeherrschung besaß, oder ob er einfach die Augen vor der Gefahr verschließen wollte und hoffte, dass die Falken sich irrten. Letztlich war es auch egal. Es war der Auftrag, die Herrschaft des Emirs unter allen Umständen zu erhalten. Und er beabsichtigte genau, das zu tun.

Jetzt atmete Ed Dir tief durch, wobei sich das Lächeln auf seinen Zügen noch vertiefte. Den Blick Ibn Saifs erwidernd, der nun endlich nicht mehr den Boden absuchte, erklärte Ed Dir: „Vor vielen Jahren, in den Herrscherhäusern von Damaskus, war ich einer der Lehrer deines Regenten. Aus dem Jungen wurde ein junger Mann, der wissbegierig und intelligent war. Aus dem jungen Mann wurde ein kluger Vertrauter, mit dem ich bis heute in Kontakt blieb."

„Und warum haben wir dich all die Jahre hier in Mdina nicht willkommen heißen dürfen?"

„Ich bin ein Mann, der gern im Schatten lebt. Aber wenn bestimmte Dinge geschehen, bin ich dazu gezwungen, meine behaglichen Behausungen zu verlassen."

„Und ein solches Geschehnis hat es auch diesmal gegeben?", hakte Ibn Saif nach, dem man die Unsicherheit deutlich anmerken konnte. Ed Dir war klar, dass er in dem Moment eine Grenze überschritt. Bislang hatte er streng darauf geachtet, dass keiner derjenigen, die er für die Verschwörer hielt, etwas von seinen Plänen und seinem Wissen ahnen sollte. Wenn er den Pfad, den er nun beschritten hatte, fortsetzte, würde Ibn Saif am Ende des Gespräches sein erbittertster Feind sein. Und es würde noch schwerer werden, Beweise zu finden.

Dennoch war Ed Dir kein Mann, der zurücksteckte, wenn er herausgefordert wurde. Und so erklärte er mit kaltem Blick und einem beinahe sarkastischen Lächeln auf den Lippen: „Immer dann, wenn Treue zu einem bloßen Lippenbekenntnis verkommen und Vertrauen missbraucht wird, um den eigenen Wünschen zu frönen, dann ist es meine Aufgabe, zur Stelle zu sein und zu verhindern, was Gier und Missgunst zu erreichen suchen."

Ibn Saif starrte seinen Gesprächspartner stumm an.

Ed Dir hatte den Eindruck, als wäre sämtliches Blut aus dem Gesicht des Kammerherrn gewichen. Seine Züge waren so blass, wie er sie noch nicht gesehen hatte. Die Mundwinkel des Mannes zuckten, aber nur für einen kleinen Augenblick. Dann hatte er sich wieder völlig unter Kontrolle.

Ein unsicheres, aber deutlich sichtbares Lächeln stahl sich auf die Züge Ibn Saifs, als dieser mit erstaunlich fester Stimme fragte: „Und welche Form der Untreue willst du hier auf Malta jagen, Falke?"

Jetzt war es an Ed Dir, die Augenbrauen verwundert in die Höhe zu ziehen. Ibn Saif hatte die Zusammenhänge also erkannt. Wahrscheinlich war ihm in diesem Augenblick klar geworden, welchen Auftrag Ed Dir auszuführen hatte. Sie waren wie zwei Spieler, die ihre Figuren über das Spielfeld bewegten. Nun war Ed Dir wieder am Zug. Aber für heute würde er sich zurückziehen. Die Defensive war schon immer eher das gewesen, wo er sich wohlfühlte. Der Falke reagierte lieber, als dass er den ersten Schritt machte. Aber hier und jetzt hatte er eine Attacke vortragen müssen. Und er hoffte, dass er es dabei nicht übertrieben hatte.

„Gibt es denn auf Malta Untreue?", fragte Ed Dir deshalb freundlich lächelnd nach.

Ibn Saif schüttelte langsam den Kopf, mit einem beinahe versteinerten Lächeln auf den Lippen.

„Nicht soweit ich weiß."

„Dann wollen wir doch hoffen, dass es so bleibt und ich mich bald wieder in den Schatten zurückziehen kann."

Ibn Saif nickte seinem Gesprächspartner schmunzelnd zu. Dann erhob er sich, wobei er beide Hände ausbreitete.

„Du wünschtest mich zu sprechen. Wenn dies nur geschah, weil du den Wächter Sarim suchst, so tut es mir Leid, dass ich dir keine anderen Auskünfte geben kann. Wenn darüber hinaus nichts weiter ist, werde ich dich nun leider verabschieden müssen. Ich habe noch verschiedene Verpflichtungen für meinen Herrn zu erledigen."

Ed Dir erhob sich ebenfalls. Er nickte Ibn Saif kurz zu, ohne sich anmerken zu lassen, ob das fast schon respektlose Verhalten des Kammerherrn ihn kränkte. Ibn Saif warf ihn gewissermaßen aus seinem Arbeitszimmer. Ein größeres Zeichen von Missachtung konnte es unter Männern wie ihnen kaum geben. Aber Ed Dir trug es mit Fassung.

„Nein, es war in der Tat nur die Suche nach Sarim. Hab Dank für die Zeit, die du erübrigt hast."

Ibn Saif neigte den Kopf, während Ed Dir sich auf den Weg zur Tür machte. Kurz bevor er den Raum verließ, wurde der Kammerherr doch von der Neugier übermannt.

„In welcher Sache suchst du den Wächter? Da er mir unterstellt ist, kann ich dir vielleicht auch weiterhelfen."

Ein eisiges Lächeln zog über die Züge Ed Dirs, als er sich noch einmal zu Ibn Saif umdrehte und ihn einen Moment mit den Augen maß. Dann erwiderte er mit gespielter Freundlichkeit: „Er erstattet dir Bericht, nehme ich an."

„In der Tat, das ist seine Verpflichtung."

„Nun, dann solltest du *ihn* fragen, sobald ich ihn gefunden habe."

Nach diesen Worten machte Ed Dir auf der Stelle kehrt und verließ den Raum, Ibn Saif mit offenem Mund und einer geflüsterten Verwünschung auf den Lippen zurücklassend. Noch während Ed Dir die Tür schloss, wurde ihm klar, dass er sich einen neuen unversöhnlichen Feind gemacht hatte. Es war ihm Recht, solange es zur Sicherung der Macht des Emirs dienlich war. Nur, ob dem wirklich so war, daran kamen leise Zweifel in ihm auf. Und wieder kam dieser Gedanke: *Oh Allah, ich werde alt.*

*

Sarim und Lukas waren schon seit Stunden gerudert. Endlich, als der Morgen langsam zu grauen begann, erreichten sie ein kleines Fischerdorf an der Küste Gozos. Sarim wusste gar nicht, dass es auf Gozo derartige Dörfer gab. Die wenigen Fährschiffe, die zwischen den beiden Inseln verkehrten, fuhren immer von einer kleinen Hafenstadt im Nordosten der Insel Malta zu einem Dorf, das auf Gozo direkt gegenüber der großen Schwesterinsel lag. Es war der kürzeste Weg für die Überfahrt, und diese war in der Regel nicht wirklich günstig zu erstehen.

Wer konnte es den Fährleuten auch verübeln, die Strecke war alles andere als kurz und die Zahl ihrer zahlenden Kunden war niedrig. Demnach war die körperliche Leistung enorm, die Lukas und Sarim vollbracht hatten. Besonders anstrengend aber war es für Sarim, aufgrund der physischen Qualen, die ihm vorab widerfahren waren. Insbesondere sein Bein machte ihm zu schaffen, die Folgen seines Sturzes hätten dringend versorgt werden müssen. Aber das Bein würde durchhalten müssen, bis diese Sache überstanden war.

Der Soldat spürte generell, dass die letzten Tage bald ihren Tribut fordern würden. Er brauchte eine vernünftige Mahlzeit und Flüssigkeit. Und etwas Ruhe wäre auch förderlich gewesen, doch darauf würde er noch eine Weile verzichten müssen, so viel war ihm klar.

Lukas und Sarim schlichen durch das Dorf, stets bemüht, sich im Schatten zu halten. An einem Haus, das Lukas geradewegs ansteuerte, klopfte der Fischer mehrmals an die Tür. Ein Mann öffnete völlig verschlafen und sah den frühen Gast ungläubig an.

„Lukas? Was machst du zu dieser Stunde hier? Wir haben dich erst in einigen Tagen wieder erwartet.“

Lukas drängte den Mann in sein Haus und folgte dann mit Sarim. Als die Tür wieder geschlossen war, fragte Lukas leise und mit nervöser Stimme: „Sag, Stephanus, kann ich dir vertrauen?“

„Warum fragst du das? Wir sind Brüder.“

„Sind wir das? Ich frage, weil wir beide an dieser Sache mit den weit entfernten Byzantinern beteiligt sind. Oder sind wir auch Brüder weit darüber hinaus?“

„Lukas, es ist gleich, wer die Macht auf dieser Inselgruppe hat. Solange wir den Glauben an unseren Herrn Jesus Christus haben und das Vertrauen unserer Brüder, sind wir immer in Sicherheit."

Lukas nickte langsam. Dann murmelte er zu Sarim: „Stephanus ist einer unserer Älteren Männer. Er dient der Gemeinde hier als Amtsvorsteher."

Sarim sah den Mann ungläubig an. Stephanus war jünger als er, wahrscheinlich auch jünger als Lukas. Ihn als einen „älteren Mann" zu bezeichnen, war durchaus gewagt.

Stephanus, der den Blick Sarims erwiderte, erkannte den fragenden Ausdruck in den Augen des Moslems und erklärte lächelnd: „Die Älteren Männer sind die, die vom Geist des Höchsten ernannt werden, die Gemeinde zu führen. Dafür ist nicht das tatsächliche Alter eines Mannes entscheidend, sondern seine Befähigung im Dienst für den Herrn und seine Berufung durch ein Kirchenoberhaupt."

Sarim nickte verstehend. Die Christen waren ein komischer Haufen. Aber das änderte nichts daran, dass er diese Männer nun brauchte.

Stephanus führte seine beiden Gäste in einen Raum, in dem ein Tisch und mehrere Stühle standen. Hier nahm seine Familie wahrscheinlich ihre Mahlzeiten ein. Sarim, der sich in dem Moment nichts sehnlicher wünschte, als dass ihr Weg sie in eine Gaststätte führte, sah seine Hoffnung auf ein ausgiebiges Frühstück langsam dahinschwinden. Stephanus deutete seinen Gästen, dass sie auf den Stühlen Platz nehmen sollten. Dann setzte er jedem, sehr zu Sarims Freude, etwas Brot und einen Behälter mit Honig vor.

Honig war eines der Haupterzeugnisse der beiden Inseln und so war es nicht verwunderlich, dass er auch zu den Hauptnahrungsmitteln der Menschen vor Ort zählte.

Während Sarim mit Heißhunger das Brot mit dem süßen Honig aß, begann Lukas zu erzählen: „Du kennst unseren Bruder Edok?"

„Derjenige, mit dem du für gewöhnlich hierher kommst", erwiderte Stephanus nickend.

„Edok ist tot. Er wurde ermordet. Dieser Mann hier“, Lukas zeigte auf Sarim, „ist beauftragt, den Mörder zu finden.“

„Und du meinst, dass der Mörder auf Gozo zu finden ist?“, fragte Stephanus verwirrt nach.

Lukas schüttelte den Kopf und biss ebenfalls einmal in das Brot hinein. Mit vollem Mund erklärte er: „Nein, das denke ich nicht und auch Sarim ist nicht der Ansicht. Aber wir denken, dass diese ganze Sache hier etwas damit zu tun haben könnte.“

„Gott sei der Seele Edoks gnädig“, murmelte Stephanus, während er ein Kreuzzeichen schlug. „Wir werden Gebete für unseren Bruder sprechen. Aber nun sag mir, Lukas, was genau kann ich für euch beide tun?“

„Wir müssen nach Rabat.“

„Und dann? Was hast du vor?“

Sarim sah von seiner Mahlzeit auf und maß den Priester vor ihm mit einem kurzen Blick. Dann schaltete er sich in das Gespräch ein: „Sag mir, Stephanus, welchem Herrn dienst du hier auf Gozo?“

Stephanus erwiderte den Blick seines arabischen Gastes. Dann erklärte er freundlich: „Ich diene nur dem Herrn Jesus Christus und seiner Herde.“

„Und welchem Herrscher bist du ergeben? Dem Emir von Malta oder dem Kaiser in Byzanz?“

„Nun, der Christus forderte uns auf, Caesars Dinge Caesar zu erstatten und der heilige Paulus sagte, dass wir den obrigkeitlichen Gewalten untertan sein sollen, denn sie seien in ihren Stellungen von Gott geduldet.“

„Warum machst du dann gemeinsame Sache mit Verrätern, die Malta an Byzanz verkaufen wollen.“

„Ich mache mit niemandem gemeinsame Sache, mein Freund. Ich helfen meinen Glaubensbrüdern, wenn sie der Hilfe bedürfen.“

„Andere würden sagen, du wärst ein Mitverschwörer.“

„Diese anderen wissen offensichtlich nicht, was es bedeutet, die Herde Gottes in schweren Zeiten zu leiten."

„Es gibt auch christliche Priester in Rabat. Warum ist von diesen keiner in diese Rebellion verwickelt?"

Lukas hob beide Hände in die Höhe, um Sarim zu zeigen, dass er schweigen sollte. Dann erklärte er: „Sarim, im Grunde ist niemand hier wirklich beteiligt an dieser Sache."

„Was soll das bedeuten?"

„Nun, ich zum Beispiel bin nur der Mann, der Edok von Malta nach Gozo bringt. Stephanus ist derjenige, der uns hier in Empfang nimmt und uns eine entsprechende Empfehlung für den Schreiber mitgibt. Aber diejenigen, die wirklich hinter all dem stecken, sitzen im Palast von Mdina und wollen sowohl uns als auch Byzanz für ihre eigenen Machtspiele ausnutzen."

„Und warum habt ihr euch dann ausnutzen lassen?"

„Ich war überzeugt davon, dass es gut ist, wenn Malta wieder unter die Oberherrschaft der Byzantiner fällt. Bevor dein Emir kam, gab es weniger Regeln, weniger Gesetze, die uns eingeengt hatten. Aber wie ich schon sagte, denken mittlerweile einige unserer Brüder anders. Und nach dem Mord an Edok musste ich einsehen, dass die Männer, die uns vorgeheuchelt haben, sie würden uns und den Glauben an den Heiland akzeptieren, ebenso bereit sind, meine Brüder, ohne mit der Wimper zu zucken, zu opfern, wenn es ihnen gefällt."

Stephanus sah vor sich auf den Boden. Dann murmelte er leise: „Womöglich ist es ein Zeichen des Herrn. Auch Moses musste zuerst im Lande Midian vierzig Jahre verweilen, bevor er das Volk des Herrn aus der Knechtschaft führen durfte."

„Und was soll das nun wieder bedeuten?", brummte Sarim missmutig.

„Ganz einfach, mein ungeduldiger Freund", erwiderte Stephanus milde. „Moses wollte seine Brüder aus der Knechtschaft Ägyptens befreien. Doch anstatt ihm zu folgen, feindeten sie ihn an."

„Soweit kenne ich die Geschichte“, erklärte Sarim, sehr zur Verwunderung seines Gesprächspartners.

Stephanus fuhr fort: „Nun, er wollte die Sache selbst in die Hand nehmen und erschlug einen Aufseher, der einen Israeliten schlug. Doch anstatt ihn als ihren Herrn anzuerkennen, verstießen die Israeliten Moses und aus Angst vor der Wut des Pharao floh er in die Wüste.“

„Und was hat das mit uns zu tun?“

„Später, nach vierzig Jahren in der Wüste, rief Gott Moses zurück nach Ägypten. Die Zeit war gekommen, sein Volk zu befreien, aber so, wie Gott es wollte und nicht so, wie Moses es sich vorgestellt hatte.“

„Und du glaubst nun, ihr seid Moses? Willst du fliehen?“

Stephanus lachte kurz auf. Dann erklärte er: „Nein. Ich will nur damit verdeutlichen, dass man manchmal denkt, die Zeit für eine Änderung der Verhältnisse sei gekommen, aber Gott hingegen erkennt diese Zeit noch nicht als reif an. Dann können wir Menschen viel versuchen, aber dort, wo nicht Gottes Segen weilt, da wird es keinen Erfolg geben. Die Ermordung Edoks, der sozusagen das Bindeglied zwischen uns und denen in deinem Umfeld, die diese ganze Sache angezettelt haben, war, mag ein Zeichen des Herrn gewesen sein, dass die Zeit aus seiner Sicht noch nicht gekommen ist.“

Sarim zuckte mit den Schultern und murmelte: „Wie auch immer. Ich will diese Angelegenheit aufklären. Und ich fürchte, dass das nicht gehen wird, ohne eure Pläne zu durchkreuzen. Also habt ihr nun zwei Möglichkeiten. Ihr könnt mir helfen oder mich töten. Denn wenn ihr mir nicht helft, werde ich dafür sorgen, dass man euch wegen Mitverschwörung in Mdina den Prozess macht.“

Die beiden Christen sahen sich einen Augenblick lang an und Sarim meinte, so etwas wie eine stumme Übereinkunft zwischen den beiden Männern zu sehen. Und tatsächlich war es Stephanus, der nickend erklärte: „Die Tatsache, dass Lukas dich hierher geführt hat, zeigt mir, dass er dir zutraut, den Mord an unserem Bruder aufzuklären. Außerdem nimmt er wohl an, dass Edok nicht von einem Mann wie dir getötet wurde, der einfach nur versucht hat, die Sache, für die er arbeitete, zu beenden. Also bleiben nur die Männer, die hinter der Verschwörung stecken. Und ich nehme an, du weißt nicht, wer die Rädelsführer sind."

Nachdem Sarim Stephanus Vermutung bestätigt hatte, erklärte dieser weiter: „Nun, ich kenne diejenigen, die in Mdina die Fäden ziehen auch nicht. Aber ich weiß, wer hier auf Gozo das Sagen hat. Der Schreiber in Rabat ist derjenige, bei dem alle Fäden zusammenlaufen. Er wird euch mehr sagen können."

„Wenn er denn will", brummte Sarim, der noch immer nicht verstand, welchen Plan Lukas überhaupt verfolgte.

„Er wird nicht wollen. Aber wir werden einen Weg finden, ihn zu zwingen", erklärte Stephanus lächelnd.

Sarim beschloss, aufzuhören, Fragen zu stellen. Er würde ohnehin keine wirklich aufschlussreiche Antwort bekommen. Auf was auch immer er sich da eingelassen hatte, als er der Zusammenarbeit mit Lukas zugestimmt hatte, es war der einzige Weg gewesen, sein Leben zu retten. Und nun konnte Sarim nur hoffen, dass er diese Zusammenarbeit nie bereuen würde.

*

Nachdem Sarim und Lukas ihre Mahlzeit beendet hatten, hatte Stephanus Sarim Kleidung zum Wechseln gegeben. Es war besser, wenn er nicht sofort als Anhänger des Propheten erkannt werden würde. Außerdem war er erst vor kurzem in Rabat gewesen und wenn er dort sofort wiedererkannt würde, würden sie wenig Gelegenheit bekommen, ihre Ziele zu erreichen, welche auch immer das sein mochten.

Sarim akzeptierte die Erklärung und tauschte seine Kleidung gegen die Neue, allerdings nicht ohne die Gelegenheit zu nutzen, sich einmal gründlich zu waschen. Danach erklärte Stephanus seinen Gästen, dass sie hier im Haus warten sollten, während er ihnen Reittiere besorgen würde. Rabat war eine gute Strecke von dem kleinen Fischerdorf entfernt. Zu Fuß würde es ein langer Marsch werden.

Als Stephanus aus dem Haus war, fragte Sarim Lukas nach dem Priester Stephanus aus. Er hatte keine Familie, auch wenn sein Haus groß genug war, um eine Horde Kinder zu beherbergen. Lukas erklärte dem staunenden Sarim, dass ein Priester nur Gott zu dienen und ein Gelübde abzulegen hatte, dass er sich der Keuschheit verpflichtete und nicht heiraten würde. Kopfschüttelnd murmelte der Ermittler etwas von verrückten Christen, was Lukas ein schwaches Schmunzeln entlockte. Endlich kehrte Stephanus zurück und tatsächlich war es ihm gelungen, drei gute Pferde aufzutreiben.

Also machten sie sich auf den Weg nach Rabat. Sie waren noch nicht lange unterwegs, als Sarim seine Neugierde nicht mehr im Zaum halten konnte.

„Wie genau sieht der Plan aus, den wir verfolgen?“

„Plan?“, fragte Stephanus erstaunt.

„Ja. Wir können doch nicht einfach blind nach Rabat reiten, dort den Wachen sagen, dass wir den Schreiber zu sprechen wünschen und ihm ein Schwert an den Hals halten, damit er uns die Namen seiner Mitverschwörer nennt.“

„Da hast du wohl Recht. Vor allem, weil keiner von uns ein Schwert bei sich hat“, erwiderte Stephanus, bei dem sich ein Lächeln abzeichnete.

Sarim hingegen war der Spaß an der Sache schon seit einer ganzen Weile vergangen. Er war nicht gerade dem Tod entronnen und hatte anschließend die ganze Nacht unter harten Bedingungen durchgerudert, um sich letztendlich doch umbringen zu lassen.

Stephanus bemerkte die Verstimmung seines Begleiters und erklärte nun wesentlich ernster: „Nein. Ich werde den Wachen erklären, dass wir eine wichtige Botschaft aus Rabat auf Malta haben, die wir sofort dem Schreiber überbringen müssen. Man wird uns durchsuchen, einige Losungen von uns hören wollen, und uns dann passieren lassen. Da wir Christen sind, wird uns die kleine Besatzung der Festung in Ruhe lassen. Wir werden, zumindest war es in der Vergangenheit so, ungestört bis zum Haus des Schreibers vordringen können. Dort erwartet uns der Schreiber selbst, sein blinder Vertrauter und meistens noch sein unfreundlicher Hauptmann."

„Der bewaffnet ist und mit einem einzigen Schrei wohl seine halbe Einheit um sich scharen kann."

„Wir werden listig vorgehen müssen. Ich weiß nicht, ob es so klug ist, wenn du uns begleitest", sinnierte Stephanus vor sich hin.

„Du meinst, ich soll draußen warten, während ihr mit dem Schreiber sprecht?"

„Kaum. Es wäre auch nicht sinnvoll, dich unter die Bevölkerung in Rabat zu mischen, da dich einige der dortigen Soldaten gesehen haben und vielleicht wiedererkennen würden."

„Also? Was soll ich dann machen?"

„Kurz vor Rabat ist eine kleine Scheune am Wegesrand, in der die Bauern ihre Werkzeuge lagern. Dort wirst du dich verstecken und warten, bis wir zurückkehren", erklärte Stephanus einfach. Sarim, der es nicht gewohnt war, von einem Christen Anweisungen entgegen zu nehmen, sah den Priester erstaunt an.

„Und wer garantiert mir, dass ihr nicht in Begleitung einer kleinen Armee zurückkehrt, um mich festsetzen zu lassen? Das ist doch eine Falle!"

„Oh, du Kleingläubiger", seufzte Stephanus. „Lukas brachte dich zu mir. Wenn er dein Leben nicht hätte verschonen wollen, wärst du längst tot. Und wenn ich nicht gewillt wäre, dir zu helfen, hätte ich dich auch vorhin den Bewohnern meines kleinen Dorfes ausliefern können.

Es wäre ein Leichtes gewesen, sie zu versammeln und ihnen zu befehlen, dich festzusetzen."

Sarim, der die Dummheit seines Misstrauens erkannt hatte, nickte beschämt und ritt nun stumm neben den beiden Christen weiter. Als sie die Scheune erreichten, stiegen alle drei ab. Sarim reichte erst Stephanus und dann Lukas die Hand und wünschte ihnen viel Glück. Dann versteckte er sich und sein Pferd in dem Lagerhaus für Werkzeuge. In Erntezeiten übernachteten offensichtlich auch Bauern hier, denn er fand einige Decken und eine mehr oder weniger gemütliche Schlafstätte.

Während Lukas und Stephanus sich auf den Weg nach Rabat machten, legte Sarim sich auf das Lager und schloss die Augen. *Nur einen winzigen Augenblick*, brummte Sarim leise, sich selbst beruhigend. Eigentlich hätte er Wache halten sollen. Das Letzte was er jetzt gebrauchen konnte, war von einem aufgebrachten Bauern, der ihn womöglich für einen Dieb hielt, hier entdeckt zu werden. Doch schon einen Moment später war er eingeschlafen.

*

Lukas und Stephanus verlangsamten das Reittempo, als sie die Häuser Rabats und die Mauern der Zitadelle vor sich aufsteigen sahen. Die kleine Festung war nicht wirklich furchteinflößend, dennoch wirkte sie heute einschüchternd auf die beiden Männer.

„Weißt du wirklich, was du hier tust?“, fragte Lukas leise. Stephanus antwortete nur mit einem einfachen Achselzucken.

„Noch können wir umkehren und uns einen Plan zurechtlegen.“

„Ich denke, sie haben uns längst gesehen. Wenn wir jetzt umkehren, wird das nur Misstrauen wecken. Und das ist das Letzte, was wir gebrauchen können.“

Lukas nickte resignierend. Er hatte Stephanus aufgesucht, weil er sich Hilfe erhofft hatte. Er hatte geglaubt, der Priester würde die Namen der Verschwörer auf Malta kennen. Dass dem nicht so war, hätte Lukas sich eigentlich auch denken können. Er schalt sich einen Dummkopf, so naiv gewesen zu sein. Woher hätte Stephanus diese Information haben sollen? Und nun nach Rabat zu reiten, mitten in die Höhle des Löwen, das war fast schon lebensmüde.

Sie ritten durch die wenigen Straßen Rabats und erreichten das Tor, wo es genauso kam, wie Stephanus es vorhergesehen hatte. Die beiden Männer mussten absteigen, dann wurden sie aufs Gründlichste durchsucht. Anschließend wurden sie nach den entsprechenden Losungen gefragt. Als Stephanus auf jede der verschlüsselten Fragen die richtige Antwort wusste, wurde ihnen das Tor geöffnet. Und tatsächlich kümmerte sich niemand weiter um die beiden Christen.

„Ist denn hier jeder in diese Verschwörung eingeweiht?", brummte Lukas vor sich hin. Stephanus nickte unmerklich.

„Jeder, mein Freund. Die Männer hier tragen die Abzeichen der Armee des Emirs, doch im Prinzip sind sie nichts anderes als Piraten. Sie verkaufen ihre Treue dem Meistbietenden. Und der Schreiber bezahlt außerordentlich gut."

Die beiden Männer, die ihre Pferde beim Tor zurücklassen mussten, gingen nun durch die schmalen Gassen der kleinen Festungsstadt. Stephanus wusste, in welchem Haus der Schreiber wohnte und so war es ein leichtes Spiel, den kürzesten Weg dorthin zu finden. Als sie vor der Tür des Mannes standen, der die Brücke zwischen den Männern hier und dem Kaiser in Byzanz darstellte, klopfte Lukas Herz bis zum Hals. Er verfluchte in diesem Augenblick die Gesetze der Araber, die es ihm nicht erlaubten, ein Schwert mit sich zu führen. Es war, wie Stephanus es gesagt hatte; sie waren in der Tat unbewaffnet. Ein Umstand, der nicht gerade zu Lukas Entspannung beitrug.

Die Tür wurde von dem blinden alten Sklaven geöffnet, der fragend den Kopf durch einen schmalen Schlitz herausstreckte.

„Wir wollen zu deinem Herrn, dem Schreiber", erklärte Stephanus freundlich.

Die Miene des Alten blieb jedoch starr und abweisend, als er erwiderte: „Und warum sollte der Schreiber euch empfangen?"

„Weil wir Botschaft aus Rabat auf Malta haben."

Der Mann legte den Kopf einen Moment schief, als müsste er über die Worte des Priesters nachdenken. Dann verschwand der Kopf und die Tür wurde wieder geschlossen. Lukas fürchtete schon, sie wären aufgeflogen, noch ehe sie das Haus überhaupt betreten hatten. Dann, nach einem Augenblick, der sich wie eine Ewigkeit hinzog, öffnete der Sklave die Tür endgültig und wies die beiden Männer an, einzutreten.

Stephanus und Lukas kamen der Einladung nach und betraten das Reich des Schreibers. Das Haus war ärmlicher eingerichtet als Stephanus erwartet hätte. Trotzdem war es immer noch reicher bestückt als sein eigenes Haus oder das eines anderen Mannes aus seinem kleinen Fischerdorf. Und von einem Mann, der in Byzanz, der Stadt des Glanzes und des Lasters, aufgewachsen war, war kaum etwas anderes zu erwarten.

Der Schreiber selbst saß in einem Sessel in seinem Arbeitszimmer und fächerte sich mit einer Hand etwas Luft zu. Der Mann schwitzte. Offensichtlich machte ihm die Mittagshitze heute sehr zu schaffen. Lukas und Stephanus deuteten eine Verbeugung an. Ein leichtes Wedeln der Hand des Schreibers sollte wohl andeuten, dass er auf derartige Formalitäten keinen Wert legte. Aber auch wenn Stephanus den Mann vor sich nicht wirklich kannte, wusste er es doch besser. Männer wie dieser lebten für Formalitäten. Sie begehrten nichts sehnlicher, als respektiert und hofiert zu werden. Also blieb dem sonst so gradlinigen Priester nichts anderes übrig, als das notwendige Spiel zu spielen.

„Eine Botschaft aus der Hauptstadt, habe ich gehört?“, fragte der Schreiber, ohne sich seinerseits lange mit Freundlichkeiten aufzuhalten. Stephanus nickte. Er hatte gedacht, dass er mehr Zeit haben würde, sich etwas zu Recht zu legen. Aber offensichtlich war der Schreiber nicht in der Stimmung zu plaudern.

„Ja, mein Herr“, erwiderte Stephanus, wobei er noch einmal eine Verbeugung andeutete.

Der Schreiber streckte Stephanus eine Hand entgegen und brummte: „Dann gib mir die Rolle. Ihr zwei könnt euch in der Kaserne etwas ausruhen. Wenn die Mittagszeit verstrichen ist, macht ihr euch wieder auf den Weg.“

Stephanus schüttelte den Kopf, seinen Gesprächspartner dabei genau fixierend. So entging ihm nicht der finstere Blick, der sich für einen winzigen Augenblick in die Augen des Byzantiners stahl.

„Was willst du mir damit sagen?“, fragte er in fast schon drohendem Ton. Stephanus räusperte sich kurz und nachdem er einen Blick mit Lukas gewechselt hatte, erklärte er: „Die Botschaft wurde mir nur mündlich mitgeteilt.“

Der Schreiber starrte den Priester ungläubig an. Dann brummte er: „Das hat es noch nie gegeben. Warum sollten unsere Freunde in Mdina jetzt damit anfangen?“

„Die Botschaft kommt nicht aus Mdina“, erklärte Stephanus schnell. „Sie kommt aus Rabat.“

„Aus Rabat? Wer in Rabat sollte mir eine Nachricht übersenden?“

„Jemand, der weiß, welche Pläne Ihr verfolgt und auf welche Weise Ihr sie verfolgt.“

Der Schreiber verschränkte die Arme vor der Brust und lächelte über das ganze Gesicht. Dabei entblößte er eine Reihe glänzend weißer Zähne. Stephanus fand es erschreckend, wie schnell aus dem schläfrigen und schwitzenden Mann ein hellwaches und zum Angriff bereites Raubtier geworden war.

„Willst du mir drohen?“, fragte der Schreiber mit voller Belustigung hochgezogenen Augenbrauen.

„Drohen? Nichts liegt mir ferner. Ihr fragtet, wer mich sendet und ich gab Euch die Antwort, die zu geben ich angewiesen wurde.“

Der Schreiber nickte langsam. Dann fragte er freundlich, aber mit einem eisigen Glitzern in den Augen: „Und woher weiß ich, dass es keine Falle ist, die ihr zwei mir hier zu stellen versucht?“

„Welche Art Falle könnte das sein? Ihr dient dem christlichen Kaiser von Byzanz. Ist es da nicht die Verpflichtung eines jeden guten Christenmenschen, an Eurer Seite zu stehen?“, versuchte Stephanus, das Vertrauen des Schreibers zu gewinnen. Doch er war sich nicht sicher, inwieweit seine Versuche von Erfolg gekrönt waren.

Endlich nickte der Schreiber und erklärte: „Dann sprich. Was hat dein Herr dir aufgetragen mir zu sagen?“

„Manchmal ist Verrat da, wo kein Verrat sein sollte. Und manchmal sind es die, von denen man meint, dass sie die Steine vom Weg entfernen, die selbst die Steine dorthin gelegt haben.“

„Und was soll das bedeuten?“

„Der Mord an dem Christen Edok. Ihr glaubt doch nicht, dass er ein zufälliges Opfer war?“

„Sen Nefer hat mir durch einen Boten versichern lassen, dass der Mann das einzige Opfer war. Wahrscheinlich ist er einem Raub zum Opfer gefallen.“

„Edok? Ein Mann, der so bescheiden lebte wie er? Er würde niemals einem einfachen Raub zum Opfer fallen.“

„Was willst du mir mit deinen Andeutungen sagen? Sprich deutliche Worte oder verlass mein Haus“, ließ der Schreiber jetzt ungehalten seiner wachsenden Verärgerung freien Lauf.

Sofort hob Stephanus beschwichtigend beide Hände.

„Mein Herr denkt, dass einer der Männer, die Ihr für Eure Verbündeten in Mdina haltet, hinter dem Mord steckt.“

„Und warum sollte einer der Männer, deren Treue ich mir sicher bin, einen meiner Diener töten?“

„Nun, vielleicht will man Euch ja nur ausnutzen. Ist der Emir erst beseitigt, könnten andere den Thron einnehmen und das, ohne sich an ihre einmal gegebenen Versprechen halten zu müssen. Es gibt ja sogar manche Lehrer unter den Anhängern Mohammeds, die ganz offen predigen, dass eine Lüge einem Christen gegenüber keine Lüge sei.“

Der Schreiber lächelte erneut.

Dann murmelte er leise: „Glaubst du wirklich, dass ich diese Möglichkeit nicht bedacht habe? Wer ist dein Herr? Bevor du mir diese Information nicht gegeben hast, werde ich nicht weiter mit dir sprechen.“

Stephanus sah Lukas hilfesuchend an. Dieser zuckte mit den Schultern, als ob er seine Zustimmung zu erkennen geben wollte. Dann seufzte Stephanus theatralisch.

„Wenn es sein muss. Aber mein Herr wird nicht erfreut sein, wenn er erfährt, dass ich seinen Namen hier und heute genannt habe."

„Sprich endlich oder verschwinde."

„Mein Herr ist der Wirt der Schänke, in welcher Edok oft verkehrt hat."

Lukas musste sich zusammenreißen, um nicht laut durchzuatmen. Was Stephanus hier machte, war überaus gefährlich. Sowohl für sie beide, als auch für den Schankwirt. Wenn der Schreiber meinte, in einem von ihnen dreien eine Gefahr zu sehen, dann würde er nicht zögern, den oder diejenige aus der Welt schaffen zu lassen.

„Was hat dein Herr mit meinen Plänen zu schaffen?", kam auch die dementsprechend scharfe Reaktion des Schreibers.

„Ein Mann wie er achtet auf die Menschen in seinem Umfeld. Er ist eines der Oberhäupter in Rabat und hat großen Einfluss auf die Menschen auf den Straßen und vor allem in seinem Wirtshaus."

Lukas zog leicht die Stirn in Falten, bemühte sich aber, sofort wieder einen möglichst unbefangenen Gesichtsausdruck aufzusetzen.

„Und was meint dein Herr nun zu wissen, was so unglaublich wichtig ist, dass er dafür extra zwei Männer zu mir sendet?"

„Ein Mann namens Sen Nefer ist dabei, dich zu verraten", begann Stephanus langsam sein Netz auszuwerfen.

„Sen Nefer? Woher will dein Herr das wissen?"

„Besagter Mann traf sich mit einem Araber in der Schenke meines Herrn. Dabei waren sie immer wieder in tuschelnde Unterhaltungen vertieft."

„Das klingt für mich normal für zwei, womöglich mächtige, Männer, die in einer christlichen Taverne sitzen und nicht möchten, dass jeder ihre Gespräche mithört."

„Das stimmt. Aber der Mann, der sich mit Sen Nefer an diesem Tag getroffen hatte, war ein Gesandter des Herrn von Sizilien."

Der Schreiber fuhr sich mit der rechten Hand über seine Glatze.

„Ein Sizilianer? Auf Malta? Das ist nichts Ungewöhnliches. Ebenso wenig wie der Umstand, dass einer der wichtigsten Generäle des Emirs sich mit einem solchen Gast unterhält."

„Das ist richtig", erklärte Stephanus lächelnd, während er seinen letzten Trumpf im Ärmel zurechtrückte.

„Was aber durchaus ungewöhnlich ist, ist, wenn sich ein Araber aus Mdina und ein solcher von Sizilien darüber unterhalten, wie hoch die jährlichen Abgaben an den Herrscher von Sizilien sein sollen, wenn Malta erst in der Hand Sen Nefers ist."

„Warum sollte …", murmelte der Schreiber verwirrt. Dann sah er Stephanus direkt an. Es war für Stephanus ein Gefühl, als würde er versuchen, bis auf seine Seele zu schauen. Nur die Gewissheit, dass kein Mensch mit seinem Blick den Geist durchdringen konnte, verschaffte Stephanus ein zumindest kleines Gefühl von Sicherheit. Lukas hingegen war froh, dass niemand von ihm erwartete, das Wort zu erheben. Er hätte in diesem Augenblick ohnehin nicht sprechen können. Zu sehr hatte ihn das gerade Gehörte überrascht.

„Du willst mir also sagen, dass Sen Nefer, ein Mann der nur der Zweite im Emirat werden soll, bereits jetzt versucht, über eine Allianz mit den Sizilianern dieses kleine Inselreich an sich zu reißen?"

„Es macht den Anschein. Mein Herr sagte, er halte es für wichtig, Euch zu warnen."

Der Schreiber nickte, während seine Hände begannen, sich gegenseitig zu kneten.

„Dein Herr hat gut daran getan, euch beide zu mir zu schicken", brummte der Schreiber missmutig. „Wenn es stimmt, was er zu sehen und zu hören gemeint hat, dann wird es Zeit, zu handeln."

„Gibt es etwas, was wir in dieser Angelegenheit für Euch tun können?"

Der Schreiber betrachtete Stephanus und Lukas der Reihe nach. Dann nickte er langsam und sagte: „Ja, in der Tat, das gibt es."

„Was immer es ist, mein Herr."

„Ihr zwei werdet einen Brief für mich überbringen. Zum einen möchte ich mich bei meinem bislang unbekannten Freund bedanken. Er wird, wenn ich eines Tages die Macht habe und meiner Freunde gedenke, mit Sicherheit belohnt werden. Und auch euch soll es dann nicht schlecht ergehen."

„Habt Dank für Eure guten Worte."

„Nun geht, ruht euch in der Kaserne für eine Stunde aus. Nach Ablauf dieser Zeit erwarte ich euch beide wieder hier."

Stephanus und Lukas verbeugten sich erneut. Dann verließen sie das Haus und machten sich auf den Weg zur Kaserne. Der Anfang war geschafft. Auch wenn Stephanus sich sicher war, dass sie noch ein heißer Tanz erwartete.

*

Stephanus und Lukas waren zur vereinbarten Zeit wieder beim Schreiber vorstellig geworden. Der Byzantiner hatte ihnen zwei Schreiben mit auf den Weg gegeben: Eines für den Wirt, von dem er dachte, dass die beiden Männer seine Abgesandten seien und eines, das sie einem der Palastschreiber des Emirs aushändigen sollten. Der Schreiber hatte ihnen genau gesagt, wo sie den Mann finden würden. Er wusste, wem das Schreiben zu übergeben sei. Dazu hatte er ihnen eine Losung eingeschärft, die sie aufsagen sollten, wenn sie mit dem Schreiber sprachen.

Die beiden Christen verabschiedeten sich, überrascht, dass ihre List so gut funktioniert hatte, und machten sich auf den Weg, Sarim aus seinem Versteck abzuholen. Sie mussten den Araber, der gerade dabei war, den verpassten Schlaf der letzten Tage nachzuholen, mit vereinten Kräften wecken. Dann ging es weiter bis zu Stephanus Dorf und von dort aus in Lukas Fischerboot.

Sarim, der trotz der Stunden, die er geschlafen hatte, die körperlichen und seelischen Anstrengungen der letzten Tage noch immer schmerzhaft in Gliedern und Muskeln spürte, durfte sich zurücklehnen, während Lukas und Stephanus das kleine Fischerboot mit kräftigen Ruderschlägen weg vom Ufer und in Richtung Malta lenkten.

Über Umwege erreichten sie mitten in der Nacht Rabat auf Malta. Lukas und Sarim waren sich einig, in der Taverne, die Marias Familie gehörte, zu bleiben, bis sie am nächsten Morgen nach Mdina gehen konnten. Zwar hätte Sarim auch durch das eine offene Tor eingelassen werden können, aber dann hätten seine Feinde viel zu schnell erfahren, dass er noch lebte. Am nächsten Morgen, wenn alle Tore wieder offen standen und die Wachen aufgrund des ständigen Menschenstromes nicht mehr ganz so genau hinschauten, standen die Möglichkeiten, unerkannt nach Mdina zu gelangen, um einiges besser.

Als sie die Schenke erreichten, war die Tür bereits fest verriegelt. Lukas klopfte mehrmals laut dagegen, was dazu führte, dass jemand von innen laut rief: „Wer ist da zu dieser Stunde? Unser Haus hat bereits geschlossen!“

Sarim lächelte. Das war die Stimme von Marias Vater. Der alte Mann wirkte heute ungewöhnlich nüchtern. Lukas und Sarim hatten beschlossen, dass Lukas das Gespräch mit dem Wirt führen sollte. Er und Stephanus waren als Gäste in diesem Haus sicherlich willkommener als er. Aber wenn sie ihn mitbrachten, nahm der Wirt ihn vielleicht auch auf.

Lukas erklärte mit gedämpfter Stimme, sodass der alte Wirt ihn hören konnte, aber nicht gleich die ganze Nachbarschaft zusammengeschrien wurde: „Ich bin es, Lukas aus Msida. Zwei Freunde und ich brauchen einen Unterschlupf für die Nacht.“

Für einen Augenblick hörte man gar nichts. Sarim dachte schon, Matthias würde nicht öffnen oder er hatte Lukas womöglich gar nicht richtig verstanden. Aber dann wurde der Riegel der Tür zur Seite geschoben und der Wirt öffnete einen Spalt weit. Er sah erst Lukas und dann Stephanus prüfend an. Sarim hatte sich etwas außerhalb des Sichtfeldes des Mannes postiert.

„Wer ist der Mann?“, fragte Matthias misstrauisch.

„Sein Name ist Stephanus. Er ist Priester in einem kleinen Dorf auf Gozo“, erklärte Lukas bereitwillig. Sofort öffnete Matthias die Tür komplett.

„Vater, verzeih meine Unhöflichkeit. Natürlich seid ihr alle dr…“ In diesem Augenblick sah Matthias Sarim und sein Blick verfinsterte sich etwas.

„Was macht dieser Muselmane hier?“

„Er ist unser Begleiter“, erwiderte Stephanus ungerührt. „Mein Sohn, wenn du uns in brüderlicher Liebe aufnehmen wolltest, warum sollte da deine Gastfreundschaft nicht auch ihm gelten?“

„Er hat meinem Haus Probleme bereitet“, brummte Matthias widerwillig.

Sarim zog die Stirn in Falten. Verwundert fragte er: „Inwiefern das?“

„Du hast klar zu verstehen gegeben, dass du meine Tochter in den Kerker werfen lassen würdest, wenn sie dir nicht sagt, was du hören wolltest.“

„Ich habe deiner Tochter nie gedroht“, erklärte Sarim empört. „Ich war als Ermittler des Emirs hier. Und dass ich deine Tochter daran erinnere, dass es ihre Pflicht ist, einem Diener des Emirs die Wahrheit zu sagen, wird man kaum als Drohung auslegen können.“

Matthias brummte etwas Unverständliches vor sich hin, als Stephanus beide Hände in die Höhe hob.

„Freunde, ich bitte euch. Schließt Frieden. Es gibt genügend Sorgen und Probleme auf dieser Welt, da müssen die Kinder Gottes sich nicht gegenseitig weitere bescheren.“

„Er ist ein Moslem. Kein Kind Gottes“, brummte Matthias, der offenbar noch immer nicht bereit war, die Sache auf sich beruhen zu lassen.

„Alle Menschen sind Kinder Gottes. Und auch die Anhänger Mohameds beten zu dem einen Gott, der Abraham durch Kanaan führte und Jakobs Söhnen einen Erbbesitz in seinem geheiligten Land gab.“

„Aber sie glauben nicht an Christus, nicht wahr?“, hakte Matthias zunehmend verwirrt nach.

„Wir wollen hier heute Abend keine Glaubensfragen erörtern, mein Bruder“, brummte Lukas etwas aufgebracht. Er fühlte sich hier draußen auf der Straße nicht wohl.

Noch immer etwas widerwillig nickte Matthias. Dann trat er einen Schritt zur Seite und ließ die Männer eintreten. Er wies ihnen einen Tisch, an dem die drei bereitwillig Platz nahmen.

„Habt ihr Hunger? Ich kann euch noch etwas zubereiten.“

„Mach dir keine Umstände, mein Freund“, antwortete Stephanus lächelnd. „Wenn wir einen Platz haben, an dem wir unser müdes Haupt niederlegen können, werden wir zufrieden sein.“

In diesem Augenblick hörte man den leisen Schrei einer Frau. Maria hatte den Raum betreten und sah aus, als hätte sie einen Geist gesehen. Nachdem sic cinen Moment wie angewurzelt stehengeblieben war, ging sie mit schnellen Schritten auf Sarim zu. Direkt vor ihm blieb sie stehen und sah auf den Sitzenden hinab. Leise flüsterte sie mit zitternder Stimme: „Du lebst.“

Sarim, der gerade eben noch mit dem Vorwurf, sie bedroht zu haben, konfrontiert worden war, sah nun die junge Frau völlig verdutzt an.

„Natürlich. Warum sollte ich …“

Weiter kam er nicht, denn Maria unterbrach ihn. Es sprudelte regelrecht aus ihr heraus: „Ich war auf dem Markt. Dort bist du das Hauptthema des heutigen Tages gewesen. Der Emir hatte dich nach Gozo geschickt, um etwas für ihn zu finden. Aber du bist nicht zurückgekehrt. Manche sagten, du seist tot. Andere waren sich sicher, du hättest den Emir bestohlen und wärst geflohen."

„Warum bin ich ein Thema auf den Märkten Rabats?"

„Seit du hier in der Mordsache Edoks herumschnüffelst, kennt dich nahezu jeder hier in Rabat", erklärte Matthias an Stelle seiner Tochter, die noch immer etwas neben sich wirkte.

„Aber …"

„Ich bin nur froh, dass du lebst", erklärte Maria, die langsam zu begreifen schien, wie eigenartig sie sich hier aufführte. Nach diesen Worten machte sie auf der Stelle kehrt und verschwand wieder durch die hintere Tür. Und während Sarim ihr mit offenem Mund hinterherschaute, warfen Lukas, Stephanus und Matthias sich ein verstohlenes Lächeln zu.

*

Die Männer hatten noch etwas mehr als eine Stunde zusammengesessen und ihre Pläne für die nächsten Tage besprochen. Sie mussten die Sache intelligent angehen. Sarim konnte sich im Palast nicht blicken lassen. Seine Feinde, wer auch immer sie waren, rechneten damit, dass er tot war. Das Problem war, dass Stephanus und Lukas nicht wussten, für wen genau der Brief, den ihnen der Schreiber übergeben hatte, bestimmt war. Sie sollten ihn nur bei einem bestimmten Palastschreiber abgeben und dabei ihre Losung aufsagen. Aber sie mussten herausfinden, für wen der Brief letzten Endes bestimmt war und was darin stand. Wenn sie diese Verschwörung aufdecken wollten, dann mussten sie an diejenigen herankommen, die im Hintergrund die Zügel in der Hand hielten.

Sen Nefer hatte am Morgen Mdina verlassen. Der Emir hatte ihn mit einer kleinen Einheit zu mehreren Übungen ausgesandt. Die Truppen übernachteten in einem Feldlager, nur einen halben Tagesritt von

Mdina entfernt. Stephanus war der Ansicht, dass in dem Brief etwas über Sen Nefers angeblichen Verrat stehen musste. Wie er den Schreiber einschätzte, wollte dieser Sen Nefers Tod. Dazu wäre es nötig gewesen, dass derjenige, der den Brief letztlich erhielt, den General nach Mdina rief. Also mussten sie eigentlich nur warten, bis Sen Nefer sie direkt zu seinem Mitverschwörer führte.

Die Männer einigten sich darüber, dass Lukas und Stephanus am nächsten Morgen nach Mdina gehen sollten, zum einen, um den Brief zu übergeben und zum anderen, um Malek aufzusuchen und ihn zu bitten, zu ihnen zu kommen. Sarim brauchte Informationen aus dem Palast. Vor allem aber brauchte er ein Paar Augen, dass für ihn die Geschehnisse in Mdina beobachtete. Und wer wäre da besser geeignet als Malek?

Endlich gingen die vier Männer auseinander. Matthias begleitete seine Gäste noch zu einem Schlafraum. Dann begab er sich selbst ebenfalls zur Ruhe. Sarim hatte den Hausherrn noch gefragt, ob er sich noch ein wenig im Innenhof aufhalten dürfe. Matthias hatte zugestimmt und Sarim betrat den Innenhof, in dem er sich mit dem Rücken an die Wand gelehnt auf den Boden setzte. Den Blick gen Himmel gewandt, dachte der Soldat nach. Er hatte schon eine ganze Reihe von Ländern gesehen, aber was ihn stets am meisten fasziniert hatte, war ein klarer Sternenhimmel. Und in dieser Nacht war keine noch so kleine Wolke zu sehen.

Ein leises Räuspern riss Sarim aus seinen Gedanken. Im Schatten, auf der anderen Seite des Innenhofes, bewegte sich etwas. Sarim strengte seine Augen an, doch er konnte nur einen Schatten erkennen. Bis Maria ins Licht des Mondes trat.

Ein freundliches Lächeln glitt über Sarims Züge, als er vorsichtig fragte: „Guten Abend, Maria. Möchtest du dich einen Augenblick zu mir setzen?“

Maria, die am liebsten einfach nur weggerannt wäre, ging gemessenen Schrittes auf Sarim zu und ließ sich neben ihm nieder. So saßen die beiden eine ganze Weile nebeneinander und starrten wortlos in den Himmel. Maria musste sich eingestehen, dass sie sich Sorgen gemacht hatte. Als Sarim nicht wieder in die Taverne gekommen war, war in Maria ein Gefühl von Traurigkeit aufgekommen, auch wenn sie sich das selbst nicht erklären konnte. Aber dann hatte sie auf dem Markt gehört, dass der Ermittler des Emirs vermisst wurde. Aus der Traurigkeit war Sorge geworden. Umso größer war ihre Freude gewesen, als sie den lebenden Beweis hatte, dass Sarim wohlauf war. Das Problem war nur, dass er jetzt neben ihr saß und offensichtlich darauf wartete, dass sie das Gespräch eröffnete.

Endlich fasste sie sich ein Herz und fragte leise: „Wie kommt es, dass ihr drei nicht in den Palast gegangen seid, sondern zu uns kamt?"

Sarim sah Maria lächelnd von der Seite an. Dann erklärte er: „Wir suchten einen sicheren Platz. Und im Palast ist es im Augenblick nicht sicher."

„Wieso das?"

„Ich bin nicht verschwunden, weil ich geflohen bin", erwiderte Sarim. „Ich wurde von jemandem, der hier in Rabat und Mdina einen Aufstand anzetteln will, gefangen genommen und Lukas erhielt den Auftrag, mich zu töten."

„Was er aber nicht hat", stellte Maria froh fest.

„In der Tat. Aber wenn mein Entführer das erfährt, wird das nicht nur mein Ende sein, sondern auch das von Lukas und wahrscheinlich würde auch Stephanus in Mitleidenschaft gezogen werden."

Wieder herrschte für eine Weile Schweigen zwischen den beiden. Dann fragte Sarim mit trockenem Mund: „Hast du dir wirklich Sorgen um mich gemacht?"

Maria sah den Araber, der sie so magisch anzog, einen Augenblick direkt an. Dann huschte ein kurzes Lächeln über ihre Züge, als sie antwortete: „Lass dich nur nicht töten, alles andere ist in Ordnung."

Sarim lachte leise. Maria, die spürte, dass sie vielleicht etwas zu weit gegangen war, erhob sich mit einem gespielten Ächzen vom Boden. Auf ihren Gesprächspartner herabblickend, erklärte sie: „Ich werde nun zu Bett gehen. Ich möchte nicht, dass mein Vater uns hier draußen allein sieht."

„Dein Vater weiß, dass ich hier bin", erklärte Sarim freundlich.

„Wirklich?" Maria war verwundert. Matthias hatte gewusst, dass seine Tochter im Innenhof war, um ihre Gedanken zu ordnen. Oder wollte er gar, dass Maria und Sarim sich näher kamen?

„Wie dem auch sei, der morgige Tag beginnt früh und er verspricht eine Menge Arbeit. Für mich wie auch für dich und deine Freunde."

Sarim nickte. Und nach einem kurzen Gruß zur Nacht war Maria verschwunden. Sarim starrte noch eine Weile in den Himmel. Was für ein eigenartiges Gespräch. Hatte Maria ihm signalisieren wollen, dass sie etwas für ihn empfand? Sie war eine Christin und er ein Anhänger des Propheten. Nicht, dass er nicht genug Männer gekannt hätte, die mindestens eine Christin als Frau hatten. Dennoch wirkte es wie eine riesige Trennwand zwischen ihnen. Und ob er diese jemals würde überwinden können, da war Sarim sich nicht sicher.

Endlich erhob er sich aus dem Staub, den er energisch von seiner Kleidung klopfte. Dann ging auch er zur Ruhe. Es wurde höchste Zeit. Maria hatte Recht, die nächsten Tage würden anstrengend werden. Und sie würden darüber entscheiden, ob er am Leben bleiben oder sterben würde.

*

Lange bevor der Morgen graute, saß Sarim wieder im Schankraum und starrte vor sich auf den Tisch. Er hatte sich in der Nacht, während er wach auf dem Lager lag, einen Plan zurechtgelegt. Sie mussten herausfinden, wer der Mann war, dem der Schreiber den Brief zukommen lassen würde. Und genau dafür brauchte Sarim Malek. Also musste als Erstes jemand Malek in die Taverne holen. Und das möglichst, ohne dass jemand Verdacht schöpfte. Diese Aufgabe sollte dem Fischer Lukas zufallen. Später dann, wenn Malek entsprechend eingeweiht war, sollte Stephanus den Brief überbringen. Malek sollte dem Priester folgen und von da an ein Auge auf den Schreiber haben. So würde der Schreiber ihn direkt zu seinem Herrn führen. Wenn dieser dann wirklich Sen Nefer nach Mdina bestellte, bestand vielleicht die Möglichkeit, die beiden Männer gemeinsam zu überführen. Der Schreiber auf Gozo hatte den beiden Christen gegenüber erwähnt, dass Sen Nefer der zweite Mann des Emirates werden sollte. Also war das die perfekte Möglichkeit, der Schlange den Kopf abzuschlagen, indem man die beiden wichtigsten Männer dieser Intrige festsetzte.

Als Lukas aufbrach, füllten sich die Straßen langsam mit Leben. Überall sah er Bauern aus dem Umland, die ihre Waren auf den Markt der Stadt brachten. Dann die Soldaten, die zu dieser Stunde immer verstärkt durch die Straßen der Stadt patrouillierten. Der Emir hatte vor jeder Menschenansammlung Angst. Und auf einem Markt sammelten sich eine Menge Menschen. Dementsprechend groß war auch täglich das Aufgebot an Wachen, die den Bazar im Auge behielten. Vor den Mauern von Mdina hatte sich eine Menschenschlange gebildet, die in das Innere der Stadt Einlass begehrten. Sie kamen aus den unterschiedlichsten Gründen. Dienstboten, die Nachrichten oder Gegenstände überbringen sollten, mussten hier ebenso warten wie Knechte, die dem Palast eine Lieferung zu bringen hatten. Allein in der Palastküche wurde tagtäglich eine große Menge an frischen Lebensmitteln verarbeitet.

So kam es, dass Lukas sich in der Schlange zwischen beladenen Karren, Menschen mit Körben unter den Armen und auf den Köpfen und einfachen Schreiberlehrlingen wiederfand. Es dauerte eine Weile, bis die Schlange der Wartenden kürzer wurde. Als Lukas endlich Einlass gewährt wurde, wandte er sich direkt in die Richtung, in welcher der Palast lag.

Die Pracht hier hinter den Mauern war überwältigend. Die Häuser in diesem kleinen Teil der Stadt waren viel größer als die in Rabat. Nur eine Steinmauer lag zwischen Mdina und der Vorstadt und doch schien es, als würden Welten dazwischen liegen. Selbst das Haus des Wirts Matthias, der einer der wohlhabendsten in seiner Gemeinde war, war klein im Vergleich zu den Palästen, die sich hier im Einzugsbereich der Reichen und Mächtigen befanden. Und doch waren die Sicherheitsvorkehrungen am Tor nicht sonderlich streng. Wer nicht sofort als verdächtig wirkte, wurde durchgelassen. Aber Lukas erkannte schnell, dass die Menschen, die hier lebten, sich eher nicht auf den Schutz, der vom Emir ausgehen sollte, verließen. Die meisten Häuser, an denen er vorbeikam, hatten mindestens eine, manche sogar mehrere Wachen, die entweder im Eingang saßen oder auf dem Grundstück ihre Runden drehten. Die Männer waren Söldner, das war unschwer zu erkennen. Aber Sarim meinte an den Wachen eines Hauses ablesen zu können, wie reich der Besitzer wirklich war. Und manche Bewohner Mdinas waren offensichtlich sehr reich.

Lukas erreichte die Pforte des Palastes noch bevor die Bittsteller, die in den Vormittagsstunden oft zum Emir vorgelassen wurden, diese blockierten. Nach einer kurzen Erklärung an die Wachen durfte er in Begleitung eines Soldaten, der ihn in den Küchentrakt führen sollte, eintreten. Offensichtlich war es nicht ungewöhnlich, dass Bedienstete des Palastes Besuch aus der Unterstadt erhielten, denn weder die Wache an der Pforte, noch der Soldat, der ihn begleitete, machten einen sonderlich verwunderten Eindruck.

Lukas wurde bis in eine kleine Säulenhalle, von der mehrere Türen abgingen, geführt. Hier hielt der Soldat einen Dienstjungen an, der gerade an ihnen vorbeilaufen wollte, und befahl ihm, den Hilfskoch Malek zu suchen. Der Junge machte sich sofort auf den Weg und kam einige Zeit später mit dem Hilfskoch wieder zurück.

Malek, dem nicht klar war, warum er zu dieser Stunde aus der Küche geholt wurde, sah Lukas verwirrt an. Nur ein nervöses Zeichen des Fremden, nicht vor dem Soldaten und dem Diener zu sprechen, ließ Malek mit seinen Fragen warten, bis sie ein paar Schritte zur Seite gegangen waren. Unter den wachsamen Augen des Soldaten zogen Malek und Lukas sich zwischen die Säulen zurück.

Noch bevor Malek eine seiner Fragen loswerden konnte, erklärte Lukas bereits flüsternd: „Dein Freund Sarim schickt mich."

„Sarim?", entfuhr es Malek viel zu laut. Lukas sah sich nervös um, doch der Soldat hatte mittlerweile aufgehört, die beiden Männer anzustarren und wechselte gelangweilt von einem Bein aufs andere. Dann begann er, in der Halle auf und ab zu laufen.

Leise fuhr Lukas fort: „Sarim wurde beauftragt, zwei Morde aufzuklären."

„Ich weiß. Wo ist er? Der Emir schäumt vor Wut."

„Man hat versucht, ihn zu töten und seine Feinde glauben, sie hätten Erfolg gehabt. Dabei soll es auch bleiben."

Malek nickte nachdenklich. Er hatte sich schon gedacht, dass etwas geschehen war, als Sarim einfach verschwunden war. Aber das wirklich jemand versucht hatte, ihn zu ermorden, zeigte Malek klar, dass der Falke mit all seinen Befürchtungen nicht Unrecht hatte.

„Wo finde ich ihn?", fragte Malek ohne Umschweife. Lukas sah den Mann, den er nicht kannte, dem Sarim aber offensichtlich zu vertrauen schien, einen Moment lang misstrauisch an. Dann zuckte er mit den Schultern.

„Er will dich unbedingt sehen, so schnell wie möglich. Du findest ihn in Rabat in der Schenke des Wirts Matthias."

„Kein dummes Versteck", murmelte Malek lächelnd. „Geh zurück und sag ihm, ich werde in etwa einer Stunde nachkommen. Ich muss zuerst noch einige Dinge regeln."

Lukas nickte, auch wenn er sich nicht sicher war, ob dieser Mann Sarim verraten oder ihm wirklich helfen würde. Aber er würde es darauf ankommen lassen müssen.

Den Weg zurück nach Rabat legte Lukas schneller zurück, was auch daran lag, dass er sich die ganze Zeit beobachtet, ja beinahe verfolgt fühlte. In Rabat bog er dann mehrmals in verschiedene kleine Gassen ein, um sicherzugehen, dass er nicht verfolgt wurde. Letztlich kam er zu dem Schluss, dass er einfach nur sehr nervös war. Da war niemand, so oft er sich auch umdrehte. Endlich kam er in der Taverne an, wo die anderen ihn bereits erwarteten. Lukas berichtete seinen Gefährten von seinem Treffen mit Malek und von dem unguten Gefühl auf dem Rückweg. Jetzt galt es zu warten, was als nächstes geschehen würde. Und während die Zeit sich wie ein zäher Brei zu ziehen schien, begann der Tag sich dem Mittag zu nähern.

*

Malek kam wie versprochen. Als Matthias den Freund Sarims einließ, ließ er den Blick noch einmal über die umliegende Straße schweifen, um sicher zu gehen, dass das Haus nicht beobachtet wurde. Dabei fiel ihm ein Mann auf, der betont gleichgültig an einer Hauswand, nur einige Häuser weiter, lehnte. Was Matthias stutzig machte, war der Umstand, dass es sich bei dem Fremden um einen Araber handelte. Der Mann passte in seinem nachtblauen Kaftan und dem gleichfarbigen Turban gar nicht in dieses Viertel, sodass er Matthias höchst verdächtig vorkam.

Der Wirt schloss die Tür und begab sich zu seinen Gefährten: „Das Haus wird überwacht. Die Straße runter steht ein Araber in schwarzer Tracht, der immer wieder verstohlen in unsere Richtung starrt. Ich hätte nicht übel Lust, ihm mit einem Knüppel Benehmen beizubringen.“

Über die Züge Maleks huschte ein Lächeln, als er begütigend beide Hände hob.

„Der Mann beobachtet das Haus nicht, er wartet nur. Er hat mich begleitet und würde gern mit jedem von euch sprechen.“

Sarim sah seinen Freund erschrocken an.

„Wem hast du von mir erzählt?“

„Einem Mann, dem ich es berichten musste. Du wirst es verstehen, wenn du ihn siehst.“

„Wir können niemandem vertrauen, Malek. Wir wissen nicht, wer noch hinter dem Mordversuch auf mich steckte.“

„Worum geht es bei dieser ganzen Sache eigentlich, Sarim? Warum versucht man, dich wegen deiner Aufklärung von zwei Mordfällen in Mdina und in Rabat auf Gozo zu töten?“

„Gozo ist nur die Spitze des Unratberges, der sich direkt vor unseren Augen versteckt hat. Unter uns sind Männer, die sich gegen den Emir verschworen haben. Und ich kenne einen von ihnen.“

„Wen?“

„Sen Nefer. Er wird versuchen, den Emir mit Hilfe der Byzantiner zu stürzen. Aber er hat mächtige Verbündete im Palast. Es ist an uns, den Emir und seine Herrschaft zu schützen.“

Verwirrt sah Malek sich im Raum um. Nachdem er jeden der Anwesenden der Reihe nach gemustert hatte, murmelte er: „Ihr werdet mir verzeihen, dass ich verwundert bin. Eine Hand voll Christen wollen einem muslimischen Soldaten helfen, seinen Herrscher vor einer von einem christlichen Reich eingeleiteten Intrige zu schützen. Würde euch das an meiner Stelle nicht eigenartig, ja vielleicht sogar verdächtig vorkommen?“

„Malek“, unterbrach Sarim ihn. „Lukas hier hat mir das Leben gerettet. Ohne ihn wäre ich längst in den Untiefen des Meeres. Stephanus hat uns einen Weg geebnet, wie wir den Kopf der Intrige finden können. Und Matthias hat mir Obdach gewährt, als ich in dieser Stadt nirgendwo sonst unterkommen konnte.“

Malek nickte langsam. Dann deutet er mit der Hand in Richtung Tür.

„Ich werde meinen Begleiter jetzt hereinholen. Vielleicht kennt ihr ihn, vielleicht seht ihr ihn heute zum ersten Mal. Doch selbst wenn ihr meint, ihn zu kennen, solltet ihr nicht urteilen, bevor ihr ihn nicht angehört habt.“

Maria, Matthias, Stephanus, Lukas und Sarim sahen sich fragend an. Als Sarim schließlich mit den Schultern zuckte und seinem Freund zunickte, machte Malek sich auf den Weg zur Tür. Er öffnete diese ein Stück weit und gab dem Mann, der draußen auf der Straße stand, mit der Hand ein Zeichen, dass er herüberkommen könnte. Einige Augenblicke später betrat jemand den Schankraum, den Sarim am allerwenigsten erwartet hätte: Der Falke. Doch nicht nur Sarim war verwundert über die Anwesenheit des Mannes, auch Maria stieß die Luft hörbar aus. Der Araber näherte sich dem Tisch, die Augen starr auf Sarim gerichtet, als würde er versuchen, sich an dem Mann festzuhalten.

„Was will er hier?“, fragte Sarim abweisend, auf den Neuankömmling deutend.

„Euch helfen“, erklärte Malek mahnend. „Du solltest seine Hilfe annehmen.“

„Hilfe? Ich wüsste nicht, wie die *Falken des Propheten* mir bisher geholfen hätten.“

„Es war bislang nicht meine Aufgabe, dir zu helfen, Sarim“, erklärte der Falke mit fester Stimme.

„Was war denn deine Aufgabe?“, fuhr Maria dazwischen. „Edok zu ermorden? Mich und meinen Vater zu bedrohen?“

Sarim zog die Augenbrauen fragend zusammen, während er zwischen Maria, die sich wütend vor dem Neuankömmling aufgebaut hatte, und dem Falken hin und her sah. Auch Matthias war hinzugetreten.

„Dieser Mann war es, der dich bedroht hat?“, hakte er mit bebender Stimme bei seiner Tochter noch einmal nach. Als Maria nickte, ging Matthias ohne ein weiteres Wort hinter seine Theke und griff nach dem Knüppel, den er unter der Theke liegen hatte.

„Ich werde ihm beibringen, ehrliche Christenmenschen nicht zu belästigen und zu bedrohen, damit sie Lügen erzählen.“

Malek, der langsam zu bemerken schien, dass er die Kontrolle über die Situation verlor, stellte sich zwischen den Falken und Matthias, beide Hände erhoben, um den Wirt zu beruhigen.

„Meine Freunde. Wir können über alles reden. Aber bitte lasst uns keine Gewalt gegeneinander anwenden. Der Feind ist nicht unter uns, er ist irgendwo hinter den Mauern von Mdina.“

„Mein Feind steht gerade mitten in meinem Haus“, schnaubte Matthias wütend.

„Ich habe deine Tochter bedroht“, fuhr Ed Dir mit fester Stimme dazwischen. „Und im Nachhinein muss ich zugeben, dass es mir Leid tut. Aber es war notwendig. Es war der einzige Weg, um die Ruhe in Rabat aufrecht zu erhalten.“

Sarim starrte erst Malek, dann den Falken und dann Maria an.

„Was bedeutet das alles?“, fragte er, der Fassungslosigkeit nahe.

Maria deutete auf Ed Dir und fauchte: „Am Morgen nach dem Mord an Edok kam er in mein Haus, überfiel mich und drohte mir, wenn ich nicht einen Christen bezichtigen würde, einen Streit mit Edok gehabt zu haben, dann würde er mich und meinen Vater töten. Außerdem hat er mich beleidigt.“

Matthias grunzte wütend, während er den Knüppel immer wieder in seine Hand klatschen ließ. Sarim murmelte: „Also deshalb die Lüge mit dem Streit mit Lukas.“

„Es war notwendig!“, verteidigte Ed Dir sich vehement. „Sarim, hör mir zu! Ich wurde von den Meistern des Falkenordens nach Malta gesandt, um dafür zu sorgen, dass die Herrschaft des Emirs gefestigt bleibt. Wir haben seit einiger Zeit aus der Ferne beobachtet, wie verschiedene Männer, die sich im Dunstkreis des Emirs befinden, immer engere Geschäftsbeziehungen zu Byzanz aufbauten. Da war es nur ein kleiner Schritt von der Missachtung des Handelsverbotes bis hin zur Intrige.“

„Wann kommt der Punkt, der es nötig machte, meine Tochter zu bedrohen?“, fuhr Matthias aufgebracht dazwischen. Ein Blick Sarims und eine beruhigende Geste des Priesters Stephanus, der die ganze Zeit ruhig danebengestanden hatte, brachten den Wirt aber wieder zum Schweigen.

„Ich kam nach Mdina, um herauszufinden, wer dem Emir treu ergeben ist und wer in die Intrige verwickelt sein könnte.“

„Und? Weißt du wer in diese Sache verstrickt ist?“

„Ich kenne einige der Verschwörer. Allein beweisen kann ich es keinem von ihnen und das ist der Grund, warum sie noch immer frei in Mdina herumlaufen."

„Was war mit Edok? Hast du ihn getötet, weil er Teil der Intrige war?", hakte Sarim nach.

„Beim Barte des Propheten, ich habe Edok nicht angerührt. Ich hatte herausgefunden, dass er als Bote für verschiedene einflussreiche Männer diente, die ich der Verschwörung zugeschrieben habe. Also habe ich ihn aufgesucht und versucht, ihm klar zu machen, dass ein Leben unter der Herrschaft der Byzantiner für ihn keinen Vorteil hätte."

„Wie ging es weiter? Kam es zum Streit und du hast ihn getötet?"

„Nein! Wir gingen im Guten auseinander. Ich habe ihm ein Angebot gemacht, dass ihn bis an sein Lebensende zu einem wohlhabenden Mann gemacht hätte. Wenn er dem Emir die Hintermänner der Intrige verraten hätte, dann hätte ich dafür gesorgt, dass er einen Landsitz nahe Damaskus erhält. Allein von der Dattelernte hätte er das ganze Jahr über sehr gut leben können."

„Deshalb hat er dem Kammerherrn erklärt, dass er eine Intrige melden wolle", entfuhr es Sarim nachdenklich.

„Edok wollte das Richtige tun. Deshalb wurde er von seinen Mitverschwörern ermordet", legte Ed Dir seine Sicht der Dinge dar.

„Und woher kam der Siegelring Abu Sen Nefers?"

„Ich wusste, dass Abu Sen Nefer der Kaufmann mit den engsten Beziehungen nach Byzanz war. Also musste ich diese Sache nutzen, um dich auf ihn aufmerksam zu machen. Während du auf dem Dach warst, bin ich in das Haus des Toten geschlichen und habe den Siegelring dort hingelegt, damit du ihn findest. Ich konnte ja nicht ahnen, dass jemand davon Wind bekommen würde und ihn ebenfalls ermorden könnte."

Sarim fuhr sich mit der Hand durch den Bart. Maria starrte vor sich auf den Boden und Matthias ließ langsam den Knüppel sinken.

„Und warum der Überfall auf meine Tochter?"

„Ich konnte mir denken, dass ein Araber den Mord an Edok begangen hatte. Ich wusste nicht, wieviele Männer aus Rabat in diese Intrige verwickelt waren. Aber wenn herausgekommen wäre, dass ein Mann aus Mdina einen jungen Christen so brutal in seinem eigenen Haus hier in Rabat ermordet hätte, dann hätte es zu einem offenen Aufstand gegen den Emir kommen können. Und genau das musste ich unter allen Umständen verhindern.“

„Ich verstehe, was du getan hast, auch wenn ich es nicht gutheiße“, erwiderte Sarim.

Ed Dir nickte. Dann machte er einen Schritt auf Maria zu, die erschrocken zusammenzuckte. Es kostete den stolzen Araber eine Menge Überwindung, aber er reichte der jungen Christin die Hand und erklärte: „Ich bitte um Verzeihung für meine Handlungen. Aber ich habe im Dienste meines Herrn und im Sinne des Propheten gehandelt.“

Maria sah kurz ihren Vater an, der den Knüppel noch gedankenverloren in der Hand hielt. Dieser nickte ebenfalls. Dann schlug Maria ein.

Sarim und Malek atmeten auf. Die Situation hätte auch anders enden können. Doch nun war es an Sarim, die Frage zu stellen, die ihm schon seit einiger Zeit im Kopf brannte: „Sag mir, Falke, weißt du, wer die Mitverschwörer des General Sen Nefer sind?“

„Ich habe mehrere Männer im Verdacht und bei einem bin ich mir sehr sicher. Doch bei keinem von ihnen habe ich Beweise. Aus diesem Grund werde ich ihre Namen nicht nennen, denn Allah würde es nicht verzeihen, wenn ich die Namen seiner Diener zu Unrecht in den Schmutz ziehen würde.“

Sarim fügte hinzu: „Dann müssen wir unseren Plan umsetzen und hoffen, dass wir die Beweise finden, die du bislang ohne Erfolg gesucht hast.“

*

Der Nachmittag hatte bereits begonnen, als Stephanus sich allein aufmachte. Er nahm denselben Weg, den Lukas am Morgen gegangen war. Auch er konnte ohne große Probleme das Tor von Rabat nach Mdina durchqueren. Stephanus fand die Schreibstube des Mannes, der ihm von dem Byzantiner auf Gozo genannt worden war und trat nach kurzem Anklopfen ein. Hinter einem einfachen Arbeitstisch saß ein schmächtiger Mann mit viel zu langer Nase, schütterem Haar und dünnen Armen. Der Palastschreiber wirkte wie das traurige Abbild eines Mannes. Fragend sah der Schreiber auf, als Stephanus eintrat.

„Was treibt dich zu dieser Stunde in meine Schreibstube, Fremder?“, fragte er mit einer unangenehm quietschenden Stimme. Stephanus deutete eine Verneigung an und antwortete: „Ich komme von der anderen Seite des Meeres und bringe frohe Kunde.“

Der Schreiber runzelte die Stirn, was Stephanus kurz zu dem Gedanken verleitete, er könnte sich doch geirrt haben und hier womöglich vor dem falschen Mann stehen.

„War die Überfahrt gut?“, gab der Schreiber dann endlich die passende Losung aus.

Stephanus lächelte seinen Gesprächspartner gewinnend an. Dann erwiderte er: „Gott war uns gnädig, denn wir leben und können vollenden, was es zu vollenden gibt.“

„Wer schickt dich?“, fragte der Schreiber nun unverblümt, nachdem Sarim auch diese Frage richtig beantwortet hatte.

„Der Schreiber persönlich“, erklärte Stephanus, sich dabei in die Brust werfend.

„Und was wünscht er von mir?“

„Ich soll dir diesen Brief übergeben und dir sagen, dass der Regen stets zum Himmel zurückkehrt. Du wüsstest, wem du den Brief zu bringen hättest.“

Der Schreiber nickte und nahm den Brief entgegen, den Stephanus ihm hinhielt.

„Gibt es noch mehr, was du mir sagen möchtest?“, hakte der Schreiber nach. Als Stephanus den Kopf schüttelte, gab der Schreiber ihm mit der Hand ein Zeichen, dass er entlassen sei. Der Priester machte auf der Stelle kehrt und verließ die Schreibstube.

Zu gleicher Zeit war Malek bereits nach Mdina zurückgekehrt und hatte Stellung vor der Schreibstube bezogen. Er würde herausfinden, wem der Schreiber diesen Brief brachte. Und auch wenn sein Freund Sarim ihn gewarnt hatte, dass es womöglich gefährlich war, sich in die Geheimnisse der Mächtigen und Reichen von Mdina einzumischen, musste Malek beweisen, dass sein alter Mentor Recht hatte. Und das war der beste Weg.

Endlich verließ der Schreiber seine Stube und begab sich in Richtung Palast. Malek folgte ihm in sicherem Abstand, immer darauf bedacht, nicht von dem Mann entdeckt zu werden. Im Palast selbst war der Schreiber bedacht, sicherzustellen, dass er möglichst nicht verfolgt wurde. Mehrmals lief er im Kreis, ehe er sich endlich zu seinem eigentlichen Ziel begab. Und als Malek vor dem Gemach des Mannes stand, der den Brief erhalten sollte, wusste er, dass er seinem Ziel sehr nahe war. Aber auch, dass er es intelligent angehen musste, sonst wäre er der Nächste, dessen Ableben Sarim aufklären müsste.

*

Der Falke hatte einen Verbündeten in den Reihen von Sen Nefers Soldaten, der ihn darüber informierte, dass der General am nächsten Morgen einen Brief erhalten hatte und daraufhin außer sich vor Wut aus dem Zeltlager seiner Einheit aufgebrochen war. Gleichzeitig behielt Malek, der vom Falken beim Emir selbst entschuldigt worden war und so von seinen Pflichten in der Küche entbunden worden war,

Ibn Saif im Auge. Natürlich hatte der Emir nicht erfahren, warum Malek derzeit nicht zur Verfügung stand, aber da sein alter Lehrmeister ihm gesagt hatte, dass er den Mann bräuchte und niemandem sonst die Aufgabe zutrauen würde, die er für den Hilfskoch hatte, gab der Herrscher sich damit zufrieden. Und Malek, dem man bei seiner enormen Körperfülle gar nicht zutrauen mochte, dass er sich im Schatten halten konnte, zeigte echtes Talent.

Sarim konnte nicht genau sagen, woran es lag, aber er hatte das Gefühl, dass an diesem Abend etwas geschehen würde. Und so überraschte es ihn nicht, dass kurz nach Sonnenuntergang der Falke in der Taverne erschien und erklärte, dass Ibn Saif Mdina verlassen habe und sich in das Haus Edoks begeben hatte. Die Baracke stand noch immer leer. Sarim wusste nicht, ob der Emir bestimmt hatte, dass das Haus erst wieder bezogen werden durfte, wenn der Fall geklärt war oder ob es einfach niemanden gab, der in dieses Haus einziehen wollte. Auf jeden Fall war es höchst verdächtig, dass der Kammerherr des Emirs sich mitten in der Nacht in das Heim eines Toten begab.

Sarim, der Falke, Stephanus und Lukas machten sich auf den Weg. Es war nicht weit von der Taverne bis zu Edoks Haus, aber die Männer beschlossen, sich im Hintergrund zu halten. Sie wollten sehen, was geschehen würde und nicht hereinplatzen, bevor überhaupt etwas passiert war. Sarim und seine Begleiter hatten sich gerade eng an die Wände der anderen Häuser gedrückt, als aus einer Nebenstraße Sen Nefer hervortrat und auf das Haus zulief. Leise, beinahe verstohlen, öffnete er die Tür, die laut in den Angeln knarrte. Der General zuckte bei dem Geräusch zusammen, was Sarim gut sehen konnte, da Ibn Saif im Inneren des Hauses eine Öllampe angezündet hatte und der Schein der Lampe durch die geöffnete Tür direkt auf Sen Nefer fiel. Die Fenster hatte Ibn Saif vorsorglich verhängt, sodass niemand ins Innere des Hauses sehen konnte. Vier Häuser weiter stand ein leeres Haus. Warum auch immer es derzeit unbewohnt war, es stand schlichtweg leer. Das war nicht ungewöhnlich in Rabat. Es gab eine Reihe verlassener Häuser. Die einstigen Bewohner waren weggezogen, um ihr Glück woanders zu suchen, oder sie waren gestorben, und niemand hatte aus Angst vor den Seelen der Verstorbenen das Haus neu bezogen. Denn auch wenn die Malteser bekennende Christen waren, die meisten von ihnen waren auch sehr abergläubisch.

Sarim rannte gebückt, um nicht gesehen zu werden, zu dem leeren Haus. Die Tür war nur notdürftig verschlossen. Es war leicht, sie zu öffnen, hindurchzuschlüpfen und sie wieder so zu verschließen, dass niemand bemerken konnte, dass jemand ins Haus eingedrungen war.

Und mit einem Mal wusste Sarim, wie der Mörder in Edoks Haus gekommen war, ohne von einem der Nachbarn gesehen zu werden. Wie bei allen Bauten in diesem Viertel gab es die Treppe auf das Flachdach. Von hier aus konnte Sarim leicht von einem Dach auf das Andere gelangen und so direkt bis auf Edoks Haus kommen. Da die Nächte langsam immer kühler wurden, übernachteten die meisten Bewohner der Häuser nicht mehr hier oben im Freien, wie im Hochsommer, sondern zogen sich zum Schlafen in ihre Häuser zurück.

Unbemerkt fand Sarim den Weg bis auf das Dach des ermordeten Christen. Hier oben kauerte er sich neben das Loch im Boden, durch welches man auf die Treppe nach unten gelangen konnte. Aus dem Innenraum hörte er die aufgebrachten Stimmen Ibn Saifs und Sen Nefers. Der Schein der Öllampe glühte bis auf das Dach hinauf. Es schien Ibn Saif egal zu sein, ob einer der Nachbarn auf ihn aufmerksam wurde. Sarim hielt den Atem an und lauschte.

„Hast du wirklich gedacht, du könntest mich hintergehen und mit mir unsere Freunde in Byzanz?“, fauchte Ibn Saif gerade den General an.

Sarim schüttelte erschrocken den Kopf. Ibn Saif als Kopf des Komplotts gegen den Emir? Der engste Vertraute seines Herrn, ein Verräter?

„Beruhige dich. Ich weiß nicht, wovon du sprichst, du alter Narr“, herrschte Sen Nefer den Kammerherrn an.

„Ich hätte es wissen müssen. Schon während unseren Besprechungen, deine ewige Aufsässigkeit. Du wolltest mich nicht als Herrn über dir akzeptieren.“

„Hat die Sonne dein Hirn ausgedörrt? Wovon sprichst du?“

„Du wurdest gesehen“, knurrte Ibn Saif wütend. „Du wurdest gesehen, wie du in einer Schenke hier in Rabat mit einem Abgesandten von Sizilien über die Abgaben an seinen Herrn gesprochen hast, die du entrichten würdest, wenn er dir dazu verhilft, den Thron zu besteigen. Was hast du ihnen versprochen?“

„Sizilien? Warum sollte ich …“. Sen Nefer stockte. Dann wurde seine Stimme eindringlich. „Ibn Saif, hör mich an. Ich habe nie mit einem Sizilianer über unsere Sache gesprochen. Warum sollte ich auch? Die Gefahr, dass wir verraten würden, wäre viel zu groß.“

„Kaum. Der Sultan von Sizilien hat es unserem Herrn nie verziehen, dass er sich von ihm losgesagt hat. Du würdest in ihm mit Sicherheit einen guten Verbündeten finden.“

„Wir haben alles geplant, alles besprochen. Warum sollte ich dich hintergehen?“

„Weil du wie dein Vater bist.“ Ibn Saifs Stimme wurde zischend. Die Wut war nicht mehr zu überhören und da war noch etwas anderes. Sarim schauderte, als er erkannte, dass es Wahnsinn war. Sen Nefers Stimme hingegen bekam einen drohend ruhigen Klang. Sarim spürte, dass es jeden Moment zu einem Kampf zwischen den beiden Männern kommen konnte. Und die Aussichten des Kammerherrn gegen den wesentlich jüngeren und gut trainierten Soldaten und General standen denkbar schlecht.

„Was hast du mit meinem Vater zu schaffen?“

„Er war ein Dummkopf. Er konnte nie genug bekommen. Anstatt mit seinen Geschäften zu warten, bis unsere Sache erfolgreich beendet war, musste er seine Kontakte benutzen, um seine Handelstätigkeiten mit Byzanz wieder aufzunehmen.“

„Hast du … Ibn Saif, sag mir … bist du der Mörder meines Vaters?“

„Es drohte, alles aufzufliegen!“, schrie Ibn Saif seinen Mitverschwörer mit überschnappender Stimme an.

„Wie konntest du …“ Sen Nefer war völlig fassungslos.

„Erst Edok, dieser Tor“, fluchte Ibn Saif vor sich hin. „Der Falke hatte ihn bedrängt, unsere Sache zu verraten und er wollte uns tatsächlich den Rücken kehren. Ich musste ihn zum Schweigen bringen. Als dann Sarim, dieser verfluchte Säufer, der nichts weiter tun sollte, als einen Christen zu finden, dem man den Mord anhängen konnte, mit dem Siegelring deines Vaters zu mir kam, musste ich handeln.“

„Du bist wahnsinnig, Ibn Saif.“

„Verstehst du nicht? Dein Vater war schwach. Er hätte uns verraten. Und nun hast du mich verraten.“

Diese Aussage Ibn Saifs hatte etwas Endgültiges. Der leise Schrei Sen Nefers zeigte Sarim, dass er nicht falsch lag mit seiner Annahme, die in den letzten Momenten in ihm gereift war. Ibn Saif würde auch versuchen, Sen Nefer zu ermorden. Sofort sprang der Ermittler auf und rannte die Treppe in den Innenraum des Hauses hinunter. Das Chaos hier sah noch so aus wie bei Sarims letzten Besuch. Nur das flackernde Licht der Öllampe und die beiden Männer, die unten standen, mit Waffen in der Hand und sich gegenseitig belauernd, gaben der Szene etwas Gespenstisches.

„Im Namen des Emirs, ich befehle euch beiden, eure Waffen niederzulegen! Ich nehme euch fest.“

Ibn Saif und Sen Nefer starrten in einer Mischung aus Erstaunen und Entsetzen auf den Neuankömmling.

Ibn Saif war der Erste, der sich wieder fing: „Ich dachte, dieser Hund wäre tot.“

„Offensichtlich hat es Allah noch nicht beliebt, mich in sein Paradies zu rufen. Und nun die Waffen runter.“

„Sonst?“, fragte Sen Nefer betont gleichgültig. Der General, der von dem Auftritt Ibn Saifs ihm gegenüber zunächst völlig aus der Bahn geworfen worden war, war dabei, sich zu beruhigen und wieder einen klaren Kopf zu bekommen. Und genau das konnte für Sarim zum Problem werden. Er überschlug kurz seine Möglichkeiten, mit den beiden Männern allein fertig zu werden. Ob seine Freunde auf der Straße ihn hören würden, wenn er schrie?

Noch bevor er es ausprobieren konnte, wurde die Holztür eingetreten und Lukas betrat den Raum, dicht gefolgt vom Falken, Stephanus und Malek. Ibn Saif stieß ein irres Lachen aus, während Sen Nefer sofort das Kurzschwert, welches er gezogen hatte, als Ibn Saif ihn mit einem Dolch angegriffen hatte, auf den Boden warf. Das war der Augenblick, auf den der Kammerherr gewartet hatte. Er warf sich mit seinem ganzen Gewicht auf Sen Nefer und trieb ihm den Dolch tief ins Herz. Sen Nefer starrte seinen Mörder aus weit aufgerissenen Augen an. Leise flüsterte er: „Du irrst dich … ich habe nicht …“

„Niemand verrät Ibn Saif, den Herrn von Malta“, zischte der Alte, während er den Dolch im Körper des Sterbenden noch einmal umdrehte. Sofort war Sarim über den beiden und riss Ibn Saif von Sen Nefer weg. Doch es war bereits zu spät. Der Ermittler sah, wie die Augen des Generals starr wurden. Er stieß Ibn Saif zu dem Falken, der aus den Falten seines Gewandes eine dünne Schnur herausfischte und dem Kammerherrn die Arme auf den Rücken band.

Sarim starrte noch immer auf den toten Sen Nefer. Es fühlte sich falsch an. Nicht, weil dieser Mann nicht seine gerechte Strafe verdient gehabt hätte. Sondern weil niemand es verdient hatte, auf diese heimtückische und gemeine Art überrumpelt zu werden. Auch der Emir hätte wahrscheinlich ein Todesurteil ausgesprochen. Doch Sen Nefer hätte seine Ehre waren und den Tod durch einen vergifteten Trank wählen können. Er hätte seine Angelegenheiten klären, seine Erbfolge regeln und sich von diesem Leben verabschieden können. So war er aus dem Leben gerissen worden, wegen eines Wahnsinnigen, der nichts anderes im Kopf gehabt hatte, als seine Machtgelüste und seine Wahnvorstellungen. Dass sie mit der Behauptung, Sen Nefer hätte Ibn Saif verraten, nicht gänzlich unschuldig an diesem Mord waren, war ein weiterer Punkt, der Sarim auf der Seele brannte.

Langsam schüttelte er den Kopf. Er hatte sich oft ausgemalt, wie es sein würde, diesen Fall zu lösen. Wie er sich dann fühlen würde, ob es dieses Gefühl der Zufriedenheit sein würde, dass er schon so lange nicht mehr verspürt hatte. Aber in diesem Augenblick war es keine Zufriedenheit, keine innere Ruhe und kein Gefühl eines Sieges. Es war der Blick in den tiefsten Abgrund der menschlichen Seele.

Sarim nickte dem Falken zu, der Ibn Saif daraufhin aus dem Haus stieß. Gemeinsam brachten sie den Beamten zum Haus des Wirts Matthias. Hier sperrten sie den Kammerherrn in einen kleinen Verschlag. Der Falke machte sich auf den Weg in den Palast. Der Emir musste erfahren, was geschehen war.

*

Die Sonne schien an diesem Tag warm vom Himmel über Rabat. Es schien, als hätte es die Ereignisse der letzten Tage nicht gegeben, doch Sarim wusste, dass er sich verändert hatte, auch wenn das Leben weiterging. Die Anstrengungen der letzten Woche waren ebenso wenig spurlos an ihm vorübergegangen, wie das Erlebte selbst. Ein Christ hatte ihm das Leben gerettet, ein Priester hatte ihm geholfen, einen Verrat an seinem Herrn aufzuklären und das, ohne dafür Forderungen zu stellen. Andererseits hatten Männer, von denen er das nie erwartet hätte, ein Doppelleben geführt und ihn schließlich zu töten versucht. Vieles in Sarim sehnte sich danach, die Position hier auf Malta aufzugeben und wieder hinaus in die Fremde zu ziehen, so wie er es früher gehandhabt hatte. Er war noch nicht zu alt, um als Söldner noch eine gute Rolle in der einen oder anderen Schlacht zu spielen. Nur bequem war er geworden in den letzten Jahren, und auch das war ihm schmerzlich bewusst geworden. Das Leben bei Hofe zwischen all den Dienern, Höflingen und Beamten hatte ihn verweichlicht. Ein weiterer Grund, dem Palast den Rücken zu kehren.

Sarim schlenderte durch die Straßen Rabats, die Stadt, die er früher nie besucht hatte. Dabei bot sie so unglaublich viel, wie er nun erfahren hatte. Da waren die Gerüche, die vom Bazar herüberwehten und die ihm ein Gefühl von Exotik und Ferne vermittelten. Da war das Toben der Kinder, die lebhaften Diskussionen der Männer, die auf einer Bank saßen oder sonst woanders im Schatten einen Platz gefunden hatten, wo sie eine ihrer Debatten, zumeist über Religiöses oder Politisches, austragen konnten. Diese Menschen waren nicht dumm. Sie waren nur anders. Sie hatten andere Ansichten, einen anderen Glauben. Aber das machte sie nicht weniger wert, eine der wertvollsten Lehren, die Sarim aus den Ereignissen der jüngeren Vergangenheit gezogen hatte.

Wie selbstverständlich führte ihn sein Weg zu der Taverne des Wirts Matthias, und erst als er die Tür schon geöffnet und den zu dieser Tageszeit zumeist leeren Schankraum betreten hatte, wurde ihm bewusst, dass es eigentlich keinen Grund gab, hierher zu kommen. Er hatte sich bereits in der Nacht, als eine Eskorte des Emirs ihn und den Gefangenen hier abgeholt hatte, bei Matthias und Maria für alles bedankt, was sie für ihn getan und riskiert hatten. Sie hatten sich verabschiedet und kein Wiedersehen vereinbart. Und doch war Sarim nun hier. Unschlüssig blieb er stehen. Der Raum war komplett leer, nicht einmal Matthias oder Maria selbst waren anwesend. Erinnerungen kamen wieder hoch, als seine Hand über einen der Tische strich. Dann flüsterte er sanft: „Leb wohl“, und machte auf der Stelle kehrt.

„Verabschiedest du dich von einem Tisch?“, hörte er die spöttische Stimme des Wirts in seinem Rücken, kurz bevor er die Tür wieder erreicht hatte. Matthias stand in der hinteren Tür. Sarim fragte sich, wie lange der Mann da schon gestanden haben mochte. Warum hatte er ihn nicht früher bemerkt?

„Auch“, erwiderte Sarim widerwillig, wobei er sich langsam umdrehte.

„Und wovon noch, mein Freund?“

Ein Lächeln zog über Sarims Züge. Der Mann war bei ihrem ersten Zusammentreffen nicht gerade dazu aufgelegt gewesen, Freundschaft mit ihm zu schließen. Andererseits hätte Sarim noch vor wenigen Tagen einem Christen nicht erlaubt, ihn als seinen Freund zu bezeichnen. Ja, es war wirklich eine Menge geschehen.

„Ich denke, dein Herz treibt dich hierher, Sarim von Mdina.“

„Wie meinst du das?“ Die Verwirrung in Sarims Stimme war nicht gespielt. Er war sich wirklich nicht sicher, was Matthias da andeuten wollte.

„Nun, wie ich von dem Mann, den du *Der Falke* nennst, erfahren habe, bist du unverheiratet und dir wurde auch keine Frau versprochen.“

„Ich verstehe noch immer nicht?“

„Kennst du das Gefühl, wenn man von einer Frau umsorgt wird, die den Herd warm und den Bauch gut gefüllt hält?“

„Nicht seit ich das Haus meiner Eltern verlassen habe“, gab Sarim zu.

„Das meine ich.“

Maria betrat den Raum und sah Sarim erstaunt an. Offensichtlich hatte sie nicht mit seinem Besuch gerechnet. Schnell fuhr sie sich mit einer Hand durch das sehr zerzauste Haar und wischte sich den Schweiß mit dem Unterarm von der Stirn. Sie musste gerade eine anstrengende Arbeit verrichtet haben.

Sarims Blick wanderte von Maria zu ihrem Vater und er begann zu verstehen, was der alte Wirt gemeint hatte. Das Lächeln auf seinen Zügen wurde tiefer, als er mit einem Blick auf Matthias leicht mit den Schultern zuckte.

Sarim blieb bis in die frühen Abendstunden in der Taverne und unterhielt sich mit Matthias und Maria. Es waren Gespräche darüber, wie das Leben ihnen bisher mitgespielt hatte und welche Pläne sie alle für ihre Zukunft verfolgten. Als Sarim erklärte, dass er mit dem Gedanken spielte, Mdina zu verlassen und noch einmal in die Welt hinaus zu gehen, zog ein Schatten über Marias Gesicht. Das entging Sarim nicht.

Auch Matthias wirkte nicht erfreut über diese Idee, doch keiner der beiden versuchte, sie ihm auszureden. Und so verabschiedeten sie sich schließlich voneinander, erneut ohne ein Wiedersehen fest zu vereinbaren.

Matthias klopfte Sarim zum Abschied auf die Schultern und erklärte: „Denk über meine Worte nach. Du wirst nie wissen, was du verpasst hast, wenn du es nicht erlebt hast.“

Maria, die nicht wusste, wovon die Rede war, wünschte Sarim Gottes Segen und verließ dann den Raum schnellen Schrittes. Sie wollte nicht, dass er ihre Tränen sah. Sie konnte sich diese plötzliche Gefühlswallung nicht erklären. Dieser Sarim hatte in ihr etwas ausgelöst, was noch kein Mann vor ihm geschafft hatte. Als er heute unvermittelt wieder in ihrem Haus aufgetaucht war, hatte sie für einen Augenblick zu hoffen gewagt, dass es ihm genauso gegangen war. Doch der Gedanke, dass er Mdina für immer verlassen wollte, machte sie unendlich traurig.

Sarim strebte, nachdem er das Haus Matthias verlassen hatte, zurück nach Mdina. Er nahm sich fest vor, morgen den Emir um ein Gespräch zu bitten, indem er ihn ersuchen wollte, ihn aus seinen Diensten zu entlassen.

Sarim war müde, als er seine Gemächer betrat. Er setzte sich auf sein Lager und starrte vor sich auf den Boden. Ob die Veränderung, die er beabsichtigte, die richtige Entscheidung war? Matthias hatte Recht, er hatte sich tatsächlich in Maria verliebt. Aber war eine solche Verbindung möglich? Maria war eine Christin und er ein Anhänger des Propheten. Natürlich, auch sein Freund Ahmed aus Msida hatte mehrere Christinnen unter seinen Frauen. Aber seine Hauptfrau war eine Muslima. Und er lebte nun einmal nicht im Palast des Emirs. Was für eine Auswirkung hätte es auf sein Ansehen, wenn er eine Christin in sein Haus führen würde? Andererseits: Wäre sie bereit, mit ihm Rabat zu verlassen? Wohl kaum. Sie wirkte nicht wie eine Frau, die das Haus ihres Vaters gern verlassen würde.

Sarim wurde aus seinen Gedanken gerissen, als es an der Tür klopfte. Seufzend erhob er sich und ging zur Tür.

„Wer ist da?“

„Der Emir schickt nach dir, mein Herr“, erklang die Stimme eines Knaben von der anderen Seite der Tür.

Sarim öffnete die Tür und tatsächlich stand da der gleiche junge Diener, der ihn einige Tage zuvor so völlig unvermittelt aus dem Schlaf gerissen und zum Emir zitiert hatte. Ein Lächeln zog über Sarims Gesicht, als er fragte: „Wo erwartet der Herr mich?“

„Im Palastgarten. Ich soll dich hinführen.“

„Warte einen Augenblick. Ich werde dir gleich folgen.“

Sarim schloss die Tür, strich seinen Kaftan glatt, fuhr sich mit der Hand einmal durch den Bart und durch die Haare. Dann öffnete er die Tür erneut. Der Emir wünschte, ihn zu sehen. Das war gut, dann würde er heute schon die Möglichkeit haben, um seine Entlassung zu bitten. Je eher er Mdina verlassen könnte, desto weniger Gelegenheit hätte er, darüber nachzudenken, ob diese Entscheidung richtig war.

*

Der Emir und Ed Dir gingen nebeneinander durch den Palastgarten. Es war ein schöner Abend und die Luft war schwer von dem Duft der Blumen und Pflanzen, die sie umgaben. Ed Dir sog das Schöne um ihn herum regelrecht in sich auf. Der Zeitpunkt seines Abschiedes war nahe. Er und sein einstiger Schüler hatten Vieles besprochen in den letzten Stunden. Der Emir würde keine Gnade walten lassen, was Ibn Saif anging. Schon morgen sollte das Verhör beginnen, das Aufschluss darüber bringen würde, wer noch zu dieser Verschwörung gehörte. Und der Emir hatte beschlossen, jeden Beteiligten mit der vollen Härte seines Zornes zu betrafen. Es gab keine andere Möglichkeit, wenn er fest auf seinem Thron sitzen bleiben wollte.

Endlich verabschiedeten sich die beiden Männer voneinander. Ihnen war klar, dass es der letzte Abschied sein würde. Ein Wiedersehen würde es in diesem Leben nicht mehr geben. Ed Dir war soweit, er war bereit, zu seinem Volk in die Weiten der Wüste zurückzukehren, um den Zeitpunkt abzuwarten, wenn er sich zu seinen Vorvätern legen würde. Und auch wenn der Emir den Freund und Mentor gerne noch länger um sich gehabt hätte, sah er doch ein, dass Ed Dirs Vorsatz unabänderlich war. Doch der Falke ging nicht, ohne dem Emir jemanden zu empfehlen, der seine Rolle einnehmen könnte.

Ed Dir war gerade gegangen, als Sarim im Palastgarten eintraf. Der Emir saß unter einem Pavillon auf einer Bank und betrachtete die Wasserfläche eines künstlich angelegten Teiches. Er war so in seine Gedanken vertieft, dass er nicht hörte, wie Sarim und der junge Diener sich näherten. Erst als Sarim in sein Gesichtsfeld trat und auf die Knie ging, schreckte der Emir hoch. Sofort erhob er sich, machte den Schritt hin zu Sarim und zog den Mann wieder auf die Beine.

„Ich stehe tief in deiner Schuld, Sarim. Du hast nicht nur zwei Morde aufgeklärt, du hast auch eine Rebellion verhindert, die mich meine Herrschaft und wahrscheinlich auch mein Leben gekostet hätte."

„Ich hatte viel Hilfe", erwiderte Sarim, den Blick gesenkt. Es war ihm unangenehm, dass der Emir ihn in dieser Form hervorhob. Ohne seine Freunde wäre er nicht mehr am Leben und hätte gar nichts aufklären oder verhindern können.

„Wie dem auch sei, ich bin dir sehr dankbar für deine Dienste."

„Was wird mit Ibn Saif geschehen?", fragte Sarim.

„Er wird verhört und wir werden herausfinden, wer außer ihm und Sen Nefer an dieser Sache beteiligt war. Und dann wird ein jeder von den Männern vor Gericht gestellt werden."

Sarim nickte. Der Emir musste in seinem Palast aufräumen, das konnte der Soldat durchaus nachvollziehen.

„Sag mir Sarim, weißt du, warum Falken sich so ausgezeichnet zum Jagen eignen?"

Sarim sah seinen Herrn erstaunt an. Falken? Was hatte nur jeder in seiner Umgebung mit diesen verdammten Tieren?

„Nein, mein Herr. Ich war noch nie auf einer Falkenjagd."

„Es ist ein großes Vergnügen. Du solltest es unbedingt einmal versuchen."

„Ich werde mir diesen Rat zu Herzen nehmen, Herr."

Der Emir nickte lächelnd.

„Der Falke, Sarim, hat Augen, mit denen er aus großer Entfernung auch das kleinste Tier erkennen kann. Er steht hoch oben in der Luft und schaut hinunter. Er weiß, dass irgendwo unter ihm seine Beute sein muss. Aber er wartet und beobachtet. Und er sieht alles, jede noch so kleine Bewegung eines Grashalmes. Nichts entgeht seinem wachsamen Blick. Dann, wenn seine Beute den Fehler macht, sich zu bewegen, dann stürzt er sich hinab und greift nach ihr. Und in diesem Augenblick gibt es für das Beutetier keine Rettung mehr, denn die Angriffe des Falken sind stets machtvoll."

Sarim sah den Emir stirnrunzelnd an. Er zog die Augenbrauen erstaunt hoch, als der Emir leise, fast flüsternd, erklärte: „Mein Falke ist mir entflogen. Er war alt und traute seinen Augen nicht mehr. Ich werde einen Neuen brauchen."

Sarim schluckte trocken. War nicht Ed Dir ihm gerade aus dem Palastgarten entgegengekommen und hatte ihm Lebewohl gesagt? Wusste der Emir von dieser Gruppe, die sich *Falken des Propheten* nannte?

Nach einem Augenblick des Schweigens erklärte der Emir, noch immer leise: „Sarim, sag mir, bist du bereit, mein Falke zu sein? Der Falke von Malta?"

Sarim starrte den Emir jetzt völlig fassungslos an. Bot ihm der mächtigste Mann dieser kleinen Inselgruppe gerade an, einer seiner engsten Vertrauten zu werden?

Die beiden Männer wurden unterbrochen, als ein Soldat keuchend bei ihnen Halt machte und völlig außer Atem hervorstieß: „Ibn Saif ist tot, mein Herr. Jemand hat ihm ein Messer in den Hals gerammt."

„Was ist mit der Wache? Der Kammerherr sollte doch die ganze Zeit von zwei Männern bewacht werden?"

„Einer der Unseren liegt ebenfalls tot vor der Zelle. Ein Zweiter ist nirgendwo zu sehen."

Sarims Blick wanderte zwischen dem Soldaten und dem Emir hin und her. Dann traf ihn die Erkenntnis wie ein Blitzschlag: Die Mitverschwörer Ibn Saifs hatten ihn zum Schweigen gebracht. Leise flüsterte er: „Es gibt noch mehr von ihnen. Und wir wissen nicht, wer sie sind und was sie planen."

Der Emir nickte langsam. Dann wandte er Sarim den Blick zu und sah seinem Palastwächter tief in die Augen. Leise, fast bittend, hauchte der Herrscher: „Sei mein Falke, Sarim. Sei mein Falke."

ENDE

Nachwort

Malta, eine der Inseln dieser Welt mit extrem abwechslungsreicher Geschichte. Diese Insel hat beinahe alles gesehen: Die Herrschaft von verschiedenen Weltmächten und Weltreligionen. Ich habe mir für diese fiktive Geschichte die Zeit der Araberherrschaft als geschichtlichen Hintergrund ausgesucht. Warum? Nun, zum einen finde ich diese altarabische Kultur nach wie vor extrem faszinierend. Und zum anderen muss ich gestehen, dass diese Zeit Maltas mit zu den Zeitabschnitten dieser Insel gehört, über die man am wenigsten weiß. Und so gaben die Quellen, die ich im Rahmen meiner Recherche zu Rate zog, nur sehr schemenhafte und teilweise extrem unterschiedliche Bilder von dieser Insel zu dieser Zeit wieder. Da wurde sie mal als ein reiner Hort von Piraten unter der Herrschaft Siziliens beschrieben, ein anderes Mal als ein eigenständiges Emirat mit Städten wie Mdina/Rabat, das von dem Aufeinandertreffen der beiden Weltreligionen Christentum und Islam geprägt war. Und dann sind da noch die Stimmen der einheimischen Historiker, die keine Gelegenheit ungenutzt lassen, Beweise dafür anzuführen, dass das Christentum auch unter der Araberherrschaft aktiv ausgelebt wurde.

Und so habe ich mich letztlich für das Bild Maltas entschieden, welches dem, das die einheimischen Historiker vermitteln wollen, am nächsten kommt. Dabei habe ich versucht, sowohl die Städte als auch die einzelnen Personen der Geschichte so zu gestalten und zu beschreiben, wie sie zu dieser Zeit und in diesem Kontext gewesen sein könnten. Dieses Buch erhebt an keiner Stelle Anspruch auf historische Korrektheit. Zu der Gruppe der *Falken des Propheten* sei gesagt, dass es sich hierbei um einen ausgedachten Geheimbund handelt.

Mein Dank gilt wie immer in erster Linie meiner Frau Daniela und meinen Kindern, die in der Zeit vor der endgültigen Fertigstellung des Manuskriptes oft lange auf mich verzichten mussten, und das ohne

Murren über sich ergehen ließen. Außerdem danke ich Daniela Sechtig und dem restlichen Team des acabus Verlages für die schier unendliche Geduld, die sie auch bei diesem Buch wieder mit mir hatten.

Darüber hinaus gilt mein Dank einem jeden, der mir auch für dieses Werk wieder mit Rat und Fachwissen zur Seite stand. Und zu guter Letzt danke ich Ihnen, liebe Leserin/lieber Leser, dass Sie sich für die Lektüre dieses Buches entschieden haben und hoffe, dass Ihnen das Lesen genauso viel Spaß bereitet hat, wie mir das Schreiben.

Johann Peters
Datteln im Mai 2013

Der Autor

Johann Peters wurde 1984 in Arnsberg geboren. Nach Abschluss des Fachabiturs absolvierte er eine Ausbildung bei einer Kommunalverwaltung im öffentlichen Dienst. Heute lebt er mit Ehefrau und zwei Kindern in einer kleinen Stadt am Rande des Ruhrgebietes.

Bisherige Veröffentlichungen: Der historische Roman „Der Löwe von Babylon“, eine im Internet erscheinende Piratenserie mit dem Titel „Jack Lloyd – Im Auftrag Ihrer Majestät“ (www.geisterspiegel.de) und der historische Roman „Die Grabräuber von Theben“ (acabus Verlag, 2012).